征婚

一部以北京城市副中心通州城为生活背景，直击北漂都市大龄青年爱情婚姻困惑、纠结、彷徨现状的好小说。

刘伊 著

中国文史出版社

目 录
CONTENTS

引　子

"我再介绍下我自己。我叫杨盛，IT 界混了若干年。这个一开始我就告诉你了。该说你的职业了吧。为啥非神秘到见了面再说？"男人手里端着一杯奶茶，在走进敞开式公园之前就把吸管扔进了垃圾桶，眼下端着纸杯直接饮用。

"职业：征婚。首先，应该说这是我目前的专职。"陈玫玫由于急着赶公交，出门忘了喝水。平时嗜水如命的她此时叼着吸管正急迫地喝着，全然没一丁点淑女的模样。

"啊？职业征婚？难道你是传说中的婚托？"男人嘴里的奶茶差点喷出来。眼睛瞪得溜圆溜圆的。

"你拉倒吧，你看我像那婚托吗？婚托有我这样坦诚的，专找这不用花钱的地方消费？来这公园连门票都给您老人家省了。我要真是一婚托，我还不把你领那超高消费的地儿，狠狠地痛快地宰你一顿？听说前几天在网上看到一个年轻小伙，被网友骗去见面，三个小时消费两万多。"

"你还不是不忍心，你还不是因为看我顺眼，才一时忘了自己的主业。还真别说，你比照片要好看多了。我当初专挑你最原始的照片看的，就那没加工过的。影楼的我都没稀罕看。"男人细细端详着陈玫玫。

"我的专职是征婚，兼职是开网店和染指实体店。美甲，你知道吧？就是对手指或脚趾进行一个装饰美化的过程。你要是有姐姐或者妹妹需要美甲，就带到我的店里来。将来有合适的女朋友也可以带来。"陈玫玫一般觉得对方不适合自己，一定抛出最后这句话来。

第一章　充气娃娃事件

一

陈玫玫其实最讨厌的就是拉郎配，所以在万不得已、走投无路的情况下当机立断，撇掉老妈堆积在她眼前的那些照片，而选择了网络征婚。她在3个9，1个1网站的交友栏里看到了众多交友网站，选择了排名第一的某征婚网注册。

早先她也恋爱过，都是一对一相遇的，从来没有经历过这种选商品一样的相亲模式。她受不了老妈塞给她的那么一大堆照片，跟欣赏风景照一样，看得眼花缭乱，不知道哪处风景更值得她驻足欣赏。她相信有缘千里来相会、无缘对面不相识的浅显道理。所以在她的人生字典里，只有邂逅、重逢和浪漫，而不必非用一根红线生拉硬扯过来，还必须有一款媒婆中间一坐，跟卖东西推销产品一样吆喝着，把他们介绍给彼此。偏她的生活圈子又太窄，能遇到的人太少。难啊。能遇到年龄相仿、再顺意些的男人就更是难上加难。陈玫玫心底是越来越没有信心。

三十岁一过，这个七十年代最小的女人遇上年节就更怕回家了。回家见到父母的第一件事，不用说肯定是先受他们双眼的煎熬。每次他们都琢磨她好半天，然后开始盘问她几时能领回个准女婿来。末了质问她，难道做一辈子老姑娘不成？

她最听不得"老姑娘"这三个字，无论怎么听这字眼儿里都有一种格外挖苦人的贬损味道。对于她来说，年过三十以后，愈发不想把自己当小姑娘看待。心底告诉自己已经是一个成熟的女人了，可"女人"这两个字含义不简单，没有男人，哪有女人？他们总是相对应着的。想到这些，陈玫玫就无比郁闷。就期望着找到能让自己合理成为女人的男人。

也难怪陈玫玫走神，她一边给眼前这个如花的女孩修饰指甲，一边听着女孩和男友娇滴滴地撒着娇。心里多多少少有些嫉妒。

其实，陈玫玫的实体店小得可怜，门楣上的大牌子可以看见这样几个大字：丽丽时尚品牌服装店。丽丽是张晓丽的小名。张晓丽是陈玫玫的高中同学，大学毕业以后和男友一起来了北京。陈玫玫是投奔张晓丽来的。几年时间过去，陈玫玫也算是有了自己的店铺，另一个在网上，这一个占了张晓丽办公场所的一角。

"梅花朵朵美甲工作室"这几个字是如此不显眼，它虽然写在服装店门前的玻璃上面，位置却偏靠下方，往上面看是女性剪纸的人体。这剪纸的轮廓之大，差不多占据了整个一面玻璃墙。清晰可辨，是个女人的裸体，曲线玲珑，正妖娆地站在玻璃上，妩媚地看着来来往往的路人。

陈玫玫的店铺场地就这么一小块地方，狭长的一条，和隔壁饭店门前开辟的狭长的卖麻辣烫的小店一样。她想尽管他们都是为附近老百姓服务的，可不同的是她追求的是美的，精神上的。没有谁温饱未解决还能有空闲来这里修饰自己的指甲。相比较，她尽管一直觉得美是重要的，可温饱解决不了同样非常重要。想到这里，肚子叽里咕噜地叫起来。

"我说我的肚子怎么呐喊了呢，原来你背着我吃这么好吃的东西。"陈玫玫看到张晓丽买回两份麻辣烫、牛肉大饼还有两串蒙古烤肉。

"看你猴急的，有你一份。"张晓丽说。

"你老公这是又出差了？那你去我那儿住吧，我一个人也寂寞得很。"陈玫玫说。

"聪明的。你怎么就知道我老公又出差了？"

"你老公不出差，你准保又带着两个餐盒，里面装满了营养。你不知道我有多羡慕，天上赶紧掉个好男人给我吧。"陈玫玫手下忙着，嘴巴也不停歇。

"姐姐，把我女朋友的手指甲弄好看点。我们要去参加手模大赛的。"女孩的男朋友显然担心陈玫玫精神不集中，不好好工作。陈玫玫回说没问题，一定让他们满意。

"别急。你只是缘分还没有修到。赶紧修吧。赶紧修你的指甲，我先吃了不等你，最近总是饿。又能吃又馋，奇怪了。"张晓丽走进服装店。

"小心李健早晚嫌你胖。不过也是，控制自己的嘴是对自己的虐待。"

陈玫玫这次没有抬头，只顾低头干活。近来她发现张晓丽有胖下去的趋势。

"他喜欢我胖，他说我越胖越好看。"张晓丽只把声音传递过来。人已经走进她自己的工作间。

顾客很喜欢也非常满意，说要是大赛真获了奖，以后她的手指美甲业务就全包给陈玫玫了。还说指不定哪天有时间有心情把脚指甲也美一美。他们走了以后，陈玫玫没有急着去吃饭，而是打开刚才因来了顾客而暂时休眠的电脑，看到淘宝旺旺有人在和她打招呼："请问，可以送货上门吗？"

差不多一天没有生意可做，的确有点焦急。送货上门尽管是她一直不情愿也不是太接受的，但今天莫名其妙的，她竟然很积极地回复了对方："地点在哪儿？如果不是太远，可以送。"

对方说了地址，就在朝阳区慈云寺附近，坐公交车不用倒车，看来还不是太麻烦。她决定送一次。在陈玫玫的眼里，开网上店铺生意一直都还不错，完全不必要开这家狭长的小店。如今能一直坚持继续开着美甲店，其实是她不想和现实中的人离得太远。哪怕这算是为了找个人说说话也好。当初还是晓丽建议她出来的，说你不能太宅了，就算找个工资不高的工作也好，至少能天天面对活人。这样每天可以和生活中的人打交道，无论是否戴着面具或者习惯性地摘掉面具，生活总是有着一种立体的感觉。反过来，说你如果一天天只对着死气沉沉的电脑，尤其卖那些莫名其妙的性用品，无论于谁来说，早晚有一天得疯掉。

张晓丽总说她卖的性用品是一些莫名其妙的东西。陈玫玫原先回击她，回击的次数多了，自己也觉得没劲。先前回击的时候自己是要脸红的。一个未婚大龄女青年卖这个东西，会给别人一点奇怪的感觉。

她倒觉得那些奇形怪状的东西没有什么莫名其妙，有需求才有市场。市场历来如此。供需双方缺一不可。可是，张晓丽说不如你来帮我卖衣服吧。实际上她对衣服没什么研究，平时宽大的粗布衣穿惯了，看着挂在张晓丽店里那些薄若蝉翼的衣服和裙子，她说自己欣赏不了，自己不想买的衣服怎么给别人推荐？说晓丽你应该找个年轻漂亮的衣服架子，天天穿你的衣服卖你的衣服才合适。说我这老胳膊老腿的穿了你的衣服去卖，肯定砸你的牌子。

"你呀，你就是该改改着衣风格。老是棉布运动装都看不出苗条曲线了。可惜了你的身材，这么好的身材干吗老躲着藏着的。展现出来不好吗？哪天我还真得给你包装包装，也好秒杀个帅哥回来。"

"秒杀？用衣服秒杀？我还是歇会吧，再说运动装才时尚呢。尤其运动鞋省时间，每天出门前把脚往鞋里一伸，鞋带都不用系就能出门，谁像你啊，穿靴子，还得拉那么长的拉锁到膝盖，太费劲了。有跟的鞋，走起路一扭一扭地也累脚。我都担心我要是穿了你这种鞋，哪天会当机立断地把脚脖子扭断。"

"我看你就是把自己裹在套子里，生怕那玲珑的曲线被男人看了去。"

"去去。你这是人身攻击。我明白了，你穿得这么招人，难道是要秒杀谁去？也不怕李健对你不放心。"

"他才乐意让我打扮得好看点呢，带我出去他脸上也好有光。"

当时张晓丽无法拉拢陈玫玫一块儿以卖服装成就大业，只好听了她的劝，把门前那小块地方租给了她。"梅花朵朵美甲工作室"从此开业了。

二

"请问，您就是老板吧？"声音很有磁性。正在网店上忙着的陈玫玫赶紧停下手，抬起头，被眼前的阴影吓一跳。来者身高近一米八，瘦瘦的，衣服穿在身上跟搭在架子上一样。这是一个皮肤很白的男生，当她定睛看他的时候，这是他留给她很直观的印象。她还发现他有一对很好看的单眼皮。她喜欢单眼皮男生，这让她觉得挺没来由的。

"你找哪个老板？卖衣服的老板在里间，你要是美甲就找我，买衣服就继续往里走找她。"

"我不美甲，也不买衣服，我想问老板我的画可以在你这代卖吗？"

"你的画？什么画？"

"我的画应该能给你带来更多的顾客。我画的是美甲系列。"来者打开宣传画册。

"可上我这来的全是美甲的小姑娘，买画的可能性不大吧？一幅画什么价位？"陈玫玫翻看着画册，被那款款纤细的手和手指上绘制的风景迷住了。在陈玫玫的橱窗上也不过是贴了几张指甲上涂着白花红花的

风景，而在来者的画册里，她发现指甲上面竟然可以绘制文化。她看到了故宫，看到了颐和园，也看到了正在施工的建筑工地。

"那要看尺寸，尺寸大的自然贵点，小尺寸的也就几千块。"

"才几千块？你说得可真是轻描淡写的，可谁家会花几千块买幅指甲回家挂着？不可能吧。再说，虽然你的画很好看，可这总还是显得有些艳，不适合挂在家里。"像以往一样，一来顾客，陈玫玫就赶紧关掉显示器。虽说她百分百接受自己卖这种性用品，可生活中她还是不希望别人看到她经营的是这类产品。她的思想还是比较传统的。只要有顾客来，她都会关掉显示器。

"家里。家里其实也能挂，怎么不能挂呢？它可以挂在任何地方。"来者对这话表示疑惑。

"这只是你的想法，你当然希望你的画遍地开花。你家兴许能挂，我家兴许能挂，可这不代表很多人家都能挂。我家就算能挂，说句泼冷水的话，几千块钱买幅指甲画我觉得还是不太可能。你要愿意放这儿你就放这，有买的我告诉你。"

"谢谢老板。我叫会大辅。开会的会，大小的大，辅导的辅。怎么称呼您？"

"可别跟我叫老板。我不是老板。我叫陈玫玫。晓丽------"陈玫玫向里屋喊，看到晓丽答应着走出来，"她才是这家时装店的老板，我只不过占她一小块地方而已。"

"你就别贫了。彼此彼此。"显然，张晓丽正在看杂志，出来的时候手里还拿着并没有放下。

"那我就告辞了，回头我把画带两幅放您这。"

来者刚离开，一个梳着短发的女孩以迅疾的速度冲进来："张晓丽，我怎么就得罪你了？我不就穿了你一件衣服吗？白给我都不稀罕。怎么了？至于和我哥打小报告吗？本来我和我哥关系那么好，那么好。都是你！要不是因为来了一个你。我哥也不会把注意力从我身上转移走。"

"优优，你这是怎么了？"

"还跟我装，我昨天去逛街，衣服洗了没换的，不就临时穿了一下你的衣服吗？一件破衣服还好意思跟我哥告状。我给你洗了，还给你，以后少挑拨我和我哥的关系。什么人呢。"女孩把衣服扔在椅子上掉头跑出去。

陈玫玫面对着已然发呆的张晓丽，转头目送着女孩离开。

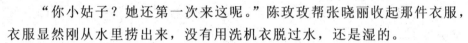

"你小姑子？她还第一次来这呢。"陈玫玫帮张晓丽收起那件衣服，衣服显然刚从水里捞出来，没有用洗机衣脱过水，还是湿的。

"是啊，她第一次来。她也不愿意来，跟她说过几次，可以来我店里帮忙，我给她开工资。她坚决地拒绝了，就想自己做生意。这次和婆婆从老家来了就不打算回去了。要在我们家扎根了。不瞒你说，上次她跟我们借了十万块钱在老家做生意，全赔了，现在又张嘴借十万。还以为我和李健是银行呢。我不同意，她就天天跟我闹，找我别扭。婆婆现在和我的关系好像都没以前好了。"

"她怎么这么强势？"

"人家老太太就这一个女儿嘛。肯定娇着养。现在她们和李健是一家人，我觉得自己反倒成了外人。"张晓丽从陈玫玫手里拿过衣服苦笑着说，然后找来衣挂把衣服挂在卫生间。

"得了，你还替人家说话呢。我家还只我一个女儿呢，我也从来没跟我嫂子这样不讲理过。你家不也就你一个女儿吗？怎么如今倒受起小姑子气来？"

"算了，不提了。她可能也是在家没事心里烦，要是出去工作就好了。其实，我也没跟李健打什么小报告，就昨天早晨找衣服找不到了，随便问了下。李健说他看到优优穿了。我就顺口说穿人家衣服也不打声招呼这样的话。长这么大，我还从来就没有随便穿别人衣服的习惯，这还贴身穿的。李优这种霸道，让我也摸不着头脑。"

"原来是小姑子驾到。不会真像别人说的，多个小姑就相当于多了一个婆婆？现在看来是真没错，这样我是更怕结婚了。"说是这么说，陈玫玫还是忍不住每天登陆征婚网站看上一眼。每天登录一次系统都会赠送她一张免费看信的邮票。如今攒了不少邮票，别人发来的信她差不多都能看到。

刚注册的时候，她也是一个菜鸟，还不清楚要怎样找到邮票去看别人发来的信件。最开始只能用系统发给她的邮票看信，再往后别人的信她就一封也看不到了。当然花钱是可以看到的，偏陈玫玫又不想在这上面花钱。她总觉得网站征婚无论是否靠谱，一落实到用钱来达到一些目的的时候，就不纯粹了。幸好有一男士挺绅士的，告诉她可以上传三个证件，上传以后只要每天登录一次，就会获赠一张免费看信邮票。她照做，所有的信还真是哗啦啦就都打开看到了。

"你呀，该结婚还得结婚，万一你真遇上没有小姑的人家呢？"

"这个可不是我说了算的。哎，你说晓丽，遇上一个好男人咋这么难呢？"

"好男人看你怎么定义了。如果你要有房有车有钱又有好工作又高大又帅气这些集于一身的，我看还挺难。你真要这么完美的，那只有嫁给象棋或者银行再或者奥特曼了。我知道你是理想主义者，宁缺毋滥。差点的你也不要，可是人是这样的，不是所有的优点都集于你一身。那不是人，是神。"

"我都等了这么多年了，我不能撤下自己的砝码。我一定能等到那一个。也怪了，自从网上征婚以后，我还真就期望能谈一场轰轰烈烈的恋爱。这个愿望竟然比年轻的时候还要强烈。可是遇上的那几个都不顺心。不是当着你面夸他自己是魔鬼身材自不量力以外，就是本人长相实在太对不起观众。要不就是太高，我和他站一起不协调，不然就是太矮，我又看不上眼。我不恋爱很多年，都不知道恋爱是何等滋味了。晓丽，你告诉我，有家到底有什么好处？"

"等着。"张晓丽走进里间，很快出来，手里多了一袋麻辣烫和牛肉饼，"家的好处？就这个，赶紧趁热吃吧。人是铁饭是钢。你还来问我，你每天不是都看到了？餐盒里的营养。你还嫉妒李健这样照顾我。生活就是这样平淡着的，还能一直追求风花雪月啊。爱情只有那么几个月，甚至二三十天，过了这段激情岁月，剩下的只有关门开门七宗事。"

"用词不当，我可不是妒忌，我是羡慕。妒忌有把李健掠到我身边的嫌疑，羡慕就不同，羡慕就是远远地看着你们，并祝福，并为之奋斗努力。也盼自己有这么一天被一个大男人如此管理着。不错，麻辣烫我爱吃。蒙古烤肉也是我的最爱。"

"可李健说这些都是垃圾食物，他在家我都不吃。我可听他的话了。"

"不会吧？如果饮食也被另一半控制着，那，那我还是不找另一半的好。"陈玫玫又气馁了。

"你就吹吧。为了爱，你会改变自己的味蕾，不信你就试试。和相爱的人在一起，吃什么都香。"

三

"你好。哦，是你啊。没有，又不是节日放什么假呢。我去给顾客送货。送什么货？当然是日用品啊。具体是什么东西？想什么时候见面？那天不是说了吗，等到下大雪的。不好意思，先挂了，公交车上杂音太大听不清楚。"陈玫玫赶紧挂断电话，天热得要命，穿短袖 T 恤都热得她有一种无力抗争的感觉。她真的很怀念卧室，那样她可以穿吊带，但她绝对不把这种东西穿到室外来。如今天热成这个样子，她可不想和对方周旋下去，说多了嗓子都直冒烟，干渴难耐。偏对方和她见过一面以后，偶尔就会打个电话过来问候下。在网上更是每天都要嘘寒问暖。没办法，只好在线对其隐身。纵是这样，人家辛苦执着到你不在线我也要留言关心你的地步。

她不好意思直说不合适，就把下次再见面的时间推到了隆冬季节。她想，聪明一点的人都能明白怎么一回事。如果能相恋，怎会跨越好几个季节？爱一个人，你肯等到过了春夏秋冬再相见？纵是一日不见，都会如隔三秋吧。对于这句话，陈玫玫不知道会用到哪个男人身上。她也不知道，这一世，转山转水，行万里路，过千座桥，那个男人是不是正在小桥流水或冰天雪地之处等着她的约会？

说好在慈云寺桥下见面。对方嘱咐陈玫玫一定把东西包好，陈玫玫清楚，这种事情不需要叮嘱的。每次给顾客寄产品她都很注意外包装，就怕送到地方被看出来是什么东西而影响买家的声誉。毕竟当今社会不可能把情趣物件普及到每一个家庭每一个人身上。

想想，遮遮掩掩也是很正常的。尽管如今男人和男人结婚，女人和女人结婚都是不可避免的社会问题。那家里买点性用品也属正常。到了说好的地点，却迟迟不见取货人。

"玫子。"在这么大的城市里，陈玫玫从来就没想过能在大街上遇到叫自己小名的人，而且还是个男声。当她看到来者是她的高中校友万启军的时候，心里别提有多惊讶。

"怎么会是你？"

"是你开淘宝店？"对方一副大跌眼镜的架势。

"对。是你买的东西？"

"哦，那个，不是。荒唐，怎么会是我买？是我们老板。他临时出差有事让我来取。这么巧，你开的网店？生意好吗？"

"还好。小多同学好吗？好长时间没和她联系了。前几天还想打电话和她叙叙旧呢。"

"她还那样，每天忙孩子忙案子。对了，你别和她说这事，她要是

知道了该取笑我们老板了。她跟我们老板也特熟。这种私密的事情，就是老板不出差，他也不好亲自来取，寄到单位和家里也都不合适。我们试着理解他吧。"

"理解。这有什么不可理解的。就是你买我也能理解。大家要是都不买，我这店里的东西卖给谁去？"

"打住，小梅同学你千万不敢和小多说，她要是误解我，这事可就不是一般的严重了。"

"行了，我没这么八婆。有工夫我待会，没事八它干吗？我懒得挑拨你们关系。对了，万启军，是不是好几年没回承德了？"

"我们经常回啊。小多坐月子也都在承德，这个你知道。孩子大了她才出来工作。她总跟我念叨你。"

"孩子四岁了吧？"

"是啊，真快。想想我们结婚也有七八年了。"

"听说婚姻有七年之痒，你们不会也痒吧？人家小多可是好同学，当年也是我们的班花，你可要好好对她，别学那些臭男人，有了新欢就忘旧爱。"

"小多这么厉害，我还敢找新欢？她不得杀了我。"

"那就好。东西给你，别忘了在网上点'收货'，不然那钱就在淘宝中间商那儿存着了，也到不了我账上。"

"一定。我会告诉我们主任让他收货的。"

回来的公交车上，陈玫玫满脑子狐疑，真的是万启军律所主任买充气娃娃？不太可能啊。这种事情，对于中国的国情来说还是越隐秘越好。回到工作室，打开电脑，登录淘宝旺旺，看万启军并没有点"收货"，显然东西还没交到所谓的主任手里。

"晓丽。晓丽。"陈玫玫指引来者进了服装店，可服装店里一个人也没有。这才想起来，她回来门是锁着的，"人去哪了呢？您先选着衣服，我找找她。她一般天天都在这。"

里里外外找了一遍，连卫生间也没放过，可是仍然看不到张晓丽的身影。卫生间里那件优优穿过的衣服还在那孤零零地挂着，可怜巴巴的滴着水。陈玫玫把电话打过去才知道张晓丽的婆婆忽然腹泻，她正在回家的路上，"现在有顾客。行，我帮你打理。好好照顾你婆婆。拜拜。"

"老板暂时有事，您看上哪件衣服我能给你优惠点。"

来者转了转，不言声地离去了。竟然没有看上一件，这让陈玫玫无限郁闷。当然，陈玫玫对于这样只看不买的顾客也曾见过不少，倒也不奇怪。只是这么兴师动众地给张晓丽打电话，会不会让晓丽产生错觉，没准指望着她能给卖出去一件两件的呢。

这样想着，陈玫玫就责怪自己做事有点毛手毛脚。明明等人家定下来肯定要哪一件，或者等到谈价格的时候再打电话也不迟，也好在电话里直接有目的地问哪件多少多少钱。一想到这，陈玫玫就忽的站到了老妈那一战线上：做事不认真，傻乎乎，冲动型。眼下，就好像她陈玫玫真的听到老妈在旁边训话一样，末了她老人家还补上一句：就这个样子，啥时候能领个准女婿回家呢。

陈玫玫摇摇头，她可不想在此时此刻一个人的时候去想这些。一想起个人问题就烦死。

晓丽不在，相当于她的店铺就关门了。早就跟她说过，让她明码标价，这样也省了讲来讲去的环节。"你明码标价，不论谁都能帮你卖货。"可她偏不听。

关门之前接到万启军电话，说就在她附近，让她一定抽时间，赏他个机会请她吃个饭。以报答她大老远给他送货去。

"吃什么饭啊吃饭？你赶紧上网点收货，那钱还在中间商那里呢。"

"急什么啊。明天的。那钱还不早晚是你的。"

"早知道你过这边来，我干吗大老远给你送去？好好，去哪里吃？好吧，这附近有。小多呢？喊她一块儿过来吧，我都想她了。你真忍心让她一个人在家带孩子。行。我在这等你。"

突然听到淘宝有提示音，有顾客问她："充气娃娃好用吗？是不是和真人一样？"

"你买回去试试就知道了。"陈玫玫不满地打上这几个字，发过去。心想我可是女性公民，再说自己还没开放到买性用品回家的地步。买家需要什么，只管买回去就是了，这样向她发问，她觉得是受了莫大的污辱。

对方听她这般回复，没再说话，立刻白了头像。当初刚开始经营淘宝的时候，她特别喜欢这个旺旺。比 QQ 好玩，一个蓝色的像小气球一样的东西，每次有人说话，它就会不停地在右下角跳，点开就能收到对方信息。等到对方下线，它就变成了白色的。苍白的，如同她的嘴唇。

想到这，她往嘴上涂了点淡淡的唇彩。都说接吻能减肥，接吻的好处多多，可想到自己很久没有让异性碰触它了。自己跟尼姑又有啥区别

呢？心下就有点凄凉。而镜子里的双唇，却是那么丰满诱人。伸出十指，指甲的底是白的，上面点缀了几朵小梅花。

看看时间，背上包向定好的酒店走去。酒店距离美甲工作室很近，五分钟时间都用不上。

四

"来了，走，里间坐。"陈玫玫还未走到酒店，就接到万启军电话，刚一进酒店大堂，就看到对方在等她。

"这么奢侈啊，还单间呢。随便坐这外面就成。正巧我饿了，回家省了一个人做饭。"

酒菜上来以后，万启军直截了当地问道："陈玫玫，怎么还单着？"

"是啊，是单着。哪比得上你们小多同学，人家上学的时候就是班花，我这么丑，谁能看上我。"

"不是吧，你是太挑了。当初你也不是没人追，这个小多跟我说过。"

"不行了，我看上的看不上我，看上我的我又看不上他。注定单下去。对了，你们两口子都是律师，平时这日子怎么过的呢？"

"正常过呗。律师也是人。"

"那倒是。我知道你是人。"陈玫玫扑哧笑了，"我倒不担心嫁不出去，嫁出去还不是迟早的事。晚点嫁有晚点嫁的好处，多自由几年是我的追求。不过，我最怕我妈领我去相亲，她越这么紧张我，我越不敢回家。"

"多久没回家了？"

"两年了。不过我妈今年非让我嫁出去，还说抽时间要来北京。我正愁呢，不怕你笑话，我现在在网上征婚呢。混成这样了，没办法，圈子太窄。主要我是不出去上班，接触人的机会太少。"

"这有什么好笑话的？我同事就是在征婚网站上网到的媳妇。人家过得幸福着呢，还是闪婚。都结婚一年多了。如今白领把自己关写字楼里，可不都是通过这些网上的渠道找对象吗？说说你条件，从今以后你哥我就把你的事当我自个儿的事了。"

"老大？是你大还是我大？当初你天天追小多同学那会儿，我可就听小多说过你比她还小。你知不知道我比她大？叫姐。好意思给我当哥。"

"你给我当姐？好咧，当大辈没好事。姐，你可不许把小弟给主任网购的事儿说给小多听。真要是让她盘问起来，我可就真的没好日子过了。其实我也是怕传到我们主任耳朵里，那我以后也没法儿在所里混了。"

"说真的，找对象的事以后就交给你了，有合适的一定别忘了。我得和我妈交差。话说回来，年龄越来越大，人越来越老，如今这年龄不像房子和黄金，根本不保值更别说增值了。"

"绝对没问题。对了陈玫玫，你的网店生意怎么样，好做吗？你够时尚前卫。"

"还行，不是跟你说过吗，我还有个实体店，美甲工作室。其实那个美甲还真挣不了多少钱，根本比不上网店，我开那店也就是平时能和现实中的人交流交流。还有就是好和我妈交差。她要是知道我开网店卖那些东西，不把我废了才怪。"

"的确，现代人尽管是开放了，可老一辈还是很传统的。就算是如今开放程度与日俱增，像我们正常家庭，还是不能配备这些物件呢。你说呢？放没处放，藏没处藏的。要是被老婆孩子看见，那不是炸锅了？我看都得闹离婚。"

陈玫玫看万启军盯着她看，她倒不好意思起来。一想一个未婚女人开这么个店，也是够怪异的。就不说话了，只顾低着头吃菜。

电话骤然响起，是张晓丽："玫子，你在哪儿？快回来陪我说会儿话，我要疯了。"

陈玫玫捂住话筒："是张晓丽，你应该认识吧？和小多我们都是同学。"

"让她也过来吧。"万启军显得不是太积极。

"晓丽，我在饭店吃饭呢，你过来吧？那行，你好好歇会儿，我一会儿就回去。"挂断电话，"她说累了，不想动。"

"张晓丽？我怎么没什么印象？"

"哦，你也许没印象，她是特别不爱张扬的一个人，挺稳重的。再说那时你和小多正处得热乎，哪能注意我们身边其他人呢？"

"倒也是，我多专一。"

听到这，陈玫玫就想笑，专一，多好的词。可是看过太多情感方面的文章，陈玫玫对感情产生过不少的错觉。男人和女人在一起，真的能做到专一吗？那么，七年之痒八年之痛到底是针对什么人说的？陈玫玫其实有点恐婚，可是为了老妈，她发誓要用这一整年网到一个不管是白马还是黑马的男人，只要这匹马能稳稳地驮着她回老家向爸妈交差，再

用余生的精力驮着她一个人走，只驮她一个人走，她也就满足了。

回到工作室，让陈玫玫吃惊的是有两幅非常漂亮的画放在她的电脑桌上。张晓丽正坐在椅子上发呆。

"晓丽，怎么了？怎么这么一会儿工夫看不到我就想我了？猜刚才我和谁吃饭？"

"还能有谁，还不是你N次相亲以后又认识了一个热衷你的应婚者。人家想再次和你约会，所以请你吃了大餐。我想你？我才懒得想你，是刚才有个很帅的男人给你送画来，打电话给你让你回来其实主要就是这事。我让他打给你，他说看你不在就不打搅你了，说明天抽时间过来和你说。他当时想把画拿回去，好像我会贪了他的画一样，后来临走说今天如果能看见你，让你给回个电话也成。那可怜巴巴的样子，啧，不是爱上你了吧？"

"得了，人家搞艺术的能看上我？就我在你眼里不修边幅的邋遢样，谁会看上我啊？别说，这人画得还真不错，这么贵重的画放在你这个陌生人手里，他对你还真放心。"

"什么话？难道我真会把它据为己有？你在我脸上看出来了？我家可没地儿挂这么艳俗的东西。我看也就适合你这小店挂，还能给你招徕生意。还我是陌生人，怎么，你是他亲人？"张晓丽哗哗地翻着杂志，根本一副心不在焉的模样。

"别贫了，到底怎么了？和老公吵架了？不是刚出差吗，这么快就回来了？还真是舍不得把娇妻一个人放家里。我一直想，等你们有了孩子，他还会不会这样一直疼你。都说孩子是第三者。还有你，别到时候有了孩子忘了老公。有多少家庭，因为添了孩子，老婆从此对老公熟视无睹。"

"胡说八道。孩子是爱情的结晶，是两个人感情的延续，怎么可能是第三者。告诉你吧，我都怀孕两个月了。"

"啊，这么大的事怎么才和我说？"

"有什么可说的，我婆婆和小姑子一来，连别人说的妊娠反应都给吓跑了。再说不是有三个月内怀孕不许到处宣扬的说法吗？"张晓丽今天的郁闷其实缘于小姑子，可是现在忽然又不想说了。告诉自己平静再平静，淡定再淡定。一切都会过去。

"哦，明白了，是小姑子又惹你了？可你今天不是回去说老太太闹肚子吗，怎么这么快就回来了？"

"人家亲闺女不劳驾我。我也奇怪了，既然用不上我还折腾我回去干什么？我真是服了她。我知道，这次跟他哥借钱我不让借，跟我闹情绪。可凭什么，我们又不是银行。他哥结婚了，我们要为将来储备，我们还要生孩子，她还以为她哥是只和她们娘俩在一起生活呢。上次借的十万全赔干净了，还不知道哪辈子还呢。"张晓丽终于还是没有忍耐住。

"她原来干吗呀，十万全都赔了。也够狠的。"

"也是做服装生意，弄的还是什么品牌的。店铺挺大，结果赔得一塌糊涂。还是和别人合股。"

"做生意有赔有赚也正常。"

"正常是正常，可我希望她从最底层做起，哪怕去做服务员。不能老指望着跟别人借钱做生意吧？何况还是和哥嫂，明摆着借了就是不想还的。"

"她不愿意？"

"是的。我也不管了，我越管她越烦。我也不想给自己添堵，好好怀孕好好生孩子。"

"对，你也别生气了。自己的路自己走，也没办法管。"

"你给会……他叫会什么？你给他回个电话，我当时看他有点迟疑，好像不太敢把这画留下。可他说他先前和你说了，走的时候让你回来给他回个电话。我的话儿捎到了，你赶紧打一个，别把人家吓着。你不是说这画值钱吗？"

"会大辅。行，那我回去打，这么晚了也不会有顾客了，你也早点回吧。"

"我还不能回，刚从家里气出来，这家都成她们的了，我倒成了客。再这么折腾我还住在这店里了。"

"别耍小孩脾气了。小姑子不懂事，你可别不懂事，你还得回去照顾老太太呢。"

"我就说要带她去医院，她偏不去。你说不去把我喊回去干什么？不说了，一肚子怨。"

"瞧瞧我们温和的晓丽，如今也掉进婆婆门小姑门不能自拔了。好好修炼，我将来还要和你取经呢。你千万不能颓废，你颓废了我怎么嫁呢？你永远是我的榜样。榜样千万不能垮。"

"少来。"

"我就不挑拨你和婆婆小姑的关系了，不然我非把你弄到我那陪我睡不可。"陈玫玫伸了下舌头做了个鬼脸，背着包走出店门。

第二章　征婚征婚

一

"会……对了，会大辅。我回来看到你送过来的画了。两幅是吧？你要相信在我的店里能卖出去，那我明天就把它挂起来。"

"我相信。没准卖个十幅八幅的都没问题呢。你这样的店，挂它最合适，大不了卖不出去替你赚吆喝了。保证美甲的人更多。"会大辅那边正对着画板作画，接听电话以后歪着脖子欣赏着刚刚打完草稿的手指。

"那倒是，可要是顾客来了让我照你这画上的图去描绘，这不是害我吗？我可没这本事把故宫给人家弄到手指甲上去。"

"我主要也是相中你这条街了。繁华，客流量大，哪怕就算给我做个宣传也是好的。"

"噢，那我帮你卖画，现在我就得收宣传费了，画卖出去我得要提成。"

"没问题。百分之五提成，怎么样？"

"你也太小气了吧。才百分之五？现在什么提成不是对半或者四六呢？"陈玫玫差点脱口而出，一想到他们还不是太熟，就咽了回去。何况她也不是专业给他卖画，代卖而已。想想钱不是太有所谓的事。

"你信得着我就先放这吧，能不能卖出去我可说不准。对了，我奇怪你怎么不把它放在画廊里卖呢？"

"有的，画廊也有。但你所在的这条街没有画廊，我倒是有心在这条街上开个画廊，可没资金。你也别有压力，我不急。搞艺术，急不得。"

"那好吧。艺术，我不懂。"

"以前我总从这条街上走，你的店也关注很久了，我看了你拍的作品，那可是你的作品啊？你给女孩子做的美甲可真好看。我说的是真话，你把它们拍下来，这就是艺术。而且名副其实。"

"摄影艺术？"陈玫玫忍不住笑了。

"对，除了摄影，也表现了你绘制的技巧。那手指甲虽小，可被你绘制得那么好看，难道不能说它是艺术？"

"我可不懂艺术，也没工夫谈什么艺术，我得做饭吃饭了。"

"一个人做？几个人吃？"

陈玫玫有所警觉，甚至有点反感，但还是回复了他："一个人做，一个人吃。好了，拜拜。"

会大辅见陈玫玫挂电话非常神速，愣了一下。回头看向自己的厨房，厨房的位置其实就是这个独门独院的厢房，在西侧，旁边就是卫生间。主人设计得好，吃喝拉撒睡挨得还不是一般的近。北侧是卧室。想到这，禁不住苦笑着摇了下头。想想自己也是一个人做，一个人吃，不免有点辛酸。没人疼没人爱没人关心的日子，只好用来画画了。一想到这，叽里咕噜的肚子也拗不过他，饿了就喝茶水，这是会大辅多年养成的习惯。都说茶水不能空腹喝，可他并没有觉得喝完有什么大碍。直喝到肚胀，也不觉得有多饿了。看样子，茶水的确可以充饥。就算这样，每次到吃饭的时间还是要按部就班地做了给自己吃。然而，今天晚上竟然不想吃饭，自己也说不明白什么原因。

茶水冲泡了几次以后，竟然淡得如同白水，索性把紫砂壶里的叶子倒掉再泡。院子里放了一只铁桶，垃圾全都倒进去，几天倒一回，在不和外界联系的时候，手机也处于静音状态。以前创作是要关机的，偏在关机的时候会失掉卖画的商机，索性再也不关了。又恐打扰绘画的思路，就在开机的状态下设置成静音，大不了在自己闲着的时候看到曾有人找他再回复过去，这样也就不会耽误什么事。

陈玫玫那边快速挂断电话以后，心里有点不是滋味。来北京这么多年，差不多一直是自己做自己吃。早餐对付一口，午餐有的时候和张晓丽伙拼，晚上一般就不将就了。就算是不将就，一个人做还是不能做得太多，毕竟对于她来说，剩饭一个人吃，要多不好吃就有多么不好吃。没人陪吃饭的滋味确实不咋的。

正忙着做菜的陈玫玫接到一条短信："记得跟小多说话千万别提我替主任买东西的事啊。我会记得一定把最好的男人介绍给你。"

陈玫玫摇摇头，至于吗，买东西的事如今好像成了万启军的心事。余小多又不是洪水猛兽，余小多那样一个温暖的小女人，就算知道万启军自己买的也不会怪罪他吧？当陈玫玫想到这，倒有了不寒而栗的感觉。万启军如果真的是给自己买，那么多多少少也说明他们有点不正常。难道？万启军和余小多性生活不和谐，他不得不利用器具来达到满足感？

余小多初中高中始终和陈玫玫一个班。要说余小多可是温和着呢。不管男人还是女人，见了她都会觉得她是女人当中的极品。大眼睛、双眼皮，皮肤白皙，说话慢声细气，留刚过肩膀的披肩发，大多数时候不戴耳环，指甲油总是涂无色透明的，而且不留长指甲。在老年人和大多数人的心里，留长指甲的女人都不会是什么正经女人。尤其白领，指甲都剪得短短的，稍稍突出指肚那么一点点的恰到好处。

而陈玫玫的指甲就是偏长的，这可能和她的工作有关系。她把它们修饰到几乎可以说是完美。幸好从小陈玫玫是左撇子，长大以后双手并用，这有赖于老妈对自己的监督，说左撇子做事看着不好看，太另类，不合群。她就是这样硬生生地在成年以后把左撇子改成了右撇子。美甲以后倒有了优势，自己的左手右手十指都可以相互修饰得很不错。

给自己做了一款汤，西红柿鸡蛋汤，鸡蛋甩在汤锅里，薄薄的，又好看又好吃。陈玫玫不喜欢炒鸡蛋，可血压偏低的她，听医嘱饮食调理，每天都要吃一枚鸡蛋，煮的也吃够了。炒的油腻不喜欢，只有汤里薄薄的那一种才能满足眼下她的胃口。如果汤里加点绿色就好了，在这里一个人只能凑合了，在家喝老妈做的鸡蛋汤就不一样了，撒上一点香菜沫，又好看又好喝。

一边吃着饭，一边盯着电脑，淘宝提示音一响，她赶紧撂下碗筷就冲过去。是前几天买货的顾客，非常不满意，说东西寄到单位，包装全坏了，如今他没办法在单位待了，丢尽了人，要陈玫玫补偿。陈玫玫开店这么久，还没遇见过这么严重的问题。一时不知道怎么回复。

对方知道她的淘宝旺旺在线，一个劲发文字过来，言语不客气，说如果买家是她，这种不入眼上不了台面的东西寄到单位，寄给公众，她会什么感觉？是不是有种被扒了裤子正遭受强奸的感受？

陈玫玫的脸青一阵白一阵，不知道如何应对。想了片刻，打上几个字：卖家不在电脑旁，我会转告。然后关了旺旺。心神不宁地坐在餐桌前，已经没了主意。

电话冷不防响起，吓了她一跳，是个陌生号，接过来以后才发现这手机跟烤熟的山芋一样极烫手，差点扔掉："我没在电脑旁。我有必要骗您吗？我躲什么啊？有问题解决问题，我躲了也不是办法对不？这样，我回头问问快递，看到底是谁的责任。我没有，我没有推卸责任的意思，您不能这么说我。是，是对不起。可我把货交到快递手里的时候，是完好无损的。有电话进来，您等我再回给您。"

陈玫玫赶紧挂断电话。她能听出对方的怒气，她也能理解："东西寄到单位破成什么样了你知不知道？被单位那么多人看到，就算被一两个人看到，一传十，十传百，百传千千万地传出去，对我来说是多不光彩的事你明不明白！我们夫妻感情原本那么好，现在就为这个要闹离婚了。她非说我不爱他，非说我要找个没知觉的塑料做爱。你说，你要我怎么挽回面子？我以后还怎么在单位工作？……"

这些字像铁锤一样狠狠地敲在陈玫玫的心上。

二

这几天陈玫玫手机不敢开机，一开机说不准就会接到买家电话。幸好买家在南方，她在北方。这空间上的距离，就能够允许她给自己留一点时间，好好想想这事情应该怎么办。她有点懵。

"玫子，就为这事你把手机关了？本来打电话想告诉你我今天来不了，让你帮我照应下店，干着急找不到你。算了，店关就关吧。只是觉得心疼啊。不然你就把这两个店都开了吧。我把服装都弄成明码标价的那种，你能卖一件是一件，行不？"

"老大，你知道我现在有多郁闷啊。搞不好我被人家告破产了，我就那么一点积蓄，还准备当嫁妆呢。那要是全赔偿了，我今年就算是奋斗一年，真找来了乘龙快婿，也没钱嫁自己啊。"

"你可真逗，人家都是花钱娶妻，又不是嫁男人给你，有没有嫁妆，人家还能挑你啊。都啥年代了，还这老脑筋。找到你的白马黑马，嫁了就是了，没嫁妆人家也不一定挑的。再说老家不是有老爸老妈吗，还有哥嫂吗，他们那么着急把你嫁出去，让他们贴点呗。"

"算了，我可没有这么不孝，我就打算自己挣嫁妆了。可这几年的心血，难道要被这个买家给败了？"

"玫子，我要歇段日子，你帮我照顾下店吧。利润分成。"

"乖乖，最近怎么了，怎么都找我分成？咦，你打电话找我就为了让我帮你卖衣服？搞利润分成？那你呢？你人准备去哪？去度蜜月？都老夫老妻了，拽什么啊。"陈玫玫无精打采地抬头看着那两幅挂在墙上的画。

"唉。昨天晚上，我流产了。你可不敢和我婆婆说，她血压高，别再有个三长两短，我是害了人家小的又害老的。当然，你也没见过我婆婆，她也不会来我这店，离家太远。再说，她也不知道我怀孕。"张晓丽更是一副无精打采的样子，有点自言自语的模样。

"啊，这都两个月了，怎么说流就流了？这么不小心。那你还跑出来干吗？也不怕受风。"

"这是夏天，不怕。"

"我还奇怪呢，这大夏天的，你怎么把自己包得这么严，长衣长裤，还戴着帽子。心里事多，也没顾过来问你。说实在的，自认识你以后，夏天你就从来没把自己包得这么严实过，从来都见你身上披的布少，布还没有皮肤露得多。好像你家没钱买布似的。"陈玫玫笑话她。

"好了，别贫了。你帮不帮我？"

"帮，谁说不帮了。价签我帮你弄。说真的，这几天我真是不敢开机，我不知道怎么回复人家。可我知道，我必须给人家解决。"

"那就辛苦你了。这些标签挂上以后，我把它们分成几类，上下浮动告诉你，真要遇上讲价的，你就灵活掌握。你也不用死守着我的店，你忙你的，有时间能照顾下就行，我也歇不了几天，两周吧。我就回来。你看你的事我也帮不上忙。"

"工作狂。小月子也得好好养吧。听说也得按整月养才行。我这事谁也帮不了我。"

"没你说的这么严重，又不是真生孩子。"

"你也是，都快当妈妈的人了，做事怎么还这么不小心，是不是跑健身房狂跳去了？美是应该的，可不能时时刻刻为了自己的苗条身材而不考虑别人吧？你肯定去运动了。都当妈的人了，还这么不节制。幸好你没事。"

看了看追问的陈玫玫，张晓丽欲言又止。独自进了服装店，想想回头对陈玫玫说："别忘了一会儿帮我弄价签。"

陈玫玫说好的好的，我先打个电话。然后盘算着这事是不是应该问问万启军或者余小多，他们都是律师，应该明白这事怎么办才更妥当。选择找他们二位的其中一位，这让陈玫玫犯了难，找万启军，一个大男人，刚从她这买了充气娃娃，人家事后还那么谨慎地叮嘱自己不要把此事外露出去，不管他是自己买还是真的给主任，怎么都觉得自己网店打官司再找他都不太合适。

那么找余小多？对，就找她。打开手机找电话簿，快速输入余小多三个字，真怕慢一点买家又打电话过来质问。还好，很快就跳出余小多的电话号码。正准备按接通键，猛一抬头被门外站着的会大辅吓一跳。赶紧按了关机键，想自己鬼鬼祟祟，真好像是刚干了什么见不得人的事一样。

"你来，有事？"

"没事。经过，过来看看。"

"……"陈玫玫就没话了。如果不是网店的事，她想她还有很多话，比如夸夸他的画。那天电话里尽管末了因为说一个人做饭一个人吃，让她有点别扭，可她自仔细看了他的画以后，还真是对他佩服得不行。心里面也惊奇，这么个大个子男人竟然能绘出如此细腻的画作来，让她有点不相信。她看过男画家的画，去宋庄还现场见过男画家挥笔作画。人家画的那才是男人画的，不是牛就是马的，要不就是风景山水。陈玫玫觉得大好河山才最适合男人画。花儿草儿，手，或者确切地说手指应该是女人画的，应该是她陈玫玫画的才对。

还真有来美甲的顾客问过她，说那两幅画一定是她画的吧，而且肯定地说一定是她画的。说只有她这么会美甲的女孩才能画出这么好看的手指和指甲上的风情。

当时她听后还挺得意的，可现在，她的心情很糟。糟到在接到老妈短信催她相亲的事都燃不起她的兴趣，要是以往，她一定在催逼之下赶紧屁颠屁颠地登录征婚网，看有没有人发信给她。好像只要老妈一催，立刻就能抓到一个跟他奔赴婚礼现场的男人一样。其实每天她都会登录征婚网看看情况，不少看一封信，这是她的原则。主动发信，找寻机会，这也是她这一年的重中之重。只有主动，才能争取到自己看着更顺眼的男人。

现在，没有顾客。会大辅算不上顾客。没有顾客的时候，她的心就被买方的电话揪着。电话又不敢开机了，对会大辅也就爱理不理的样子。会大辅看她有意冷落他，站也不是坐也不是。

"那个，我也不是特意过来看。经过。呵呵，经过。我走了，一会还有人去工作室看画。"会大辅边说边退出去。他其实特别想告诉眼前这个女人，他漂在北京，内心世界非常孤独。除了作画的时候他觉得自己的存在，其余时间，他觉得自己跟死了没什么分别。所以他不想死得太早，就希望生活能在某一方面鲜活起来。

三

看着会大辅离去，陈玫玫心里涌上来一股莫名其妙的滋味。眼前刚刚离去的男人有点像当年追求她的大李。大李当时也不大，才二十多岁，山东人，憨厚耿直，可那会儿，她一点儿都不想恋爱，或者只是不想和追她的这个男人恋爱。她发现和他不来电。不来电的男人，没感觉的男人，她坚决不考虑。

眼前的会大辅却有那么一小点儿不一样。会大辅尽管看上去也很老实，可他会画画，他画的画比女人画得还细腻。很微妙的，就对他有了一种说不出的感觉。难道是因为老妈催逼的电话吗？是因为没有时间上征婚网查看信件吗？是自己现在太无助，需要有人帮吗？她差点说你别走，你留下来，跟我说会儿话。可人家在眼前的时候，她偏又不想开口。因为她太烦。

眼下脑子乱成了一锅粥。她确定自己被买家折腾糊涂了，怎么可能喜欢这个男人呢，这么瘦。尽管她也讨厌胖，可是她还是喜欢肌肉男。陈玫玫手里摆弄着手机，开机，查找，拨通余小多电话："小多。对是我，你听出来了，还算你耳朵好使。我们有多久没联系了？你啊，就知道过自己的小日子，把老朋友都忘了吧。有好男人也不说给我介绍个。我现在还孤家寡人呢。我妈那边催得紧，再说我想我也老大不小了，是该成个家过正常日子了。什么？嘘。"陈玫玫赶紧压低声音，"有好男人你自个儿还留着呢？开什么玩笑你。这玩笑开大了啊。你没事？没事就好，暖暖四岁了吧？我上次看到她应该三岁半，一晃半年不见了。你给我消停点，别没事惹事。你和张晓丽可都是我的榜样，你们要是谁出了什么问题，将来我还怎么嫁？你们可要带个好头。"话说到最后，陈玫玫的声音提高了八度。

"谁？谁找我？"张晓丽赶紧走出来，陈玫玫快速和余小多说再见，说回头再打给她细说。好像余小多说过的话，立刻就会被别人窃听了一样。陈玫玫变得有点心虚。

"没办法，正求助律师，和余小多说话呢。事儿还没说，你跑出来打什么岔。"

"找余小多？她说话慢悠悠的，行吗？到法庭的时候，人家一堆堆的尖锐问题，不堵得她半天张不开嘴啊？你还不如找万启军呢，男人说话还是更赶趟。男人普遍思维活跃，反应敏捷。"

"话慢怕什么？这又不是马拉松比赛，要速度。再说我刚才电话里听她神采奕奕的，说话语速可是比以前强多少倍了。可见律师界还真是造就人才。我找余小多更方便，毕竟我们是同学，人家老公愿不愿意接我这小案子还是回事呢。小多不一样，她别说收案子了，就是白帮忙她也会伸手的。她怎么会驳我呢，当初我们不是一般的好。"

"好到去替人家约会。"张晓丽补了一句。

"你怎么竟揭人家短呢。还不是小多腼腆，本小姐的义举应该列入吉尼斯世界纪录。为好友，两肋插刀。再说，我也就是小小地考验他一番吗。"

"得了得了，说你你还喘上了。那次也就是小多肚子疼，人家准备取消约会，你偏让小多答应人家，你到他们约会的茶楼是想干吗？还不是想折腾折腾万启军，你还给万启军送花，幸好人家抗住了你的诱惑，没上你的贼船。人说，英雄难过美人关，可见你有多美了。"

"好你个张晓丽，你竟然敢说本小姐不美。只可惜，一口茶才下肚，鲜花还没献上去，我就告诉他小多因为什么没去，肚子疼，那是因为他们第一次约会，他给她喝了凉的冰红茶。"陈玫玫听出张晓丽的挖苦，心里别提多不是滋味了。

"你真没送人家花？"

"真没送。上帝他老人家为我保证。我一个弱女子，怎么可能向男人献花呢？还是一名草有主儿的男人。那朵花一直在我的包里，愣是没好意思拿出来。"

"好了，好了，你到底要向谁保证，你就向我一个人保证算了。我且先暂时相信你。我要回去了，我的肚子被你一说还真有些不舒服了。"

"天啊，你要坐小月子，竟然还在这跟我闲扯。快回家吧，打一车回去，别挤公交了。"

征　婚

　　一个人的时候，陈玫玫赶紧又给余小多打电话："你说你刚才的话，让我紧张得好像跟我要做贼一样。刚才张晓丽过来，我赶紧挂了。"

　　"怕什么呀，和她说我也不怕。"

　　"她那么厉害的嘴，不损你才怪呢。你还真是变得和以前不一样了，怎么就变成这样一副天不怕地不怕的样子了？有点面目全非啊，你。吃惊。"

　　"问世间，到底有什么最可怕的？我总结了，没有。这个真没有。小的时候我妈上班，把我扔在邻居家，邻居有个淘气的男孩，没事总跟我说鬼鬼鬼的，所以我一回到家，尤其晚上我根本不敢看窗户外面，就怕黑夜里真的跳出一个厉鬼来。我爸那会儿还在武装部，不总在家，我妈上电大，把我一个人锁在屋里，你都不知道我有多怕。长大以后我才知道这世上本没鬼。其实都是人吓唬人。"

　　"小多，你有时间吗？我们见面聊吧？"

　　"我哪有时间啊，一天不是案子就是房子再就是孩子。我家在威夷花园买了套三居室，正装修呢。我都恨不得把自己当两个人使唤。现在自去年把暖暖接过来，我都要累死了。"

　　"可我真的有事求你。"

　　"什么事？"

　　"我在淘宝店有个店铺，前不久卖了件东西，结果送到人家单位的时候包装破了。东西被看了个正着，买家发火，说损坏了他的名誉要告我。还说为此闹得他都要离婚了。你说我该怎么办啊？"

　　"这样。那明天我抽个时间约你。我现在真定不下来。刚和设计约好，今天还要去房子那边，他给我设计了几个草图，我得审核筛选下。晚上还要接暖暖。万启军这几天又出差不在北京。"

　　"好吧，明天你电我。"

　　关门打烊，回到住处依然要打开电脑。要收发邮件，要看淘宝留言，一切处理完毕，犹豫之间又点开征婚网，信不是太多，有几封是自己主动发过去又回复给她的。有的留下了 QQ 号或者邮箱地址，希望进一步了解。有一封信让她倍感吃惊，相册里没有一张照片，但长篇大论占了半屏，文字诚恳，还留了 QQ 号。索性加上。对方竟然在线，验证她的身份以后，立刻发过来和征婚网上相同的文字，只是多了手机号和一张照片。

四

看了照片，陈玫玫一阵倒胃，怎么跟个小日本儿似的？她想我再找不着男人我也不想要日本人。何况这还是个伪的，明明电话号前面的名字是中文名。对方也不跟她要照片，接着又发来大段文字，竟然赤裸裸地提到他的性能力有多强，以及他的生理尺寸。文字再不能往下看了。陈玫玫赶紧把此人拉入黑名单，不解气，跑黑名单里又把他清除掉，看着干净的页面，这才算松了口气。

"NND，这都什么人呢。真是林子大了，啥鸟都有。"想想自己又不死心，重新登录征婚网，选中北京地区、男性、年龄在三十到三十八岁之间，然后开始搜索。一页页翻过去，看着有几个还算顺眼的就发了几封信，大海捞针吧。实在不甘心自己这辈子就遇不上另一半。

"你可以无房无车，我们租房住，骑自行车或者徒步。你可以身高一米七五到一米八零，我可以为你穿高跟鞋，也可以为你穿运动鞋。"刷新收件箱，一直没有回复，显然发过去的信都暂时存在了对方的收件箱里，等到对方什么时候能读到，读到以后能否及时回信她也说不上。她是把自己照片上传到网站上的，传的全是生活照，还有一寸免冠照，是当初办驾照的时候拍的。白底蓝色上衣，年龄看上去着实比本人年长不少。张晓丽就说她不该放这张照片，说太老成了，说征婚你得传漂亮好看点的，给人第一印象非常重要。陈玫玫不这么想，说我如果传最漂亮的，等见了我本人，不是落差太大了。传最丑的，等见了面，没准还有一种揭盖有惊喜的感觉呢。

为此，张晓丽偶尔会拿这事笑话她，说难怪征了这么久，只有那么几个来应征的，就你这照片都不合格。陈玫玫无奈地撇撇嘴，看来今天晚上是没有人会回复她信件了。有几封来信，她觉得眼缘不够，就礼貌地回复拒绝了。关掉电脑，找本杂志翻着看。电话响，是会大辅。陈玫玫警觉地问："你有事吗？"

"没有，就想给你打个电话。干吗呢，吃完饭了？"

"没有，没食欲，也不能老想着吃饭啊。"陈玫玫觉得会大辅一打电话过来好像就跟她讨论吃没吃饭。好像因为他本人始终处于挨饿状态，别人就应该和他一样也在挨饿。今天陈玫玫是真没食欲。

"你是不是有什么心事？"对方试探地问。停了一下继续说，"我能

帮你分担吗？我在北京朋友也不多，你看现在我还把画放在你那里占着地方麻烦你，那你能把我当你的好朋友吗？就像小学或者初中那样能聊得来的知心朋友。我们能经常相互说说话也是好的，你说呢。"

"我能有什么心事。没有。这几天事多，心情有些烦而已。不占地方，挂那还有利于我给别人美甲呢。"

"能说说吗？为啥烦？我还挺会开导人的呢。"

"好像不能。"想起一大早还没爬下床，就接到老妈催婚电话，跟每天早晨提前设置的闹铃一样，吵得她心惊肉跳。一想到这就禁不住烦。于是说话就有些重，从电话听筒对面传过来的声音就有点唯唯诺诺，有点不像个男人。"我明白你总是打电话过来的原因了。是不是画放我那不放心？丢是丢不了，但能不能卖出去，我先前和你说过的，我是说不准的。你要是着急让它变现，就只好先拿走了。这都好几天过去了，根本没有一个人问价。倒是有说好看的，还以为是我画的。以为会美甲就会画手指甲呢，我可没这本事。"

"呵，这也不是什么大本事。"

"本事够大了。一个大男人，把女人的手指画得这么到位。难道你养着手模？"

"哪里养得起手模，我都是用相机把好看的手形拍出来，然后照着画。"

"真的？生活中你也会遇到这么好看的手吗？我觉得只有手模才会有这么好看的手，你拍了她们肯定是要付费的吧？"陈玫玫一下来了兴致。

"我拍的手也不都算太好看，也不是什么手模的。有些摄影作品我还保留着呢，有机会给你看。"

"在哪看？去你的画室吗？"话一说出来，陈玫玫才发现自己说话如此唐突。

"好啊，我的画室就是太简陋了些，你来了还能看我现场作画呢。"

"我也就这么一说，就算现场看了，我这人也不懂得欣赏，还是看你创作完的好。"

"那随你了，还是欢迎你哪天光临寒舍。现在我得做饭了，饿得肚子咕咕叫。喝茶水也不顶事。"

"不会吧？饿了你要喝茶水？饿肚子喝茶水，是很伤胃的。你怎么这么不会照顾自己？你妈不管你？也是，你说过你是离家在外，一个人在北京漂。"陈玫玫其实想说,你老婆不管你?可是怎么都觉得有点别扭。人家有没有老婆?再说,自己也没必要提人家的私事,说人家妈倒很贴切。因为毕竟谁都有个妈妈。

"不是,没关系的。我都养成习惯了。每天早晨起床就泡壶茶,一边喝茶一边作画。茶水就是我的零食。我想你一定喜欢吃零食吧?女孩子都喜欢零食。我妹就是。而我的零食就是我的茶水。我从来不吃早饭,只喝茶。"

陈玫玫心底轻轻一笑:"是啊,你还真聪明,我平时没有零食过不了日子的。我一般吃饭的时候吃得都不多,就留着肚子吃零食呢。我现在终于明白早茶的来历了。"

"今天晚上是吃了零食了还是吃了饭?不然我请你吃饭吧?我也好久没打牙祭了。正好我也不用做了,一个人做饭真是没有味道,除了煮面好像不知道做啥。"

"不去。你的画都没给你卖出去一幅,哪好意思去蹭你的饭呢。等哪天画卖了,就不要提成了,去大餐一顿。"

"你以为卖一幅画这么容易呢?有的时候一下子就能卖出去好多幅,有时很久都卖不出一幅。股市和玉器行不是有这句话吗?'三年不开市,开市吃三年。'莫急。这不是急的事。"

"不是我急,我是怕你急。你不急就好。我手机有来电,不知道是谁打的,我先挂了。"挂断电话,查看未接来电,是万启军。

回过去:"是你啊,出差?出差怎么还打电话给我?有急事?"

万启军一手拿着电话一手扯下脚上的袜子扔到宾馆床上:"玫子,是我。当然有急事,相亲算不算急事?就是嘛,我跟你说过的,以后你的婚事就全包给我了,保我给你找到如意郎君。"

"要把什么条件的介绍给我啊?你大老远的出差还操心我这事,感激不尽。"

"那是。是这样啊,我在石家庄出差,和我小学同学联系上了。他现在在石家庄发展,有自己的公司,是离异的。别别,离异怎么了,离异的男人不见得不是好男人。人家孩子归女方了,你们结了婚,还可以再生。"

"拜托您,我还没结婚,凭什么给我送个二手男人来?不要。离过婚的能好到哪去?就算是他被动离婚,还不是有过失败的婚姻,有过失败就有阴影,那阴影是不好散去的了。就算我再着急嫁人,老弟也不要

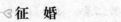

把个二婚头介绍给我了。"

"真服了，怎么就想不开呢。他们真的是因为娘家丈母娘事多，我了解他，我能把你往火坑里推吗？你想想，你是小多的同学兼好友，我能害你吗？害你就是害小多，她以后怎么在你们面前抬得起头？我了解我这个发小，自己有企业，又聪明又能干又爱家，你嫁了他以后啊，吃香喝辣，还开什么网店啊……"

"爱家？爱家还离婚？爱家就得爱老婆，爱老婆就得容忍娘家的一切，我看他还是太照顾自己的情绪了。属于自私那伙儿的。话说老万同志，我是未婚女青年，我真不想要二婚的。下次有好的再介绍我啊。"

"好吧，好吧。"万启军无奈地放下电话。

陈玫玫伸了个懒腰，不小心在镜子里看到自己的脸。自己忍不住把嘴角往上拉了拉，做了个鬼脸，伸了下舌头。用两手往两边抻了抻眼角，想自己熬夜开网店的确是辛苦，都有眼袋了，要靠眼霜维持。如果再不赶紧把自己嫁出去，真怕将来要委屈自己选二婚头了？想到这里不寒而栗。

第三章 精装版女律师

一

说好了在碧柳塘咖啡厅相见。陈玫玫早到了一会，眼见着透过大玻璃窗看到余小多穿着黑色连衣裙款款走向大门口，陈玫玫禁不住眼珠都要跌出眼眶。

"小半年不见，你怎么越来越标致了？"陈玫玫示意余小多坐在自己对面。

"有吗？你不会不知道吧，女人到了我们这个年龄就更要善待自己。我每天都会把自己打扮得花枝招展，就仿佛每天都要等待一场电视直播。其实，生活每天都是现场直播，不是有句话吗，生活没有彩排。所以必须打扮精致。"

"就为了给你的当事人打官司，你才这样打扮的吧？我知道女人分精装版和简装版。不用说了，你就是精装的，我就是那简装的。别看我还没嫁，我就已经把自己往老里打扮了，是不是因为我心老了？"

"心态决定一个人的命运。你应该这样想，生活本来就很累了，我们为什么还不活得轻松点？怎么轻松怎么来。"余小多搅拌着杯子里的咖啡。

"加糖吗？"

"不用，喝咖啡不同，咖啡要喝原味的。生活就不一样了，生活我们要享受最甜的那一部分。偶尔喝喝咖啡，让自己味蕾尝点与众不同的味道，也是有必要的。"

"对了，我记得原来是你婆婆照看暖暖？"

"是的，她回去了。她和我们在一起生活不习惯。可她一走，我们一家三口竟然有两口不习惯的。"

"两口？"

"万启军，还有暖暖。不过暖暖现在好多了，现在暖暖还挺依赖我的，除了工作，我把更多的时间都给了暖暖。"

"万启军呢？你不把更多的时间给他吗？"陈玫玫的脑海里一下闪出慈云寺桥下的交易来。难道，万启军纯粹是在给自己买性用品？想到这，禁不住随口一说。

"打住，这是隐私范畴内的话题，小市民就喜欢打听别人的隐私。你怎么也步入世俗小市民的行列了？还想听我的隐私？说，想听什么？我讲给你听。想听哪种感情？"余小多嘻嘻地笑着。

"服了。小多同学，瞧你怎么变成这样了？油嘴滑舌的调调，我都有点不认识你了。哪种感情？哪种感情我也不听了还是。省省耳朵。"

"变是必然的，变不可怕，不变才可怕。你喜欢一年三百六十五天都过一种循规蹈矩的生活吗？我不喜欢。被动的变也好，主动的变也好，反正都是要变的。"余小多开始喝咖啡，不再说话。

"如果生活一直美好，我可以一直不变。就像我这身运动装，我可以穿李宁的、361度的，也可以穿迪卡侬的，大市场的也穿，只要是运动的服装我都喜欢。我不管是什么牌子。只要面料顺我心意，哪怕它是小作坊生产出来的。我只要运动装就好。可那些薄纱透的就不适合我。你认为我这一年四季表面的不更改算是对服装的循规蹈矩吗？你倒是变了，变得越来越会打扮，而且你现在一定去美容了，看你的皮肤这么紧致细腻，都妈妈了，竟然比我的皮肤强很多。"

"对，这你就说到点子上了。女人就得这样美，不然，连你的枕边人也不屑于看你的。"

陈玫玫觉得余小多话里有话，可是今天她们是来谈她网店出的这场事故，要怎样扭转，把它处理得更好，才是眼下她最关心的。

"小多，你看我这淘宝店开的，生意本来就不多，这又出了这档子事。你说我该怎么办呢？给我出一招吧。以后我再跟你学怎么做精装女人。"陈玫玫及时转变话题，不想彼此太尴尬。心里纳闷，怎么说着说着，说到了枕边人。

"是快递公司上门取货吗？"余小多恢复了工作态度。

"是的。这家快递总公司在上海，来取货的是我们区的分公司。事后我打电话给他们，他们坚持说发货的时候包装是完整无损的。还说不可能把没包装好的产品发给顾客。"

"是你亲眼所见？你发货的时候是到你这里来取的吗？当时他们直接给产品打了包装？"

"第一次来的时候他们没有带包装，产品太大。我也担心直接把东西给他们将来会出问题，我就让他第二次来的时候专门带了可以包装它的袋子。对，我是亲眼看到他给封了袋口的。另外，我发货之前都会在产品外面包上一层，买家却说我包装的那一层也破损了。"

"这么说，一定是在路上破损的。就是说对方快递接到手的时候也许是坏了包装，可他们没有再次给产品加包装。事实上他们有义务把包装好的东西送到客户手里，如果东西破损着，他们视作不见，尤其这种特殊商品，跟他们有直接关系。有对方快递的电话吗？"

"对方接货公司跟我发货的肯定是一家的，我也只能试着跟他要。"

"现在必须找到让产品包装破损的最直接的责任人，才能排除你的责任，否则你就必须要赔偿买家。"

"我包好了的啊。而且发货的时候我也看到商品包装完好，怎么要我赔呢。这不公平。"

"可事实是这样的，你是卖家，你有义务提供你的优质服务，包括完好的产品，以及完好的外包装。而买家有理由拒绝不接受破损的产品。有些产品不要也就不要了，退回来也就退回来了。而像你这种特殊商品，对方说你给他造成了伤害，这事就不简单了。"

"他是拒收，可就算人家快递给我送回来，买家的单位，领导还有同事还是看到了产品确实是性用品。小多，真的，我的头都大了。"

"你不用太着急。这事交给我，我把手里现在这个案子结了就去跑你这个。"

二

"天哪，那要多久啊？"

"这也不是急的事。我还要到对方城市去取证。不过，这事如果你能和他和平解决最好，否则来去差旅费也不少，不是太值得。当然如果真的打官司，赢家不用拿费用，这个你也知道。你也真是会赶，我这边

案子加上房子、孩子，够我累的了。"

"婆婆呢？"

"刚走没多少天，也是婆媳相处费点劲。她也不是太喜欢在我们家，谁都愿意在自己的窝里待着吧，更自在些。"

"有婆婆给照顾孩子，你幸福吧。将来我找另一半，一定找个有婆婆的，好给我看孩子。"

"看把你美的，另一半都不知道在哪里，倒先急着要起婆婆来，你以为婆媳关系这么好相处呢？在婆婆的眼里，你是抢走他儿子的最恶毒的女人。"

"不会吧？别给我灌输消极思想，你和晓丽都是名花有主了，我还光棍一个，你们应该积极给我找寻另一半才对。要不是摊上这么一件闹心的事，我现在应该是在应婚现场或者应婚的路上。相亲是今年我的重中之重。不给老妈找到半个儿子回去，我就不是她女儿。"

"真是墙外的想进来，墙里的想出去。"余小多无奈地摇着头。

"打住。你怎么如今变成这样了？好好的一家三口，两口子又都是律师，比翼双飞不知多让我们羡慕，暖暖又那么可爱。你可不要胡想乱想的。"

"这不是我想不想的问题。算了，跟你个小屁孩也说不明白。"

"你比我早结婚，比我早生孩子，你就敢教训起我来？咱比比，是你相亲相得多见的男人多呢还是我相亲相得多见的男人多？男人虽然单独相处的并不多，但也算是过尽千帆，你和万启军不过是初恋罢了。我的初恋早就在初中就夭折了，而你的是在高中吧。你晚熟，我比你不知要成熟多少倍呢，以后少在我面前装元老。我要是早点结婚，孩子早会打酱油了，你家暖暖还得锻炼两三年吧。"

"你看你这小气劲吧，凡事还这么较真，这怎么能快速把自己嫁出去呢？男人最怕女人较真了。没听说一句话吗，婚前睁大眼，婚后半睁眼。婚后你还死较真，有你好活的。以后好好学着点吧。"

"行，姐姐，你的经验之谈，我谨记啦。那说好了，你一定要一直带好头，别让我失望。"

余小多听到这，原本的乐观开朗一下子仿佛就沉入了低谷。话于是就少了很多。

两个人自咖啡厅告辞各自离去以后，陈玫玫回到工作室。门未上锁，这让陈玫玫大吃一惊，难道是自己因为网店的事而疏忽了店铺？自己的美甲室除了会大辅两幅画值钱以外，自己的东西再值钱那也比不上别人的东西值钱啊，自己哪里有能力赔偿？禁不住心里咯噔咯噔的。难道真是祸不单行？如果把张晓丽店铺里的时装再给弄丢了，那自己就更没办法交差。只好宣告破产了。

提心吊胆地打开门走进去，一眼熟的女孩赶紧迎过来："姐，你可回来了，我等你好长时间了。"

"玫子，赶紧给人美甲吧。怎么打你电话关机？"张晓丽从里屋走出来。

"你？不是休假吗？又来了？是啊，谈点事怕打扰就关了。"

"嗯？"张晓丽眼神暧昧地看着陈玫玫。陈玫玫明白她要说什么，如果没有外人，她肯定说她又去相亲了，没准遇上了一见钟情的就立刻沦陷了也说不定。"

"别瞎猜。我和小多聊点正事，回头再说，我倒想问你怎么又杀回来，不好好休息。"陈玫玫一边说一边招呼那个很急迫地和她打招呼的女孩。

"姐，我想把指甲弄成这样的。"女孩提供了两张照片，"姐，我还要告诉你一个好消息，上次手模大赛我获了一等奖，刚和一家化妆品公司签了约。免不了要拍些广告，以后我的手可就靠你了。你以后就叫我小曼吧。"

"真的？那可真是好事。我想起来了，上次是你男友陪你来的吧？今天他没来？"

"来了，可是等的时间太长，他有事先走了。你现在很忙吗？你能把电话号告诉我吗，以后我要是能随时跟你联系随时可以美甲就更好了。"

"行啊，从今以后我就做你的御用美甲师。"陈玫玫洗了手，开始工作。

三

"姐，你这两幅画上次我好像没看到？是你画的吗？"女孩脸上无比羡慕的表情，"真好看。我的手指甲上要是也能绘上故宫，画上代表北京首都的风景就更好了。"

"不是。这是一个画家画的。我哪有这水平，我也就给女孩子美美

甲，真让我拿画笔往画布上描，还真不行。没学过。不过我想手模突出的是手指的美，指甲上如果浓墨重彩地画上风景，反而让指甲变得沉重了。会抢了原本漂亮指甲的风头。再说你是给护肤品做广告吧，如果给你画上故宫，你看人家公司能愿意吗。"

"那倒是，他们告诉我手指甲颜色不要弄得太重，要恬淡，有些小花都没关系。"

"这就是了，所以你今天带来的这两幅照片都非常合适。他们没夸你选的这两张图片好啊。看上去多美，显得手指修长而且白皙。要是弄一堆建筑物到你手指甲上，一定不好看了。画家画的我觉得也就仅供欣赏而已。"

"当然一定给他们看了，得到了批准才来的。不然我还不是要再受罪，弄得好好的，要是不合他们意，再去洗了重弄，我的指甲都会伤到了。"

"就是呢。"陈玫玫心里也突突地跳，这要真让她给小曼的手指甲上绘上庄严的故宫，那可太费工夫了。忽然就怨起会大辅的这两幅作品来，心想这不是添乱吗。陈玫玫赶紧转移小曼的注意力，似乎真的担心她让她把故宫搬到她的手指上去。"那你每天是不是要特殊保养这双手呢？"

"是啊，让我回家不许洗衣服，不许沾太多水。现在洗衣服这些家务活都被男朋友包揽去了。他也挺支持我做手模的。就是麻烦，每天睡前特别要洗干净双手，水温还不能太冷也不能太热，然后把白醋喷到手上，直到拍干为止。还有，一定要抹上护手霜，千万不要抹面霜，手比脸要更多的呵护呢。它需要更多的滋润。记得戴线手套睡觉。平时还要经常做手部按摩。我也是刚刚才接触这一行，还得慢慢学呢。"

"还真是麻烦，可是要把一双手保养得漂漂亮亮的，也值啊。这可是女人的第二张脸呢。加油，相信你是最棒的。"

"谢谢姐姐。"

当女孩满意地离去以后，陈玫玫才想起张晓丽曾经出现在店里。她推开门走进去，见张晓丽坐在玻璃桌前发呆。

"怎么了？这不是犯毛病吗，不在家养身体，跑回来干吗，这才几天啊。不要命了。"

"玫子，别提了。那个家我是真的待不下去了。"

"说说看，怎么了。"

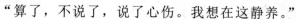

"算了，不说了，说了心伤。我想在这静养。"

"老大，这里要是能静养，你就回来开店算了，一边养着身体一边还能赚几大毛钱回家。你现在不好好休息，将来身体出问题，我看后悔药去哪里买。我嫂子当初就是不好好坐月子，后来腰疼腿疼的。"

"我也想好好待在家里啊。可家里两个婆婆，让我怎么待？真婆婆对我倒还好，可小姑子来了以后，两个人猫在她们的房间里，叽叽咕咕的，我倒成了外人。最要命的是小姑子天天磨她哥要钱，她磨她哥，她哥就来磨我。十万，我都借过一次了，我哪来这么多十万，我们也要生活的呀。"

"我终于知道什么是得寸进尺了。但是，这个月子总是要照顾你的吧？婆婆照顾得怎么样。"

"没有，我没说。医生说休息两周就成，这都快一个星期了。小月子也没必要告诉她们的。"

"这你就不对了，无论怎么样也要让她们知道啊。李健呢，他也没和老妈说？"

"是的，是我俩商量好的。医生说这次自然流产，下次能不能怀上还说不定。要月子以后去医院开药调理。我是怕将来怀不上，他们家就这一个儿子，我是怕说出去反倒压力大了。还是等将来怀上了再说的好。"

"怎么就不小心呢？到底什么原因导致的？"

"能有啥原因，就是不小心呗。"

"不怕。咱年轻，人家五六十岁都能生，咱怕啥？年轻，底子自然就好。不过你还是要好好养着的好，不要太大意了。让李健多做些好吃营养的给你。"

"他出差。我今天就没打算回去。"

"住哪？那去我那吧。"

"不去，你不知道我生在偏远农村？打小就听说月子最脏了，别去住了再给你带来不吉利。"

"我算服了你，新时代青年竟然能说出这样的话来。可这地方你怎么住？"

张晓丽不说话，用眼神示意她。陈玫玫看到角落里放着折叠床。

"真行，姐姐，真是服了你的个性。我就不信李健不过来接你。"

"我告诉他了，我是坚决不借这十万块的。想创业，好啊，自己从底层做起。去刷碗，去做服务生，凭什么连一点创业基金都没有，总想

着跟别人借？上回十万赔个干干净净，一点教训都没有。"

"关键是你住在这里，李健有点人性的话，他应该来接你。所以你早晚还是得回家，这么折腾干什么？"

"我就和李健说和你住在一起。"

"他如果到我那查岗呢？你不妨真的去我那住吧，我那双人床又不是住不下。"

"我可不想打扰你的生活去。那是私人空间，我等人岂能随意进出。"张晓丽坏笑。

"什么人呢，和我还来这一套。我那没有男人。"陈玫玫睁大双眼很夸张地看着张晓丽。

"真没事，你回去吧。如果李健不相信我说的话真去你那查岗，你要替我好好地圆。用不着告诉他我辛苦地睡在店里。"

"唉，真是琢磨不透你这女人了。"

"快走吧。我说的是真的，我现在的身子不要到别人家乱窜是真的。"

"善良。那好了，我回去了。明天我做鸡汤给你带过来。"

四

张晓丽听到这，用很感激的眼神看了看陈玫玫。陈玫玫去超市买了两只鸡腿，准备回去给张晓丽熬鸡汤。陈玫玫从来没有伺候过别人坐月子，不知道这鸡汤里应该放什么不应该放什么。买回去，就发起难来。好在如今网络发达，在鸡肉洗干净以后，跑到网上一通搜索。当锅里咕嘟嘟冒着热气的时候，她才想起有什么事好像没干。

这几天似乎习惯了快要吃饭的时候每次接到会大辅的电话，尽管觉得那电话有些烦，有些不受她待见。每次又都是她主动挂断，可今天电话一直没响倒让她觉得少了些什么。

他在干什么呢？想想这几天真该有个人能来安慰安慰自己，却没有。想自己也够凄惨的，人家有家的都团团围着桌子开心地吃着晚饭，而她却不同，每天要一个人做一个人吃，连陪她吃饭的人都没有一个。

鸡汤都熬好了，脑子里竟然想到了会大辅，却没有把这个电话打过去。偏这时会大辅就把电话打了过来。

看到手机屏幕上这个人的名字，陈玫玫觉得自己是不是有些不正常？其实也没什么不正常，当她接通电话，才明白自己就算不接到他的电话，她也一定会打过去，好好质问质问他："喂，你说你这人是不是添乱？你把那画挂到我店里，不仅连个问价的都没有，偏今天人家手模小姐还企图让我把故宫画到她的手指上去。你这不是折腾我吗？"

"呵，有这等事？那你直接介绍给我，让我来给她画。"

"你倒想得美了，这不是抢我的生意是什么？她今天要真是跟我要这座故宫，我还真不知道怎么办了。不过人家也说了，说你这画真是好。"

"不是变着法子在夸我吧？"

"我夸你？得了吧，我有工夫在这跟你磨这嘴皮子？我长这么大，就从来不会夸人。"

"那就学呗，今天算是第一课。我教你。"

"你别得尺进丈啊。跟你学，美的你吧。还想给我当老师，我早从学校毕业了。让我教你还差不多。"

"行，你教我吧。教我什么，陈老师。本学生绝对认真。"

陈玫玫一愣，这要是面对面，她的脸一定被对方看到是红了的。她也只是随意应着上面的话说说而已，想不到竟然让对方钻了个空子。

"你就别喘了，我教你？我教你给手模画指甲吧我。"

"行啊，你别看我会画画，要让我在真人的指甲上作画，恐怕还真的不行呢。这方面你是我老师。"

"说吧，打电话给我有事吗？我忙着呢。"

"忙什么？又在忙做饭吧？一个人的饭不好做。我请你出来吃饭行吗？请好几次了，也不给个面子。"

"我做的是两个人的饭好不。刚做好的，炖的鸡汤，拌的小菜，香喷喷的米饭。"陈玫玫用筷子调着凉拌木耳丝。她喜欢这道菜，里面放点葱丝、蒜茉、香菜。她也奇怪，自己怎么有点在人家面前炫耀自己厨艺的嫌疑。

"哇，我好想有口福啊。"

"做梦吧。我要开饭了。你也自己给自己做顿丰盛的晚餐吧。我是爱莫能助。"

"人家说是爱莫能助吧。你刚才说什么？我也自己给自己？呵，我明白了，你也是自己给自己。"

"敏感的男人，是不是搞艺术的人都这样？"陈玫玫见会大辅没完没了地钻她的语言空子，心里说不出的一种滋味。想这种男人在生活中，

一定非常细致吧。可如此细致的男人，会不会心眼也很小呢？陈玫玫不喜欢心眼太小的男人，在她的字典里，男人就要大度才行，要像汪洋大海一样能海纳百川。

"不是，我这不是没话找话吗。说真的，我真是特别想和你吃一顿饭，也算是你把我当回同事也行啊。怎么说你还帮我卖画呢。"

"我那也叫帮？等哪天真的有人买画再说吧。我是从来无功不受禄的。吃人家嘴短。"

"谨慎的女孩。"

"你可真会说话，都这么老的女人了，你竟然还能称我是女孩。"

"未婚的都是女孩。"

"你怎么知道我未婚？"

"感觉。"

"要是你的感觉失灵呢？"

"那我给你画十幅画。"

"画什么？"

"画你的肖像，画你的手指，画什么都行。"

"打住吧。就我这又老又丑的模样，又不修边幅的，还是不要画了丢丑。也丢你的手艺。"

"不，你怎么这样诋毁自己。你真的非常有气质。"

"行了，我真的吃饭了，我都喘了。不是被你夸的，是饿的。有工夫再听你鼓吹我吧。"

"那好吧，看来，你和我一样，今天又注定一个人吃饭。"

"我都说了，我今天晚上做的是两个人的饭菜。"

"谁？谁这么有福气？羡慕、嫉妒。无奈。唉，喝我的茶水，吃我的面去啰。"

挂断电话，陈玫玫觉得美滋滋的，连她自己都不知道自己怎么会有这样的感觉。她如今有点依赖这个电话，好像和对方说话有点上瘾。她告诉自己，这可不行。自己对他并不了解，谁知道他有没有家？娶没娶妻？生没生孩子？如果是离婚的，她也不会要的。

在她人生的字典里，离异双方无论男女一定都有责任和问题。

要不是离店太远，陈玫玫想自己一定当天就把鸡汤给张晓丽送过去了。可是看看外面天都黑了，只好放弃自己的想法。只有等第二天带过去。

五

"我这个案子需要到外地取证，回来还要接陈玫玫的案子。所以，你必须想想，暖暖怎么办。"余小多收拾完碗筷，头也不抬地对万启军说。

"我刚回来，让我喘口气行不？"万启军本不想搭话，可是听到她提到陈玫玫，不禁认真地听着，"暖暖还继续上幼儿园呀，这不是你的想法吗？你还想送中美全托呢。"

"对，这想法不错，可是你不愿意，说把孩子一整天一整天放在外面，你不放心。怎样你才放心？"

"送回老家，你又想她。你也不放心。让我妈来照顾她，你又和我妈处不好。你说吧，我不知道。最好的办法，让你妈来。"

"你明知道我妈做生意，脱离不开。你妈没事干，我妈来不了。"

"你现在说话越来越咄咄逼人。你妈我妈。我妈你妈。这个家就你说了算，你定。"

"还不是你先说我妈？上回我就说了一句，不应该给暖暖用洗衣粉洗衣服，就把你妈得罪了。还暴跳如雷的，说我故意跟她唱对台戏。要掐死我啊。我怎么和她唱戏了？还说你小的时候衣服都这么洗，难道我是故意的？"

"现在洗衣粉都是无磷的，我看就你事多。"

"我事多？你还好意思说我事多。我要是有儿子，我就不会让儿子在成年以后还开着门洗澡，当妈的竟然还能够厚颜无耻地盯着儿子洗澡。变态。"

"你再说一遍。"万启军眼里喷着火地看着余小多。

余小多本来没和万启军对视着说话，当她感觉对方说这句话的音量有所变化的时候，禁不住抬头看了一眼万启军，竟然看到那眼里有两团火。余小多吓得没敢继续说话。

这时暖暖跑过来："妈妈，妈妈，我要看海绵宝宝。"

余小多拉着女儿的小手，走向卧室。陪女儿看会动画片，等孩子睡去以后，当她一个人躺在床上，夜深人静之时，才觉得自己是如此孤独和寂寞。

万启军并没有在洗完澡以后走进卧室来。按理说他出差累了，回来应该尽早休息睡觉。可他没有，他躲在书房上网。余小多知道他有 N 多个女网友,在他的 Q 上从 1 开始按顺序标着号码。他也想有后宫三千吧？余小多面向墙,摸着凉凉的墙壁,纵是盛夏,仍然感觉自己很冷。眼泪禁不住滑了下来。她以前伤心到极点的时候,会打着摆子哭。可她现在没有了。她觉得自己有一种万念俱灰的麻木感。

但是,一想到上次婆婆公然打开浴室的门,看着里面赤裸裸洗澡的万启军,心里就会抖。这是母子吗？一个就那么像看婴儿一样地看着,一个就那样已经剥得干干净净了,不知羞耻地任自己的母亲看着。让余小多奇怪的是,万启军洗澡竟然不把卫生间的门反锁上！

那天万启军大声说:"我锁了。我锁门了,我妈让我打开她要找东西,我就打开了,我怎么就不能开门了？她是外人吗？小的时候,不是她为我擦屎擦尿吗？"

余小多看出万启军无论何时都是有道理的,反倒是自己没有道理可讲。

这是一个三十几岁的男人,难道他褪去了外衣,就是婴儿了？就可以任自己的母亲随便看,随便摸？为了这句随便摸,万启军狠狠地打过她一耳光。那一次她跑回娘家,尽管坐了几个小时的火车才回到娘家。而且一回到娘家就分外想暖暖,又受不了自己的妈没完没了的数落着万启军,说他好像有几年不回他们家了,说他们家公婆根本就不会做老人。大过年的,自己有家不待,还跑到女儿家去守夜,你们老两口守就守了,偏还拉上儿子媳妇。儿子媳妇又不是没有自己的家,偏要跑到大姑姐家去守什么夜。

这也是她婚后不久发生的事情。她本无意说给母亲听,她当时并未觉得事情有多么严重。结果母亲知道了,非常气愤,说自己家闺女从来没受过这等气,竟然还要睡到人家的地板上,还和公婆一个屋,这些也都罢了,如果是在公婆家守夜,如果公婆家只是一居室,这也无所谓了,可偏偏是跑到公婆女儿家守着他们的房子,这算怎么回事？这么多年她总会对此事发表下不满,说老万家根本就没把她家女儿当人待。

余小多跑回娘家,不是为了听这席唠叨的,这话从她还没怀孕没生暖暖之前就经常听自己妈说,这都说了多少年了。结果是越听越烦,又想女儿,不得不在没人请的情况下又回到北京这个家。一回到家,就会接到母亲打过来的电话,劈头盖脸地把她臭骂一顿,说她以后就是万家的奴隶了,没人把她当个人看。这出都出来了,请都不请就又跑回去。这不是自己打自己的脸吗？母亲吼完她就把电话给挂了。

　　她有过很多念头，可是一想到暖暖，就全部打消了。这一刻，她羡慕起小徐来，那个叫徐舟的男人。前些天一直在帮她设计他们的新居。她和万启军结婚这么多年，也攒了点钱，来北京以后一直租房住，如今也买得起房了，日子按理说应该是越过越好了。可自从上次婆婆和她吵完离开以后，她是觉得在这个家里，生活过得是越来越没滋没味。

　　婆婆不能和自己生活一辈子，可丈夫应该是，或者说理论上丈夫是要和自己过一辈子的，如果不出任何差错的话。而这样的夜晚，谁家恩爱夫妻不是在一起缠绵？他们却有很久都没在一起了。有时都叹自己还是不是女人，还会不会做爱。

六

　　"我觉得这个设计方案好，客厅和厨房通透的，然后用这个做隔断。客厅和厨房一目了然，又宽敞又有一种宾至如归的感觉。如果朋友来玩，我们一起在厨房忙。嗯，还真是感觉有那么一种信任感。"余小多指着几页纸中的其中一页。

　　"是不是经常去饭店吃饭？也一定想饭店的厨房能是透明的，好让我们一边吃饭一边监督他们做饭，这样才放心。你说对吗？"高大帅气的男设计师，撤下另两种设计方案。

　　"我们？好啊，你不是要真的请我吃饭吧？"余小多很孩子气地看着面前的男人，"就去那种可以监控厨房的饭店。"

　　"好啊，没问题，只要姐肯赏光，徐舟随时恭候。"

　　"对了，徐舟，你家装修房子，是你说了算，还是你老婆说了算？"余小多并不知道对方有没有老婆结没结婚，可她想试探性地问问。

　　"我家上哪去装修啊。"徐舟一句话就把家里有没有老婆的问题给挡了回去，"我还没房呢，现在住的是我姐的房子，她买完房子一直空着。当初房内格局都是姐姐和我一起设计的。她也没住，买完就出国了，姐姐说房子空着不好，有人住才有人气，也就给我住了，还说就当我给她看房子。"

　　话里话外，余小多愣是没听出来对方到底结没结婚。人家倒是有个姐姐。本想再试探地问问，想想也无味。

　　"你怎么不说话了？"徐舟看到余小多苦笑地摇了摇头，继续问，

"是不是身体有什么不舒服？早晨没吃饭吧？我知道，大多数爱美的女孩早晨都是空着肚子的。这样对身体非常不好，你等着，我马上回来。"

徐舟不等余小多回答，快速跑下楼。看着一下子变得很空的房子，余小多不禁颇感慨，结婚这么多年，还从来没有过属于自己的房子。或者说婚后再也没有过属于自己的私密空间，家里倒是有书房，可更多的时间是万启军在使用。就算万启军出差，书房偶尔腾出来，自己又要照顾好暖暖，也基本没什么时间去享受一个人的空间了。

想想欣慰的是暖暖也大了。想到自己生下暖暖的时候，万启军看都不看一眼，心里就凉得要命。她也知道，婆婆重男轻女，可她怎么就那么疼她自己的女儿？余小多知道自己产后得了抑郁症，要不是有暖暖每天哭着笑着让她相信自己还是活着的，她都不知道怎么熬过来。

想想自己还好，总算在女儿稍大点，也能恢复身心出来工作了。竟然还能胜任律师这个职业，尽管比万启军的业务量少了些，可她相信自己是摧不垮的。为了女儿，她相信自己还能好好维护这个家。

"给，吃点东西吧。我相信你一定没吃早餐。"

看着徐舟递过来的油条和豆浆，看包装是从 KFC 带回来的。余小多吃惊地发现这个男人竟然这么了解她。她的确没吃早餐，早晨暖暖去幼儿园吃饭，她把她送走，又急着开庭，又要到新房子这边来定设计方案，时间紧迫也就没吃饭。应该说，她很少吃油条。眼下，她却有一种很熨帖的感觉。一种被关心着的温馨情绪滋生着。

"你难道听到我肚子咕噜噜了？不会吧。"余小多确定自己没有这么没出息，嗔怪着说。

"我只是凭一种感觉。我姐以前她也总这样，后来找了男朋友，天天被男朋友追着吃早餐。后来身体好多了。原来血压低血糖低的，老是闹感冒。不吃早餐可不是好习惯，快吃了吧，以后记得吃早餐。晚餐可以少吃的。"

"我恰恰晚餐比较丰盛些，好吃的全都集中到晚上，尽长肉了。早晨也没有时间，要送女儿去幼儿园。"余小多不好意思地笑了。

"我可没看出来，你一点都不胖。身材这么苗条。我可想不到你是四岁孩子的妈妈。"

"老了，不像你们年轻人。"余小多故意在对方面前显示自己非常老态。想看他什么反应。

"说错了。我想我们应该一样大，或者我比你还大呢。可能我面相年轻。"

"我三十三了。"

"才大我一岁。你看你孩子都这么大了，我还没孩子呢。我妈说我一天跟个孩子似的长不大。"

余小多一边吃东西一边分析着对方刚说过的话，看样子，他尽管没提自己老婆，显然也是结了婚的，不然不可能只说没孩子这样的话。

"今天上午要开庭吗？"

"是的。我要马上出发了，不然来不及了，公交车有的时候要等很久。"

"那我送你过去吧。今天我就把这个设计书交上去，让他们备料，这就可以开工了。"

"我这装修不着急，可是你送我，会不会耽误你的工作？"

"没事啊，自己的公司，早一会晚一会都行。不耽误你这房子装修就好。"

"不急。反正租房住也成习惯了。我想你这边装修完了，我那边房子也还没到期呢。正好放放装修的味道。"余小多和万启军是有车一族，可车子基本是万启军的代步工具，余小多很少开。也是余小多有些胆小，开车上路，竟然有一次在红绿灯那憋灭了火。眼见着绿灯亮了，后边一大串着急的叫唤。余小多心说叫什么叫，这要是五环内，看你们还敢不敢叫。想到如今北京郊区也堵车，遇上自己这样的新手，不堵才怪了。想到这，余小多禁不住笑了。

"笑什么？"

"呵，你倒会捕捉，我在想我上次等红绿灯，一着急，把车弄灭火了。惹得后边司机烦。"余小多感觉对方一直在观察自己。偏她不再抬头看他。

"比我姐强多了。我姐原来在国内根本不敢开车。她从国外回来也还是不敢，可她说在国外就敢开，我猜可能是人家路宽车少。"

七

当天是星期一，北京的路况不是太好。把余小多送到地方，徐舟以六十迈的速度往单位赶，有的路段要三十或者四十迈地往前挪。开车于

他来说，还是喜欢在高速路上。一小时一百二十迈，那才过瘾。很久没享受这种过瘾的感觉。每天温暾水一样的在北京街头挪着四个轮子，觉得天都是灰的。有时堵车堵得死的心都有。人家坐公交车的可以下车步行到另一站口，他则不能扔了车子下车随人流前行。如此看来有车就算是方便，也有它的坏处。

车载 CD 播放着张学友的歌，他也跟着哼唱。他觉得今天说不出的开心，自己也不明白到底是怎么回事。刚才跑下楼去给这个女人买早餐，真是他心甘情愿的。眼前的女人瘦高个，在高大的他面前却有一种娇小瘦弱的感觉，不免让他心生怜惜。他明白女人为了窈窕，可以少吃饭，或不吃某一顿饭。可有的女人就不一样了，一日三餐把自己喂得肥饱。

一想到这里，也就没有了先前的情致。仿佛面前站着一个胖胖的女人，让他一下子就没有了胃口。难怪有秀色可餐这句话。他还真想有时间约余小多一块儿吃顿饭，和她相处好，将来手下员工在装修过程中出点小纰漏也好说话。呸呸呸，他不断地呸自己，这还没开工，就说这么不吉利的话。能有什么纰漏呢？其实还不是全装修完，让东家能够完全接受不挑毛病吗？

法庭上的余小多，显得更加干练……

走出法庭的余小多，看着灰蒙蒙的天，心下就又沉重起来。那把装修钥匙已经交给徐舟。其余六把钥匙放在租住的房子里，那六把钥匙，她准备分给自己家一把，以备将来钥匙丢了也好能再打开门。她再和万启军一人一把，还剩三把，如果婆婆能回来，交给婆婆一把。其余两把，暖暖还小，就只好存放在家里了。也算是给自己和万启军各自准备一把备用的。

想想终于有自己家的钥匙了，三十多岁了，也算有了自己的窝。只是一想到万启军的态度，心底仍有些伤心。为什么女儿每次找他玩的时候，他都会冷言冷语地说自己没有时间？难道这不是他的女儿？

他有那么多案子吗？有那么多卷宗要看吗？难道自己不是职业女性？他可以把家里所有的事情甩给自己，她毫无怨言那么多年了，就算现在自己又出来工作了，她仍然可以出得厅堂进得厨房，可他为什么对她还是冷冰冰的？他到底想要她的什么呢？

一路惆怅着走到公交车站，公交车站永远在下班时间拥挤着那么多急着要回家的人。家，是一个多么温暖的字眼儿，可对于她来说，她今天一点都不想回家。女儿刚刚找了小饭桌，阿姨可以替她把孩子接回去。

她其实是在犹豫的当口被挤上车的。或许还是自己主动迈上了车，前面就是回家的方向，自己终还是一个爱家的女子，就算在外面怎么拼杀，工作之余，最想去的地方还是家。

在楼下超市买了菜，去阿姨家接暖暖。屋里有好几个小朋友跑来跑去地玩着，却没有暖暖。

"孩子被她爸接走了，还有个老太太，说是奶奶。"

谢过阿姨，余小多清楚，婆婆来了。婆婆来了她竟然一点都不知道，万启军也不在电话里跟她说一声，哪怕打发她回来多买点菜也是好的。看来，在他们母子当中，她永远都是个外人。不过心下还是有些欢喜，最近工作实在是太忙，又要装修又要办案子，凡事不能两全，这些都做好了，暖暖那边就会受委屈。女儿无论什么时候都不许受一丁点委屈，她心疼她。这下婆婆来了，暖暖就会好过多了。心下不禁也一暖。

转回超市，又多添了两样疏菜，这才往家的方向走去。

打开门，看到地上那双陌生的女人鞋，就在想着自己怎样再次面对这个不是自己亲妈的女人。不知道是谁说过，你永远不要把自己的婆婆当妈。对自己亲妈随时可以撕下面具，不用太伪装，对婆婆永远都不可以。

在婆婆面前，你心情好的时候，心情更应该表现得非常之好，你心情坏的时候，也不能露出一丁点的坏模样，再坏也得装得非常好非常非常的好才行。

其实，每次余小多也警告自己，婆婆就是婆婆，对婆婆要尊重。可是，她怎么也尊重不起来她。这个老太太要看着她余小多的老公洗澡，要给他搓背，要给他递洗发精。她以为她是谁？她以为她还在伺候那个婴儿男？吃饭的时候，拼命往万启军的碗里夹菜，好像离了她这个老太太，万启军就很难活命了一样。好像她这个做儿媳做老婆的女人，根本哪哪儿都不合格一样。

一想起这些，余小多就尴尬地张不开嘴。她一边慢慢地脱鞋，一边在想着见面时刻的别扭场面。

八

"妈妈回来了。奶奶，妈妈回来了。"暖暖跑过来就拉余小多，"要妈妈亲。"

"不行，宝贝，妈妈在外面，浑身都是细菌，妈妈洗个脸再亲乖乖。"

本以为老太太会过来，可是没有。万启军也不见身影。婆婆永远不是妈。这话不无道理，要是妈早过来嘘寒问暖了，至少也不会躲着不见自己的女儿。余小多想自己还是得亲自过去请安才行，这要是自己亲妈，还用得着摆这架子吗？

万启军从厨房走出来："买这么多菜？我买了现成的，不用做了。这就开饭。"

"能不吃饭店的就不要吃，你不怕地沟油？有多少白领吃饭都要自己拎油桶了。"

"你怎么这么矫情？每天中午我们在外面不是吃别人做的？"

"就因为没办法自己解决，晚上回来可以自己做，为什么不自己做。暖暖也好吃个安全饭。"

"你怎么浑身带刺？爱吃不吃，你不吃，我们吃。"万启军接过余小多递过来的菜扔到鞋柜上。

"爸爸，不要和妈妈吵架。"暖暖像个小大人一样命令自己爸爸。

"好乖乖，妈妈不是在吵架，妈妈在和爸爸讨论问题，是爸爸声音大了。快去洗小手，我们吃饭。"

余小多尴尬地站在玄关处，想想还是在洗手之前进了卧室。婆婆一来，她和万启军的卧室就拱手相让了，她相信此时婆婆一定坐在他们的卧室里，静等着她来请安。

没有，老太太在阳台上晾衣服。"妈，您来了就干活，衣服留给我洗吧。"余小多有了过意不去的感慨，想自己先前的思想活动还真是降低了自己的身份。

"小孩子的衣服每天都要洗，你们下班回来晚，不一定洗得及时，我搓几下就好。"

余小多多多少少还是有些感动。

四个人围着桌子吃晚餐，突然余小多的手机铃声响起来，接听以后才知道是徐舟："徐舟，有事吗？是啊，在吃晚饭。没关系的，我不会忘了的。谢谢。"余小多做贼心虚一样挂了电话，看到几双眼睛都在看自己。想自己有必要解释一下："是装修设计，他说今天已经把料都运到新房去了。明天就可以开工了。"她没敢说对方其实是提醒她早晨不要忘了吃饭。

"启军，你说新房子你打算还弄两个卫生间？"

对于婆婆在吃饭的时候讨论这个问题，让余小多有点不满。

"是啊，两个。您自己卧室带一间，我们有一间。"

"你这是把我当外人呢。我不能和你们共用一个卫生间吗？我还要给你搓背，给暖暖洗澡呢。暖暖小的时候就是我带，看最近我不在她身边把孩子瘦的。"

"妈，您不能总给她吃那些油炸食品。那些个汉堡薯条也要少吃，这个不能和别人家孩子比。他们吃他们的，我们不吃。吃这些东西孩子会早熟的。你看他们个个胖的。"余小多忍不住插嘴。

"小孩子喜欢吃，就让她吃。你们小时候想吃好吃的都吃不着。你这么说我，好像我总给她吃一样。我还不是经常把青菜做成馅给她做包子做饺子。你说说你们，你们哪有时间这么精心地带过她，还好像我是在虐待她了。

余小多手机短信提示音响起。她恼自己刚才没把手机扔卧室去，这么随手一放，任何一个电话都不会被所有家人放过。她手机里没什么秘密，可是她不想让别人产生误解。就像这个婆婆曾经在背后怀疑她的女儿是和别人生的一样。她忍了这么多年，为了这个家她也要忍下去。

她们两个女人在一起的空气总是这么紧张。

"其实，刚才想邀请你出来吃饭。有时间，一定给我这个机会。"余小多看完赶紧删了，以前他们有一次同学聚会，也不知道是谁出的主意，说哪个周末大家回家和自己的老公老婆互换手机，看谁能做到互换而不提心吊胆。她和万启军从来没有互换过手机。她没有查万启军手机的习惯，万启军更是对她的手机不感兴趣。

"我看都快成热线了。"万启军丢下一句，走进书房。

"是装修公司的。不然电话给你，以后装修的事你去管。"余小多有点生气。

"是男的，就和他们保持点距离。"婆婆说。

"妈，您这是什么话？我哪一天不和男的打交道？打官司的当事人有几个是女的？法官又有几个是女的？我公公、我爸他们还都是男的呢，您也不让我和他们打交道？"

"你这是跟我抬杠。你少把打官司的语气往我身上用。你对得起我们启军就行。"

看到暖暖早吃完去看动画片了，余小多差不多马上就要爆发了："我怎么就对不起他万启军了？我做什么了？"

"别逼着我们去做 DNA。"老太太慢条斯理地说。

"欺人太甚。"余小多把筷子重重地砸在桌子上。头也不回背着包就走出房门，眼泪是走出这个房间才控制不住流出来的。她不想当着这个无知的老太太流眼泪，她不把儿子媳妇搅得分了家，她好像就不踏实。

"启军，你看你惯出来的好媳妇，竟然敢对我摔筷子。"老太太大声叫着儿子。

"妈，你这是又折腾什么啊。"万启军走出书房。

"我折腾什么，我就想知道到底暖暖是不是你亲生的。"

"妈，她不是我的还能是谁的。你能不能别没事在这乱猜，猜了这么多年猜得人心烦，啥心思都没有了。哪天你再让暖暖听到。多少年前的事你还提，烦不烦。"

"儿子，孩子这都四岁了，你也该去做个亲子鉴定，让心里踏实踏实。早就跟你说，你就当耳旁风。我怎么看这个孩子的白劲都不随咱家人。"

"她的白不能随她妈？妈你看她长得不像我她还能像谁？你说我们都过各好好的，您跟这捣什么乱呢。"

"好好，是我捣乱，你嫌我捣乱我明天就走。我现在就走。我还不是怕你受委屈，打小你受过谁的委屈？"老太太眼里真的就汪起了眼泪。转身拿了包就要往外走。

"妈，您能不能不像小孩一样？您说我干一天工作我累不累，您一来就和她掐。你说你们到底有什么深仇大恨，有啥打的啊。"

"那年我就跟你说我看到她和一个男的在茶馆里喝茶。大着个肚子，还跑去和男人幽会。男的还给她擦眼泪。谁关系清清白白的让别的男人碰？还怀着身子呢，就不怕玷污了自己个儿。我看他们关系就是不正常。"

"妈您就不要乱猜了，她又不是那样的人。这么多年过去了，你还老往人家头上扣帽子，您累不累啊。您不累我累。您别走，我走。"万启军愁锁眉头，做出要离开的样子。

"好了好了，我不走了，你也不许走。"老太太挡在门口。

"那她怎么办？"

"她能自己走出去，就能自己回来。她又不是没走过。"老太太好像吃定了余小多是假离开，当天晚上肯定会回来。可这一次，她猜错了。余小多一夜未归。

第四章　在外过夜

一

"徐舟，你来接我。"眼泪流完以后的余小多，恢复了平静，在她不知道自己该去哪里的时候，想起了徐舟晚上的电话和短信来。于是打电话过去。以前他们都还在老家的时候，她有过被气回娘家的纪录。那一次也是和婆婆口角无处可去，以为回了娘家能得到点安慰，偏自己的妈确实是在帮自己说话，可更多的时候埋怨她拿不住婆婆更拿不住自己的丈夫，在自己妈眼里，自己就是那窝囊废，是那让自己妈失望的没用的女儿。

干脆娘家也不要回了。

"好，你原地等着，我马上就到。"

和徐舟待的那几个小时里，余小多每时每刻都表现得异常开心。酒也喝了，饭又多吃了一顿，余小多说徐舟你看我像不像猪？然后说我好想过猪的生活，不用思考没有痛苦，想吃就吃想睡就睡。徐舟看着眼前卸下武装的女人，白天盘着的发髻此时披在腰间。这头发天生自然弯曲，透着女人的妩媚。

"你送我走。"余小多走路有点飘，她怕徐舟没听到，就势拉着他的胳膊，"你把我送回去。不对，我不回家。你把我送到我朋友那里去。"

"哪个朋友？"

"你等。"余小多找手机里的电话簿，查到陈玫玫，"玫子，你在家吗？我要去你那留宿，你要收留我，不许撵我。听见没？"

"我没在店里，我回老家了，明天回来。对，今天临时走的，家里

有点事。不过你去店里吧，晓丽在店里住呢。"

挂断电话，余小多又开始查张晓丽的电话："晓丽，我要去你那留宿，不许赶我走。"

"不行啊，我一个人住还挤呢，单人床哪够再挤下你的。"

"你回你自己家啊，难道李健舍得你一个人住店里？今天把店让给我，不然我露宿街头了。"

"大小姐，你这又搞什么幺蛾子？好吧，来吧，来了再说。"张晓丽很无奈的。

"新华大街。"余小多挽着徐舟的胳膊走出饭店。搂得还很紧，让徐舟有一刻有点迷糊。他能近距离地闻到余小多头发上淡淡的洗发水的味道，还有她衣服上非常清淡的让人很舒适的一种香气。

忽然，他鼻翼里不知哪股风又送来了远处廉价化妆品的味道。那种可以说是劣质胭脂的味道曾经非常让他窒息，可那个时候年轻，七年前他体内的荷尔蒙在身体里乱窜，只觉得女人长得还行，看着也算顺眼，于是就暂时忽略了从她身上飘散过来的这种味道。当年，他就这样和劣质化妆品味道约会了。

还好，经过他的打造，后来他再也闻不到那种刺鼻的味道，可他偶尔会想起那个廉价味儿。一想起来，心里就不是太舒服，就好像那个土气的女生立刻就站在了他面前。徐舟不自禁晃了下头，尽管没喝酒，可他还是觉得有点晕。开车他从来不敢喝酒，先前也劝余小多不要喝多了，可余小多的酒量让他吃惊。她醉了，他倒有机会可以和她近距离接触，而且有幸送她去她的朋友那里。

她显然和家里闹矛盾了，而且竟然不避讳他，这让他心里有丝很熨帖的感觉。她没把他当外人。把余小多送到张晓丽的店里，徐舟就告辞了。

"小多，你这是唱什么戏呢？"

"别说我，你说你怎么不回家住？本来我要去玫子那，她说回老家了，明天回来。你的李健呢，他舍得你一个人在这住吗？"

"他还不知道我住在这里，我跟他说我住陈玫玫那。"

"没有不透风的墙，人家就一直相信你和陈玫玫住？你们吵架了？"

"你不要问我了，我是属于家庭内部矛盾。你倒说说看，放着新买的大房子不住，跑我这来凑什么热闹。"

"大房子，去他的大房子。大房子里要是没有爱我还住什么？"

"小多，别吓我，怎么了？"

"没怎么。"余小多拼命地一张一张地往外抽着纸巾，那控制不住的眼泪就跟自来水的水龙头一样。在徐舟面前她一直表现得非常快乐，不带一丝委屈。眼下看到张晓丽，眼泪跟泄闸的洪水一样，偏她还想控制住。"没什么，大房子才开始装修，还不能住呢。我就住你这一下，你怎么跟审问犯人一样。你再审我就走了。"

"好好，我不问了。住吧，你看这床，比单人的宽不了多少，我们俩就凑合着挤一宿吧。如果明天继续留宿，请自备床铺。"

"我多希望此时李健来了把你带走啊。"

"你甭想了。除非陈玫玫把我供出去。陈玫玫答应我的，她不会出卖我。"

咣咣有人砸门。"谁？"张晓丽大声问。

二

"是我，你老公。"

"啊，李健怎么来了？"张晓丽神色有点不对。

"他来你怕什么，我又不是男的，再说他又不是没见过我。"

"可我跟他撒谎了。"

"真是乖孩子，快开门去吧，开了门再说，别让邻居以为老公大半夜出来找媳妇，让人家误会。"余小多催她。

李健手里拎着两大袋食品，显然刚从超市出来。

"老公，你啥时候回来的？你去超市了？"张晓丽明知故问，"你看你又买这么多东西，咱不是说过吃完再买，每次少买，现吃现买新鲜的吗。你忘了呀？"

李健不说话。

"你也不和小多打声招呼，小多也刚到一小会儿。小多，你别生气，我老公最近有点不爱说话。"

"我问你，张晓丽，咱们不是说好了，不开店吗？你不知道你身体怎么回事吗？还说去陈玫玫那住，你骗谁呢？我真有这么好骗是不？出差这么几天，你就一直住这儿？"

"行了行了，你还有理了，那天要不是你妹妹，我能流产吗？你家

就你一个儿子，结婚好几年了，你妈老闹着要抱孙子，好不容易怀上了，这又流了。要像医生说的真成了习惯性流产，你还让不让我在你们家待了？要不是真怕影响将来怀孕，这么大的事能不跟婆婆说吗？我忍着我容易吗。再说我要是说自己流产了，不知道你妹又咋嘲讽挖苦了。"说着说着，张晓丽委屈得就要哭了。

"祖宗，可不能哭啊，月子里哭是会作病的。我依了你，你爱咋样就咋样，可不能折腾身体啊。不要着凉，也不要累着。不然，我们还是回家吧。妈和优优知道就知道吧，这到底有什么怕的呢。"李健发现自己闯祸了，赶紧想办法弥补，"小多，不好意思小多，刚才没和你打招呼，你快劝劝我老婆。我最怕她生气了，这都啥时候了还敢生气。"

"你要再敢借，我就打死了也不回。"张晓丽索性把自己不可妥协的原则推出来。

"我先不借不行吗？"李健说话底气显然不足。

"先不借？暂时的吧，我回去待两天，你手一松又借出去。我一天天攒钱我容易吗？再说了，你把她惯成什么样了？又任性又不听话，整个就是个好逸恶劳，心比天高。"

"跟我回去吧，你在这住身体受不了的，我一定说服她不让她再说借钱的事。"

"这话你没少说，我不信。"

"走吧，跟李健回去吧。"余小多插话。

"你先回去，明天我再回家。我要和小多说点事。难得她今天在这住。"

李健叹口气走了。

"晓丽，你老公还真是个好男人。老婆不回家，他出来找，估计我不回家，是没人找我了。"

"你可别悲观。怎么，两个人闹别扭了？小两口打架不记仇。你们家万启军和你可是绝配啊，不知道多让人羡慕呢，有多少人能像你们这样比翼双飞？我家李健还行吧。除了耳根子软点，总在我和他家两个女人之间左右摇摆以外，总的说来他还算是个好男人。"

"你是不是太自私了？就这样就和自己老公撒气？就这点小事就不回家了？人家家里两个女人，那可都是有血缘亲的。说句不好听的，老婆可以再换，自己的妈和妹妹是任何人取代不了的。"

"也许。可无论如何，你成家了，你就有了另一个完整的家庭结构，原来的家是要照顾，可百分百照顾也不可能吧。别说我了，说说你，怎么回事？大半夜跑出来。"

"没什么，和同事喝酒去了。"

"送你来的是你同事？小多，我提醒你，可不要搞什么办公室恋情。咱不止是有身份的人，咱家里还老的老小的小一大家子等着呢。千万别赶什么低级时髦。"

"你看你，怎么跟个妈似的。业余时间出来在一起聚个餐，喝个小酒，这算什么啊。"

"你还说，那喝完怎么不回家？"张晓丽审视地看着余小多。

余小多装作没看见："让我太太平平地在你这待一宿，成不？你以为我爱住在店里啊，陈玫玫这个妮子说是回家了，不然我去她那住，省得轮着你跟我说教。"

"这哪里是我说教啊。你家暖暖四岁了吧？多好啊，我现在想要个孩子都这么费劲。好不容易怀上一个，乐得不行，还准备等怀上三个月再告诉婆婆和小姑呢。"

"没听说过，怀孕还要挑日子告诉别人。怀上就说呗，怕什么呢。"

"三个月内本身就容易流产，还是想等到月份大些再公布。现在不用公布了，就这流产的事，你以为我愿意宣扬？李健刚才不在这提，我才不会说。"

"你还把我当外人了？同学好几年的关系，上学的时候我们都能睡一个被窝，现在怎么了？"

"生活压力大，我觉得我现在老得特别快。也许家家有本难念的经吧，别的没什么，其实我最愁的是李健的妹妹，不出去工作，整天梦想着借钱做生意发大财。不是我亲妹妹，要是我亲妹妹，我早把她撵出去做事了。从最低层做起，自己积累创业资金。凭什么总想依赖别人？"

"你也可以撵她出去做事。这没什么。"

"行了吧，婆婆都不是妈，不敢深说呢，别说小姑子了。我跟她说过，让她出去做事。人家不愿意，当时就跟我吵起来了。说我凭什么管她。前几天我在家休养，人家可倒好，说我可以在家养着，她也可以。说她哥养得了我，就得养得了她。这都什么逻辑呢？"

"你就直接告诉她在家坐小月子。为什么不告诉？"

"心虚，怕以后真怀不上。就想偷偷静养，直等到怀孕的那一天再宣布。你也知道，我们结婚这么多年，好不容易这才怀上又流了，哪敢

宣扬啊。她听了不是更有话对付我了？还有就是……算了，不说了。没什么。"

"还真是一个小姑两个婆婆。在这点上我们彼此彼此，只不过我的是大姑姐。"

三

陈玫玫这次回老家，是因为老妈说老爸病了，病得非常严重。她想都不想，急三火四地往回赶，就是那马上要缠身的官司也不理了。大不了把手机关掉。可关也暂时关一小会儿，每次关了之后都说服自己快点打开它。

她其实怕买家打电话，因为担心联系不上她而投诉她。网店要的就是口碑相传的信誉度，如果有投诉和差评，是会直接影响今后生意的。真要是这样，不如劝买家退货。可面临着眼前这一宗，她知道退货根本不是解决问题的最佳办法，人家要的是赔偿和名誉。人家根本都不接货，是在和她较真儿呢。

她一直和他商量，说这事她一定好好处理，肯定会给他一个最圆满的答复。对方却不理，说为这事，他已经辞职，没脸在公司待下去了。说要是不赔偿他，他就一定告她去。

回到家她才发现，她遭遇了泡沫剧里的老场面，被老妈逼着相亲。而老爸竟然是身体倍儿棒，吃嘛嘛香的状态。她就气不打一处来，说自己事情多着呢，哪有工夫相亲。

"你不认真相亲，我就绑上你，不许你回去。"老妈下了最后通牒。

"好，我去。"陈玫玫打算好，相亲路上就逃掉。

可是老妈早看出她的伎俩，时时刻刻跟着她，就是去个卫生间也做着她的贴身随从。陈玫玫真想顺着卫生间的窗户爬出去。

无奈，只有把相亲进行到底。直到见到那男子。陈玫玫表现得对这男人很有感觉，老妈和媒人就势趁热打铁："听说最近电影院有好片子，让小郑带你去看场电影吧。"

陈玫玫害羞地表示同意。看电影这件事，只交给这一男一女两个人，其余人都撤了，谁也不想当一对情侣的电灯泡。而陈玫玫跟在小郑同志身边，还未走到影院，当她知道甩掉了尾巴以后，做一副恍然大悟状：

"对不起，我忽然头疼，可能感冒了。"然后逃之夭夭。

家也不回了，怕被捉到。直接去火车站买了返城票，几个小时的工夫，就又回到了北京。

"大难不死，必有后福。"张晓丽听完陈玫玫的惊险陈述，颇感慨，"不过你也是，感觉有就先处着呗。也许人家还真就适合你也说不定。不试，你就永远没有机会。"

"我不想贸然再试了，你又不是不知道。上次那个男人，三个月的时间，不短了，可这么短的时间，他竟然能脚踩多只船。说实话，我是对男人失去了信心，可是看着你们一个个成家吧，我又不死心，希望自己和另一半也能早成眷属。"

"不试，怎么知道能不能成眷属？你也得给自己机会，给别人机会吧。说好看电影，就看呗。哪怕看完再决定去留也成啊。万一一场电影，能让你锁定这个人多好。不妨一试。"

"亲爱的张晓丽同志，我不想拿感情做试验，我从开始就对他没有一丁点感觉。我不是那感情的试验田。"

"你答应人家看电影，纯粹是想把人家当炮灰啊。"

"反正他助我逃出来了。我妈也真是，竟然为了我的婚事拿我爸的身体开玩笑。唉，看来，我还真得抓紧了。我都说过了，今年我的职业就是应婚。看来我不主动出击是真不行了。今天晚上回家我要发上二十封信，至少短期内锁定几个满意目标见面。"

"乖乖，我这里诞生了一名职业征婚专业户。"

"唉，苦啊。哪像你们，早早就遇上那么合适的。你们是对的时间遇上了对的人。"

"玫子，你这回家一次没什么，可我不住你家的事露馅了。你要是不回家，李健去你那找我，至少你能替我圆一场。昨晚他来找我，让我今天以后必须回家住，不让我在这为所欲为了。"

"本来就是吗，有家不回，连我都不理解你，何况如今身体是最需要照顾的时候。行了，回去吧，你的计划得到了圆满的答案。李健答应你不借钱给你小姑子了吧？"

"其实，我就是不想面对小姑子。他说是不借，我只怕他哪一天耳根子一软，又左右摇摆来商量我。让我为难，只会生气。"

"人家早晚是要嫁人的。他商量你就商量你，总归人家还把你当成最亲密的另一半当成一家人对待的。不然人家直接就借出去，你又能怎么样？"

"想想她也挺不容易的。你说我婆婆就李健一个儿子，当初公公去世以后，为了给李健娶媳妇，小姑子把她应得的那份财产全都给李健，花在我们结婚上了。"

"她是不是因为这个，才和你过意不去？可那是她自愿的，她乐意，她也没必要老是找你碴吧。"

"她心里确实是有个结。我不知道怎么给她解。难道她是真后悔当初把那份钱用在给她哥买房结婚上了？"张晓丽陷入沉思当中。

陈玫玫摇摇头，和推门进来的顾客打招呼。在陈玫玫的心里，婚姻是她向往的，甚至是极度向往到了 BT，说得精确点是被父母逼得有点BT。眼下，她只要看着顺眼的男人，恨不得都被她纳入猎婚计划里。哪怕对方经历过婚姻，是个二婚头。如今她陈玫玫也可以降低身段试着交往。无论如何，她想自己一定尽快早日找到另一半，躲避被老爸老妈用各种手段骗回去相亲的种种后果。

等到再次接到会大辅的电话，她开始迂回地问他为什么一个人做饭一个人吃，干吗不把老婆孩子接来，一起做饭一起吃。他这年龄，她相信一定是婚过的。可会大辅总会岔过话头。不是等我一下，水烧开了，就是先别关心我，关心关心你自己，你怎么偏一个人做饭一个人吃？然后不等陈玫玫说话，他就又说起别的话题，让陈玫玫不知不觉中就忘了自己要迂回发问的事情。

两个人就这样不咸不淡地偶尔见个面，通个电话。这一天，手模小曼带着一个帅气的男孩来找陈玫玫："姐，这是我男朋友，我跟他提过你店里的画，他说他有兴趣代理销售。姐，你看我今天做这个图案的怎么样？明天要拍片，你一定给我弄好看点。"

上次来的难道不是男朋友？陈玫玫一个劲在心里嘀咕，可她没有太多时间想这事。只问对方怎么代理。

"我赚提成。希望作者有自己画作的宣传册，我也好给买家介绍。不太可能直接带画去，所以宣传画册比较实用、有效，也很直观。"

算下来，印刷一批画册出来，开次机也得几千上万块。陈玫玫就说要把这事跟作者说一声，看对方什么意见。

晚上，头一次陈玫玫主动给会大辅打了电话。

"我就在你住处外面，你出来一下吧。"会大辅说完不等陈玫玫回应就挂了电话。

陈玫玫吃惊不小。他怎么会跑到她的住处附近来呢？

四

"其实，我一直希望你能主动打电话给我呢。"会大辅此时腼腆得像个大男孩。

陈玫玫很奇怪地看着她，不明所以。

"今天小曼和她男友找完你，我就知道你一定会找我的。想不到却等了这么久你才打过来。"

"原来，你认识他们？你们是一伙的？"陈玫玫的眼睛瞪得溜圆。

"怎么能说是一伙呢。其实最近我一直以为你会主动打电话给我。今天他们求你来找我，我就知道你会找我的。我很想和你当面说话，可是等了很久你的电话也没打过来。我记得你上次说你在三元村附近住，所以，我溜达溜达就过来了。走了两站地，我们相隔并不是太远。"

"相隔不远怎么了？"陈玫玫忽然对眼前这个男人有了一点反感。难道相隔不远，就可以不打招呼就跑到不相干的女人楼下等她？

"你误会了。我们都是漂在北京的，没根的感觉。我反正是。不知道你是什么感觉。有的时候，孤独潜在内心里，特别难受。不是谁谁都可以有缘面对面地交流。从当初经过你的小店，就莫名地觉得我们有同行的缘分。其实第一次去你店，你正忙，我就找借口在那挑选服装。你没见我有一件 JEEP 衬衫是在你朋友的店里买的？"

陈玫玫这才想起会大辅的确是穿过一件这样的衬衫。

"那又怎么样？"陈玫玫表示不可理喻。

于是会大辅就有了点尴尬。

陈玫玫一看他陷入尴尬境地，不知怎的就又有了一点不忍："那你说吧，你今天等我有什么事？"

"还是那句话，想和你吃顿饭，了了我的心愿。"

"和我吃顿饭还是你的心愿？"陈玫玫忍不住笑了。"我不是说过吗，要是真的能给你卖幅画我就好好宰你一顿。怎么，你倒还急了？"

会大辅憨憨地笑了，就像那初恋的男生一样："那，那你给这个面子吗？"

"给吧。正好我回来还没做饭。"

　　会大辅竟然开心地笑了："那你想吃什么？很久没喝酒了，我想喝点啤酒。"

　　两个人选择了川味小火锅。一人一份。

　　两个人东说西说，也没什么主题。陈玫玫还是忍不住问他为什么一个人在北京，而不把家人都接来。两地分居于陈玫玫来说是件不可思议的事情，她对此充满了好奇。这一次，陈玫玫直接把两地分居几个字挂在了嘴上。她相信眼前这个男人一定是结婚了的。

　　"无能啊，真没那能力。"

　　陈玫玫听出对方一定是有家的，想自己尽管也想把眼前活生生的这个人纳入到猎婚行列当中，可此时是不得不把他淘汰出局了。

　　看出了对方的无奈，陈玫玫决定既然知道了对方是有家的，以后凡事一定要谨慎。

　　"说说你，干吗一个人过呢，一个人多苦啊。"

　　"想改变单身，在努力。我倒是不明白你了，好好的有人要代理你的画，你们又那么熟知，就不必要放在我的店里了吧？占着我的空间又帮不上你任何忙。再说，何苦辗转反侧地让他们到我店里来跟我说呢？"

　　"要是把这画送给你呢？其实，我就是想让他们找你，然后让你主动找我。我后来都有点失望了，他们回去以后说到你店里说了，可你一直不打电话给我。以为你不会找我说这事儿，以为你没把我的事当事儿。"

　　陈玫玫有点吃惊，她知道这幅原创说不值钱也许不值钱，说值钱那也就不知道值多少钱了。艺术是没有固定价位的。人要是有名，他也许随意画的画和写的字都值钱。听对方说了这么多，陈玫玫忽然觉得这大男人怎么如此像孩子呢？听人说过，说在爱的人眼里，女人看男人都是把对方当孩子的。尤其当那种傻孩子。

　　"我建议您现场作画，一边作画一边卖画。"陈玫玫掩饰着自己的吃惊，表现出轻松劲来。

　　"要是能在你的店里，你给别人美甲，我在一边作画就好了。"会大辅看上去似乎是无限憧憬着。

　　陈玫玫不说话，总觉得对方哪根筋搭错了。绝不和有妇之夫有染，这是陈玫玫的原则。

　　"你就别美了，我的工作室可容不下你这个大神。没有地方。"

　　"那你有时间去我的工作室看看，行吗？"会大辅带着一种乞求的样子。

"工作室？"陈玫玫想象着画室会是什么样子，是不是和自己的工作室一样的窄小。不禁又露出了孩子气，想看一下工作室又不能把自己看丢了，"那现在去？"

饭吃得差不多了，陈玫玫喝了一杯啤酒，觉得脸有些热。这一刻，还真有点想去那工作室一坐的想法。

会大辅确实是盛情地邀请她，可对方一旦爽快答应要马上去，他忽然又莫名其妙地打了退堂鼓："今天？还是改天吧。我那屋里乱得跟猪窝似的，等我收拾收拾后再约。"谁也不知道他心里打的什么算盘，不清楚一个大男人怎会出尔反尔。

"工作室工作室，工作室不就是对外的吗？别人可以看，我怎么就不行？"陈玫玫的任性和执着劲暴露无遗。

"好好约个日子，我把工作室的卫生搞搞。别人不一样，你是女孩，他们都是臭画家。他们的窝和我的一样，所以我们互相不挑。"

"我也不挑。"陈玫玫还来劲了。说完这句话，觉得自己是不是酒精中毒导致的？怎么嘴不随思想走？怎么竟然要去男画家的工作室，竟然还如此急迫。

"明天。明天我来接你。你一定要去。"

陈玫玫有点像面对那个糊涂又不讲理的家长，明明刚刚说要给孩子糖吃，又忽然不给了的感觉。有点扫兴又有点失望，还带了点赌气的："明天？明天不去了。"

"谢谢你能和我一起进餐。"走出小火锅的时候，会大辅一边赶在前面为陈玫玫开门一边压低声说别生气。陈玫玫不吭一声，为自己刚才有点急于去会大辅的工作室而脸红起来。她也说不准自己怎么就忽然想靠近眼前这个男人。是因为都在北京漂，想相互给予哪怕一点点的温度？还是有感于对方那种为接近自己安排的小伎俩？

她说不清。

"你不要怪小曼说不认识我，她先前去你那里的时候，我还没把画放你那呢，还是她跟我提议的。其实在她提议之前，我早就看到你的店了。衬衫都买回来了。我都没想到竟然会和她不谋而合。"

陈玫玫心想，这小丫头嘴够严的，他把画挂在她墙上的时候，她竟然装作不认识作者呢。眼下竟然还给她拉生意，难道他们真能帮他卖画不成？

"我怪她干吗。她只是我的顾客。"

征 婚

"她是我老师的女儿。她知道我平时都画什么，所以得了手模大赛的奖也不忘了告诉我。不过，她的男朋友是真的想代理我的画，就今天去你店里的那个男生。"

看了看会大辅，陈玫玫没吭声。心想，爱谁帮你谁帮你。这世界真不可思议，女孩的男友这么短的时间内就换了那个要代理卖画的。

会大辅知道陈玫玫如今在网站征婚，晚上就短信问陈玫玫："你征婚要什么条件的？非要有房有车开公司吗？"

陈玫玫心说这和你也没关系啊，于是所答非所问："我的婚事我做主。"

陈玫玫住的是套间。两家人合租的房子。那两个人是一对同居的年轻男女，这又赶上周末，陈玫玫的耳根子就没清静。墙和门都不隔音。喘息声和床的吱扭声，让陈玫玫辗转反侧难以成眠。这声音让她折腾了整整一个晚上。

买家短信提醒她，再不解决，就要在淘宝上投诉她，还要写最差的评给她，让她一辈子不得翻身，再也做不到一笔生意。

第五章　催婚之替身男友

一

"陈玫玫，你给我听着，你上次把人家小郑撂到半路上，这事让我跟你张姨没法儿交代了。你说怎么办吧？"一大早，老妈电话就从老家追过来。

"能怎么办，您也不能看场电影就把女儿随随便便给嫁了吧。何况我没花他一分钱，我还没舍得让他买电影票呢。"

"你答应人家去看电影，答应都答应了，怎么就说话不算话呢。"

"我不答应？不答应您能让我离开您的视线？妈，您就放宽心，过几天我就领一个回去。我都说了，人家同学给我介绍了一个，正准备发展呢。您怎么就不信呢。"

"好，我听你一回。尽快给我领回来。你要是领不回来，我就去北京把你抓回来不许再回去，听见没。"

"听见了。听见了。妈，我还有事，先挂了啊。"挂断电话，赶紧给余小多打电话："小多啊，你的事处理得怎么样了？你不是要去对方城市取证吗？什么时候取啊？要多少差旅费？我好打给你。"

"别急。我手头的案子还没好。暖暖倒暂时不用我管了，房子装修那边说是他们包料包工，可我还是不放心，每天总要过去看一眼的。你要是太急，你看找万启军行不？房子装修也用不上他。"

"不找他。"

"为什么？"

"这样的芝麻案，你还让我把你们两口子都折腾个遍啊？"

"目前买家对你有什么要求没有？"

"他就是要起诉我，让我赔偿他经济损失。说东西让别人看到了，他没脸在原公司待下去。他说他被迫辞职了。"

"他说了数目没有？"

"他要我赔他十万。"

"这样，这周我就去买家所在城市取证。回头你把买家电话号码和公司接货详细地址发我手机上，有必要的话我还要和他当面谈谈。如果能和他私了，我们就都省事了。"既然婆婆来了，女儿也有人照顾，何况自己从家里跑出来，虽然没打算回去，可碍于女儿，她是无论如何都得回去的。

当时她以为回去就好了，想不到一个夜不归宿，让婆婆和她恨不得要大打出手才能让那个老太太解气。那天的场景，让她仍然有一种不寒而栗的感觉。她如今给别人办案子，生怕哪一天自己也成了案中人。

"启军，不是我说你，自己的媳妇都看不住，说跑就跑。你还是不是个男人？"老太太看到余小多回来，不直接和她说，而是教训起自己的儿子来。

"妈，你能不能少说两句。"万启军表示不满。

"我少说？都骑到脖子上了，我还少说两句，我都不知道你这几年怎么过来的。有哪家媳妇，家说不要就不要，说走就走？"

"我又没在外面待多长时间不回来。不就昨天一宿吗？"

"一宿？一宿时间还短吗？一宿都发生什么事了谁知道？启军啊，我当初就跟你说过，我说孩子不能生。你就是不听，非要把暖暖生下来。我现在来带孩子我是心疼你，人家是女强人，我不来帮你看孩子，难道你一个大老爷们整天在家看孩子不成？"

"妈，我这不是也在上班吗。又没真闲在家里带孩子。"万启军有点不乐意。

"怎么，你还和妈较劲？"老太太也不愿意了。

"一宿又怎么了？一宿我也是和同学在一起。女同学。你听好了，你往我身上泼脏水，你脸上就有光了？对，你不来，我是要让万启军在家带孩子。凭什么我可以带好几年暖暖，他不能带一天？他带怎么了？不是他闺女吗？我倒想问问了，你不带他不带，谁带？找别的男人带吗？好好看清楚她到底是不是你儿子生的。"余小多也气不打一处来。自己回都回来了，也没要人去请，怎么一回来就被兴师问罪。

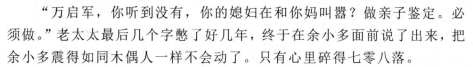

"万启军，你听到没有，你的媳妇在和你妈叫嚣？做亲子鉴定。必须做。"老太太最后几个字憋了好几年，终于在余小多面前说了出来，把余小多震得如同木偶人一样不会动了。只有心里碎得七零八落。

"做做做。这样的家待着还有什么意思。离婚，我带暖暖走。"余小多泪如雨下。

"听到了吧？心虚才会把孩子带走，不敢做。"

"你也是当妈的，难道你愿意带着自己的孩子去做亲子鉴定？"余小多哭着说。

老太太看到万启军走向书房，房门关得死死的。她这里脸都气绿了："余小多，你说话也太过分了，难道你还怀疑我们家启军不是他爸生的不成？"

暖暖跑出来，跑向余小多："妈妈，你昨天去哪了，不要宝宝了吗？"

"妈妈在同事家谈个案子，妈妈这不是回来了吗。乖，回自己房间，一会妈妈去给你讲故事。"

看到暖暖跑走，余小多的眼里也汪了泪："妈，我不是说怀疑你们，我是说你能舍得让自己的孩子去做这个吗？我不舍得。我只是不舍得，而不是怕什么。我有什么可怕的。我和万启军这么多年，我行得正走得正，我怕什么？我什么都不怕。我只是怕委屈了我的暖暖。"

"行了行了，你连我都攻击了。你这哪有媳妇的样子？我把儿子养那么大，白白地送给你，你们就这么孝敬我？"老太太拂袖而去，也关紧了自己的房门。

独独扔下余小多，傻傻地站在客厅里，不知身在何处。

余小多给万启军留了一张条，告诉他自己要出差取证。着重告诉他，孩子是他的，他如果真不想让孩子好，就尽管让他妈折腾。余小多暂时逃离了这个家，站在电梯里，她无限惆怅，逃得了今天，还能逃一辈子吗？

二

陈玫玫茫然地走在街上。最近她尽量不坐车，每天能走就走。行走的过程能让她思考。可今天，她忽然就没有了方向。脑子里乱糟糟的，竟然差点被自行车撞倒。

征 婚

一大早，就接到买家电话。恐吓她，不立刻把钱汇到指定账号，他就坐飞机来北京取。就算不亲自来取，也会找律师跟陈玫玫打官司。还对她说，她一定是失败方，不如趁早拿钱了事也好买个踏实。

这不是个小数目，主要是陈玫玫觉得责任不在自己，就算在自己，那也不能说赔多少就赔多少吧。何况快递公司也有责任，难道他本人就没责任吗？你怕被同事看到，那你还让往公司寄？就算包装不破损，那也保不准，被谁好奇拆开一角，拆开一角就说不定被人家偷窥个全部。那还不一传十、十传百、百传千千万地传出去了。

难道传出去就是我的责任了？陈玫玫越想越窝火，却想不到老妈电话又吵嚷她。说这两天就到北京，告诫她有男友就别藏着掖着的，一定要拿出来，没有就必须回家，相不成亲不许再回北京。

陈玫玫挂断电话，知道老人家这是下了最后通牒。可是身边哪有一个合适的人选呢？征婚网上写信来的不少，可又没见过真人，谁知道对方是什么样的？单凭一张照片是不能说明问题的。先前她看过一个纪实节目，相恋的双方都很矮，男的一米六不到，女的一米五不到，偏在征婚的时候，都说高了几厘米。还好见面以后都还觉得般配，倒也因谎成就了一桩姻缘。可有多少巧合能促成美好呢？更多的时候，网络征婚对于陈玫玫来说，仍然觉得有些不可思议。谁也不知道网络对面的人是男的女的，尽管可以视频，可谁又能清楚对方的身高体重和健康以及人品呢？

陈玫玫想想真是有点颓废了。只是当会大辅骑着自行车单腿支地挡在她面前的时候，她仿佛眼前一亮，竟然透着惊喜："怎么会是你？"

"不能是我？怎么不坐车？"

"锻炼。"陈玫玫为了掩饰什么而表现得心不在焉地说。

"乐呵生活。低碳生活。够时尚的。"

"哪有你们画画的时尚。昨天晚上你发的链接直到睡觉我才关，想不到你的生活这么悠闲有情趣。"

"什么链接？"会大辅一时想不起来。

"就是那个音乐原创基地啊。你怎么那么会唱呢。你又能画画，又能唱歌，竟然还自己写歌词。"

"多难听啊，那都是多年以前录的了。"

"这么说，你如今嗓子比以前还好？"陈玫玫撇撇嘴，继续往前走。

"是去店里吗？我带你一段吧，正巧我去那边买点宣纸。"

陈玫玫犹豫了一下，看着会大辅穿着牛仔裤的长腿支在地上，在他发动自行车的时候，跳上去。

"我也能录歌吗？"

"能啊，怎么不能。我好几年没玩这个了，你看上面时间了吗，应该是 2005 年录的。早了。那时刚来北京，激情难挡，热血沸腾，现在想唱都没劲。说话有的时候都嫌累。一晃来北京五六年了，啥成绩没有，挺郁闷的。"

"这两天我妈要来。"看着对方高高的后背，陈玫玫禁不住说了一句，说完就后悔了，于是硬是把下面要说的话给生生地咽了回去。

"哦。那你可要好好陪陪你妈了。"

"那个。我妈是来催婚的。这几天你有时间吗？"狠了狠心，陈玫玫还是把要说的话说了出来。

"在画画。不过有时间的，有事吗？"

"我妈来催婚，可我找不到一个可以供她参考的男朋友，不如你帮帮我。"

"怎么帮？"

"在我妈面前，装我的男友呗。"

"不会被看穿啊？"会大辅的自行车左右摇晃了下。

"那就得看你的聪明才智了，看穿了我就会被我妈现场给活捉回去，不嫁人她说就不放我回北京了。"

"有这么严重？那我一定好好扮演。不然她老人家该失望了。"会大辅加快骑车速度，好像一下子加了油，浑身充满了力量。

"不是她失望，是我失望。"

三

尽管会大辅答应冒充她的男朋友，可在陈玫玫看来，这究竟是纸里包不住火的事儿，早晚要露。还不如趁老妈来北京之前，迅速抓一个男友过来。于是赶紧查看下自己的征婚信件。心想要是真的带个真命男友给老妈，岂不就不用麻烦会大辅了。

登录网站，还真有几封回信，好几天没上来看了，想自己真是被网购男折磨得连相亲的心思都没有了。要知道相亲、结婚可是这一年的重

中之重，什么也比不得征婚重要。

打开邮件，有一眼缘特别顺意的男人笑呵呵地看着她。禁不住怦然心动，他们在征婚网上已经相互发过几封信了，这一次男人主动给了她MSN和手机号。她记得他介绍过他自己，说是某公司副总，当然也是应聘过去的那一种。目前还没有自己的公司。比陈玫玫大了五岁。是一个向往自由、崇尚随意的男子。房车全给前妻了，为了尽快摆脱前一份婚姻，自己净身出户，只有一摩托车代步。

陈玫玫每一次回复他信件的时候，都不是揣着能有结果的目的。想反正已经撒了大网，那网上来的大鱼小鱼，不管是否最终能落入自己的托盘，只要不被一下子全盘否定，就可以有一搭无一搭地联系着。无论如何也要给人家一点机会，先相互交流着，说不定这二婚的也有好人呢。毕竟他未生育过，他们还可以结婚以后再生个孩子呢。想他既然没有当过爸爸，那如果真的有了孩子，那他还不是跟初婚初爸一样的喜欢这从来没有过的新生活？

先加了MSN，想不到对方在线。对方是一个非常善谈的男人，这一次突破了陈玫玫的底线，还从来没有加上谁就立刻视频的呢。这一次不同，先是视频看到了对方，心里蠢蠢的动着，就也找到了搁置一旁很久不用的视频。

在接通视频前，陈玫玫换掉吊带衣服，把自己裹得严严实实的。而且这件衬衫是立领的，把脖子差不多包得严严的。对方只穿着短T恤，一看到陈玫玫就对她说你不热啊。

陈玫玫心里有点不痛快，心说我热不热关你什么事呢。反过来说小甲，难道你很热？为嘛弄条毛巾顶在脑门上？

小甲说，这天多热啊，我把毛巾泡在冷水里敷敷脑门。这是在和女士视频，要是不视频，我都光着膀子呢。该死的，空调坏了。

陈玫玫见过男人光着上身的。有的时候经过路边大排档，看到男人喝到兴处，就是那样裸着上身。一边猜拳一边行酒令，陈玫玫顶烦这样的男人了。这样的男人倒也行，只怕他们喝完了，到处撒尿，那可真是要多恶心有多恶心。而那些穿着衣服在酒店大厅里喝酒的就不同，酒店都有WC。

想不到对面的男人也会光着上身在屋里晃来晃去，如果单纯地光着上身，那也罢了，要是喝了酒，而且醉得一塌糊涂，再和别人勾肩搭背地行酒令，在外面看不到也就罢了，要是在家里也这样，不管身边有没有男女老少都敢当着人家面光着上身，陈玫玫想这男人指定就被 PS 掉了。

小甲说我们认识的时间短，加上通信，也就一个多星期的时间吧，这要是认识的时间久了，肯定不穿上衣了。

这是他们的结束语。两个人热火朝天地聊了几个小时，在要关电脑的时候，小甲才提到光膀子的事情。不过小甲说你别怕，我在外面从来不光膀子，这太影响形象了。他也就是在至亲的家人面前才敢这么放肆。

话说到这里，让陈玫玫倒不觉得对他有什么反感了，至少先前提到穿的衣服多少的话题让她多少有一点反感，现在人家既然说到只在至亲的人面前才那样。显然，现在他们还都是有着距离的，人家也只是说说而已，离至亲的台阶还差那么一大截。能否至亲起来，那要看缘分了。光有眼缘是不够的，世间看着顺眼的男人女人多去了，难不成有个眼缘就会有亲缘？

总之，等到要关视频以前，对方说要见个面，只有见了面才能肯定是继续还是中断，只单纯地电话和视频还不能代表全部。小甲说你的声音真好听，我喜欢。

陈玫玫想，就是见了面，也不能代表全部，毕竟还要交往，时间是最能说明一切的。

陈玫玫答应和他见面。时间定在周末。心想周末之前老妈应该来了吧？所以她还不知道是在老妈来之前见小甲，还是之后见小甲。

四

老妈周末前有事没赶过来，这给了陈玫玫见小甲很充足的时间。心想没准还真是不用劳烦会大辅了呢。见小甲的路上，陈玫玫就想，这要是真定下来，就可以带他见老妈而不用麻烦老会同志了。让人家代替男友的身份，怎么都觉得不合乎逻辑。

两个人是定了暗号的，如果他觉得她合适，他就会主动拥抱她；而她如果想和他继续交往，就不拒绝他的暗号。

一身运动装，配一双运动鞋。全是 361 度的。其实衣柜里也没什么时尚的衣服，就算想换个风格暂时也来不及了。想不到这身打扮正合陈玫玫的意，乍一见到远远骑着摩托车风驰电掣般驶来的小甲，那一身休

闲的运动衣，让陈玫玫无论如何都觉得这真是一对天造地设的情侣装。

陈玫玫想起来了，两个人视频的时候，小甲跟她说过，他每天都要跑步、游泳。想自己这身衣服好像就是为了附和他这身衣服和爱好一样，又一想也不对，自己平时都是这身行头，不然张晓丽不能老是说自己不打扮，甚至说自己不修边幅。

摩托车唰地在她面前潇洒的旋了半圈，小甲双腿支地停在陈玫玫面前。陈玫玫咋看都觉得眼前是一个毛头小伙，一点不像比自己还大上几岁的成熟老大哥。这是那个有过婚史的男人吗？怎么还可以这么像毛头小青年？

不过，在和小甲说话的当口，陈玫玫又充分地感受到了轻松。暗号实施的时候，陈玫玫没有拒绝，想反正国外的礼节就是拥抱。抱一下又何妨，反正双方看着顺眼，又不是抱一下就真的定下终身了。只不过从此两个人同意相互来往了而已。能相处到哪一天，谁能晓得？

可这层关系，在马上要到来的老妈面前，她还着实不敢透露出一星半点。这倒也没什么，她是不想让小甲知道，她好像急于嫁，急于把他推到家长面前一样。所以，两个人在河边有树有草的地方待了大半天的时间，在分开的时候，她并没有把老妈要驾到的事情说出去。要是第一面就把这事说出去，那自己太没面子了，这不是明摆着告诉对方自己家老妈要着急赶自己出嫁吗？再急也不能让对方知道，她想自己在老妈面前再毛手毛脚，在异性面前，这点矜持还是有的。

只是时间稍长了点以后，她看到小甲没有了先前小青年的模样。他的眼泪不停地流，她说你哭什么？你有什么事这么激动？心下想不至于因为约会一个女人而把他自个儿感动成这样子吧？满大街都男人和女人，又不是几辈子没见过女人，没抱过女人一下。

小甲说他花粉过敏。就是这么过敏，他们愣是在河边有花有草有树的地方待了大半天的时间。他说他这一天的时间都可以给她。末了，陈玫玫是决不知道，小甲在回去的路上，钻到 KFC，找好座位，掏出备好的眼药水，仰起头给那不停落泪的眼睛一通上眼药。

两个人是简单吃了口午餐的。吃了午餐，小甲看着陈玫玫含情脉脉地说他不舍得走，两个人就又回到那有树有草有花香的河边。小甲也不顾自己花粉过敏的眼了。

陈玫玫在回去的路上想，还是得麻烦会大辅。眼前这个男人，她还不敢完全托付终身。既然已经和会大辅说了，那只有就势先让他替代一下，敷衍一下老妈吧。也好让她省心，自己这边只能是慢慢地相处。谁知道自己最终会花落谁家呢。

和会大辅，好像相识很久了。何况，这次只是替代，不存在侵犯他个人利益。再说这事都和他说过了，她不想改了。

五

带老妈去会大辅的工作室不太可能，连陈玫玫都还没有去过，可是三个人不可能只逛大街，吃饭可以在外面，总之要在室内待上很久的。必须去自己的住处，不然不合适。如果不表现得和会大辅相处得非常亲密非常愉快，怎么可能让老妈放心地离开北京呢？想想自己一把年纪了，还被老妈管束，心里就万般不悦。

陈玫玫在会大辅把她载到店铺前，要离去的时候，她把自己想的告诉了他："我们还是预演一下。"

"怎么预演？"

"我早点回家，你也跟我去。你也好适应一下我居住的环境。我妈来了，一起做个饭吃个饭。这样她才不会怀疑。"

"我明白了。行，我还可以露一手。"

"你会做饭？"

"你以为我只会画画？我的水煮鱼做得特别好。"

"那晚上你来做菜。下午我就去采购，然后接我妈去。接我妈之前，你得先去我那坐会。"看会大辅看着她，她有点不好意思，"你把我当老虎了？"

"没有。说什么呢，就是有点受宠若惊的感觉。我掐一下自己，疼。我不是在做梦。"会大辅掐了一下胳膊，做一副龇牙咧嘴状。

"别美了，就在我妈面前演个戏而已。本来想借我们合租那女孩的男友的，可人家比我小太多，不太合适。"

"保证完成任务。"

……

尽管预演过，可当着陈玫玫妈妈的面，会大辅还是拘谨得可以。从卧室到厨房，仍然觉得有些生疏。陈玫玫不得不偷偷地一个劲给他使眼色。

征 婚

"阿姨，您坐车也累了，你们坐着聊会，我去收拾鱼。"看会大辅在厨房收拾鱼，陈玫玫妈拉过女儿说："玫子，男人有这么老实的吗？你看他，好像连话都不会说了。以后有人欺负你，他怎么帮你？一个大男人，怎么腼腆得不如个姑娘。一个家，凡事要女人出头，到时候可有你累的。"

"妈，你啊，人家怕你不是。他平时可善谈了，在外面没见他怕过谁。他这是知道你的来意，都不知道怎么表现才好了，人家也怕你看不上他把我拉回去。这是越想表现，越不知道怎么表现了。"

"不行，我看还是太老实。怕他撑不起个家来，男人撑不起家，有女人累的。你要找个顶天立地的大男人，不能什么都你插手。你看你妈我，家里里里外外，全都我管，你爸他做甩手掌柜。挨累的还不是我们。妈不想让你受罪，你说上次那个小郑多好。工作也好，你说眼前这个是画家，都说搞艺术的不能找，尽花花肠子。"

"妈，你说啥呢。"陈玫玫怕会大辅听到，很不开心地阻止老妈继续说下去。"妈，我都多大了，您操心不嫌累啊。原来你说我没朋友拉我回去，现在有了，你就不要捣乱了。"

"死丫头，我这叫捣乱吗？你看上的，那也得过我这关不是，婚前一定要睁大双眼。闺女，告诉妈，你们没同居吧？"

"没呢。"陈玫玫一阵脸红。"这话你也好意思问。"

"婚前就住在一起，吃亏的总是女人。男人离婚的都能找大姑娘，女的行吗？贞操多重要啊。你说你，你们认识才多久啊，你就把人家领到家里来？"

"妈，你啰唆不？领家里怎么了，这里又不是我一个人住，两家人呢好不。再说他来了又不住这，每次不过是把我送回来。您可真是闲吃萝卜，少见多怪。我都难找到合适的话来形容你。再说，未来丈母娘来，他能不来表现表现吗？"陈玫玫表现得十分不耐烦。

陈玫玫尽管说没和会大辅同居，可她在老妈面前极力表现出一副生米已成熟饭的事实，那是在告诉她想拆也拆不散了。

"会大辅，你这次做的鱼可是比上次做得好呢。这是看我妈来了吧。"陈玫玫一边吃一边说。

"上次？上次调料不足。"会大辅夹了一小块鱼到碗里。低头只管吃饭。

"你看你，话这么少，每天得巴得巴就你能说。"陈玫玫用脚踢了一下会大辅的脚。

"陈玫玫，你还是和妈回去一趟吧，你爸这几天身体不是太好。"

"妈，你上次折腾得我还不够啊。我爸明明好好的，又拿他说事儿。"

"阿姨，您就别逼玫、玫子了。我会对她好的，您放心好了。" 会大辅仿佛鼓足勇气才说出这一番话来。

"不是我说你们，给人抹个指甲就能挣生活？画个画就能挣到饭吃？还是得搞实体，岁数也都不小了，也不着急多挣点钱，将来有了小孩用钱的地方多着呢。"

"妈你说得也太远了吧。"陈玫玫有点生气。又觉得当着别人的面和老妈生气不合适，于是开始撒娇，"妈，我还开着网店呢。我们将来也能靠网店生活。"

"网店是什么？"

"在网上卖东西啊。我卖北京特产，这算实体吧。"陈玫玫万不敢说卖性用品。

"什么时候开的，我怎么不知道。"

"来北京先是打工，没多久就开了，生意还挺好呢，比我开美甲店开得还早呢，挣得也比那个多。再说大辅的画，一幅画卖个几千上万的不成问题。"

"能天天卖啊。"看到会大辅去厨房送空碗，陈母赶紧说。

"妈，您这是来找打架的吧。你听说哪个画家天天卖画？那不发大了？发得流油了？您就放宽心，我将来的日子错不了的。倒是你越这么逼我，越是麻烦。弄得我一天慌不择路的，可别哪天真的急三火四稀里糊涂地就给嫁了。那会儿可找不到后悔药了。我现在还在考验他的阶段。相信我的眼光。"

各自睡觉前，陈玫玫想想给会大辅发了条短信："谢谢今天你的支持。"

"我表现得也不好，我是有点不敢作假，就怕露馅。你不会被绑回去吧，要是被绑回去，我就成罪人了。"

"不会。我妈尽管说你太老实，可她还是放过我了。至少我在她眼里，目前还不算单身。"发过去自己都忍不住偷偷地乐了一下，想和一个不是自己的男友这样发着短信，终究有一点暧昧。梦里枕着这一点浅浅的暧昧就睡去了。

第二天，老妈就回了老家。她说一个人在这么小的地方憋憋屈屈的，不方便，还跟人家合租，出来进去的太麻烦，不如回自己家。末了叮嘱女儿，女大不由娘，但一定要看住自己，千万别同居。

老妈这么快就走了，这让陈玫玫有点不相信似的。

六

"玫子，我小姑子终于肯出去工作了，可是干了不到半天就跑回来了。简直让我抓狂。"张晓丽一边打扫卫生一边对陈玫玫说。

"什么工作，干不上半天？"

"旅店。原来我是想让她去饭店。又供吃又供住的，对于小姑娘来说接触人多，也挺锻炼人的。我和李健带她去的，可她看到别的服务员用抹布擦桌子，用手抓顾客吃剩的残羹到脏碗里去。她一句话不说，掉头就走，本来人家老板还真看上她了。一点不给人家面子不说，还一出门就对我大吼，说她就因为不是我亲妹妹，哪有亲妹妹被亲姐姐送到这种地方来受罪丢人的。脏死了恶心死了。当时我就没话了，就是想说也不敢说。"

"那旅店总比收拾残汤脏桌子强吧？"

"在她眼里强什么啊，都一样。一回来就说，说我这是把她往外面撺，还专找能吃住的地方。说旅店什么闲杂人等都能去住，还要给他们洗床单，铺被子，恶心也恶心死了。"

"你这小姑还真不好伺候。"

"我要是亲姐，说话就会重点，可对于她来说，我又不能说得太重。年轻锻炼锻炼有什么不好？自己给自己赚第一桶金，这金子自己怎么使用别人又管不着。指望着靠借钱经营生意，反正我是不行。"

"跟哥哥借，没压力呗，赢了输了都是她。反正不还你又不能把她怎么样。挣钱算她自个儿的，赔了当然要算你们头上。"

"所以李健总想再借她。他架不住她磨他。可我是有底线的，我没有那么多十万。这次旅店的活也干不了，那活多轻松啊。不干拉倒，再借钱，我肯定就离家出走，不回去了。"

"唉，真是家家有本难念的经，你都不知道，昨天我妈来了，要绑架我回去相亲。不把我嫁出去她是绝不罢休啊。"

"你回去吗？"

"我不回，她今天回去了。昨天我找了个替身男友，把我老妈给唬住了。我知道这是暂时的，我还得向征婚的旅程快速地迈上几大步。这几天，找两个合适的还得去相亲。还好只是心不静，网购的事让我心里不踏实。小多去了那个城市，到现在还没回复我到底什么情况呢。手机关机，也联系不上。"

"她做事，你就放心吧。我们当中，她是最谨慎的了。"

"她谨慎，这确实。可在我印象当中，你才最谨慎呢，可当年那么谨慎的人，如今也变得让人不认识了。就说你这小月子，这才几天啊，你就又跑来开店。不怕将来对再怀孕有影响啊。如今变得这么大意。"

"乌鸦嘴，能影响什么啊。咱们这是自己开店，人家公务员给别人打工的，一个萝卜一个坑，你不上班，早被别人取代了。再说小月子，医生也说了休两周就行。"

"有两周了吗？"

"有了。你看你过的什么日子啊。"

"两周也得小心，这可是大事。"

"哎哟，肚子抽筋。都赖你这乌鸦嘴，本来好好的。"张晓丽放下手里的活，就势蹲下。

"有你这么赖人的吗，没事吧？"陈玫玫一阵紧张。看张晓丽站起来说没事，这才算放心，"你啊，你就是不体贴自己的身体，平时就忙着挣钱了，怎么就不趁这假期好好休一休。"

"咱敢休吗？自己的房还行，每天这费那费的，不开门就开始往外拿钱。"

陈玫玫撇撇嘴，表示不理解眼前这女人。

关门打烊的时候，接到会大辅电话："又要请我吃饭？不去。干吗老想请我吃饭啊。没请过我没关系啊，我这也不算是请你，这算你帮我的忙，我用你做的水煮鱼报答你为我妈做过的这顿饭了。谢谢你，我妈今天回去了。"

心下松了口气，回到住处，打理淘宝之余，仍在征婚网上奋战。

不得不奋战。小甲自从花粉过敏回到西城以后，两个人就一直在电话和 MSN 上联系。没隔几天，两个人又见了一面，两面之中有一天夜里零点以后，两个人说得正酣，小甲男性荷尔蒙爆发，差点骑着摩托车从西城跑到大东边来看她。他甚至说，我到了以后，在楼下打电话给你，你悄悄地开门，合租者也不会知道。陈玫玫坚定地拒绝了，等到两个人风平浪静的第二面以后，小甲没有了毛头小伙的模样，陈玫玫觉得他苍老了很多。

七

第二面，两个人仍是礼节性地拥抱了一下。这拥抱应该是有距离的，有点像普通人见面那种浅浅的两手相握。小甲要吻她，她偏过头，避开了。眼下，她还不想接受这么湿润的东西。晚上小甲回到住处，说要在网上买块手表，说是侄子过生日的礼物。然后醒悟似的说你不是有网店吗？给我个地址，陈玫玫犹豫了好半天才发给他，说我又不卖手表，你又不是不知道。可她还是发给他了，因为小甲说没有手表也看看，当逛商场了。小甲收到链接以后好半天不吭一声，末了他要说点隐私的东西给陈玫玫听。

陈玫玫说你说吧。她心都要跳出来了，"隐私"二字让她觉得不同凡响。

"我是自由惯了的。我不希望任何人约束我。"

"包括妻子？"

"对。所以当初我离婚了。我随心所欲惯了，我想干什么，谁也不能挡着我。我想我们才见两面，在感情还没有胶着到不可分离的地步以前，还是把我的想法多说一点给你。我希望将来的生活能 AA 制。你自己可以存钱，我不管。我也可以存钱，你也不能不让。"

"你还是潮人呢？"陈玫玫听说过有 AA 制的夫妻。好像二十世纪八十年代就有这样结构的家庭，据说人家女儿如今都老大不小的了，可他们过得仍然很稳定。她表示没什么不可以接受的。难道这也算是隐私？

"我也有段经历想讲给你听，你听吗？"陈玫玫的心里打着鼓。

"听。你说吧。"

"我以前有过男朋友，而且我们还同居过。"

"哦，多长时间。"

"三个月。其实在一起不到二十天的时间。他总是出差。"

"怎么分开了？"

"性格不合吧。"陈玫玫不想说太多，说太多过去的痛苦，等于揭自己的伤疤。

"是的，性格不合，很难在一起的。"

"那你刚说的隐私是什么？"陈玫玫表示不想再说自己的话题，反正自己已经老实交代了自己的感情经历。她不想隐瞒自己。如果欺骗新任男友，自己良心上也会过不去。

"对，隐私我还没说。也许我的隐私只是个人的生活习惯。我喜欢不同的做爱方式。我前妻就是受不了这个和我离的，她看到我使那些器械就性冷淡，一点不滋润。她恐惧和我做爱。做爱本是夫妻间最有情趣也是最快乐的事情。我喜欢口交，也愿意另一半和我口交。可是，我怕将来另一半因为我这些嗜好冷淡我、离开我，所以我想不要等到那一天，还是提前说一声好。"

"这些？"陈玫玫咬紧牙关。她想不到，还没有谈婚论嫁，倒先谈起床上的事来。

"我希望对方能接受我用不同的情趣用品。我不管你的店里有没有，我一直想着要是将来结婚在一起，我是会给对方买这些东西的。"

"你连 ML 都 AA？"陈玫玫狠心地把小甲从 MSN 上删除掉，并且退出程序。关闭电脑，简直就是气不打一处来。她受辱一样看着电脑就气恨不得把它砸了。等到平静下来，她想，也许对方因为她开这样的店铺而故意为难她也说不定，又或者人家也许第一面看着她顺眼，第二面因为没有吻到她而怀恨在心。再加上两面之间凌晨时分，荷尔蒙的爆发因为没有妥善地执行，他这纯粹是恶意报复，她想。当然，她又不是没有听说那见第一面就上床的男女。可她想到这儿，心里跟被冷水泼过一样，这可是在选爱人啊，不是在选工具。

平静以后，想起 QQ 上还有几个从征婚网上加过来的男人。有的加上就没说过话，有的说过三两句就都不再继续了。唯有这个叫张大山的南京人，每次看到陈玫玫在线就要和她打声招呼，偏又总说见又总是没有时间。说是经常在外做工程，事太多。这一次，他强烈要求和陈玫玫见上一面。陈玫玫本想告诉他她已经有了小甲，可这小甲这么快就如空气里的一小朵尘埃一样消失了。她曾经还天真地以为他们的缘分才不过是刚刚开始。

她犹豫着不知道是回复去还是不去，这工夫竟然又接到来自老妈打来的长途电话，又是一阵催。让陈玫玫耳根子难以清静："好好好，我嫁嫁嫁，就嫁。马上嫁。赶紧给我准备好嫁妆，没有嫁妆我不嫁。"

仓促地挂断电话，狠狠心，擦干心底的泪花，和张大山约好周末在西门 KFC 见。

第六章　应婚男

一

"姐姐，上次和你说的事，你和这位画家提了吗？"那个名叫小曼的女孩这次是一个人来美甲。

"小曼来了，快坐。我当天就和他提了。"

"他说什么？"

看着眼前小女孩明亮的双眼，陈玫玫不知道怎么继续这个话题。明明她认识会大辅，为什么还要让她来和他说这事？而且显得这女孩好像真不认识会大辅一样。"我把他的电话号告诉你吧，你和他直接说行吗？"

"不用不用。其实我有他电话。"小曼说到这变得腼腆起来，"我男朋友说要代理他的画，我不想直接让男朋友找会大哥去。以后我们就从你这拿就成。有钱大家一块儿挣。这次是让我来拿画的。就按上次你说的那个价吧，这两幅我全拿走，我男朋友说有人要买了。"

"真的？有人要买？那我和会大辅联系下吧。"

"不用，回头你再跟他说，就说有人买走了。"

"就说你吧，你们明明认识的。上次他跟我说了，说你们来谈代理，他是知道的。"陈玫玫终于忍不住说出来。大家明明认识，干嘛非弄得好像不认识一样。

"姐姐，不好意思，其实我是不想让他跟我爸说，我爸不愿意让我沾画，也不想让我卖画，总之，我爸老想安排我的生活。偏我和男朋友是想什么就想干什么的。不画画，卖画也好啊，我喜欢跟人打交道，把画家的画推销出去，特有成就感。不让他知道太多，是担心他在我爸面前说漏了嘴。其实我现在也有点晕，那天是受会大哥之托来和姐姐谈代理，姐姐可千万不要出卖我。会大哥好像喜欢你吧？或者他欣赏姐姐的才艺。姐姐不知道，我爸告诉我要做手模就好好做，一个姑娘家的，卖什么东西呢。再说，我爸爸还不认识我男朋友呢，本来他就排斥我接触画，现在男朋友也接触这个，他不还得气疯啊。"

"你爸还挺怪的。"画卖了，无论以哪种方式卖掉的，陈玫玫都非常高兴。但她觉得眼前的女孩说出来的话总有比较牵强的地方。

没有顾客，陈玫玫就挂上了QQ，会大辅在线，陈玫玫让他给个卡号，把画款打给他。她可不想让这钱在她这里过夜，会大辅喜欢她？一想到这，她摇了摇头。

会大辅听说画卖掉了表示一定要请她吃饭。陈玫玫说改天吧。会大辅告诉她，说有个文件要传给她。陈玫玫点了接受，打开文件夹，熟悉的面庞呈现在眼前。

"你画的？什么时候画的？"陈玫玫吃惊地问。

"很久了。"

"你认识我才多久啊？"

"很久了啊？是我第一次见到你以后回来画的。没敢传你，怕你不喜欢。"

"我看看。嗯，是不大喜欢，怎么把我画得这么老啊。你看鼻翼两侧这两条线，太重了，我有这么老吗？"看轮廓，谁都知道肖像是她陈玫玫。第一次见面就那么短短的一小段时间，他回去就画了这幅画？让陈玫玫很惊讶他的观察力。

"我不信是你那天画的，肯定是现在才画的吧？"

"骗你是小狗。"对方打上这几个字，让陈玫玫心里如小鹿一样跳来跳去。无论怎么说，这幅肖像都让陈玫玫觉得和她本人惊人的相似，尽管不是摄影，可那眉眼不是她又是谁呢。

"画得不错。这个可以放到我的征婚网站上去了。"

"别别，别放。这个虽像你，可还是没有照片传神，我担心把应婚的都吓跑了。"

"吓跑了好啊，吓跑俺就更有独身的理由了。"

"怕是不行，等老妈再杀回来，我看到时候你找谁当替身。"

"找你。"两个人半真半假你一句我一句地这样说着，陈玫玫忽然说，"明天我去相亲了。"

"祝你好运。"对方好半天才打过来这几个字。让陈玫玫觉出了他的迟疑。他在忙什么？

会大辅在喝茶。饿了，想去做饭，又懒得动，一边画画，一边和陈玫玫偶尔说几句话，时间很快就过去。一不小心一壶茶水就喝没了。

"不和你说了，网店有人问东西了。"陈玫玫和买家说了会产品，等到对方拍下来以后才去做饭。隔壁小两口点了外卖，出入厨房的时候和陈玫玫打了声招呼。她心底有些尴尬，看到他们穿得光鲜，一想到夜里的沉迷声让她觉得好像做坏事的是她而不是他们。人家二位倒不在意，揽胳膊搂腰的在她眼前招摇过市。

他们没结婚就同居，在陈玫玫的眼里就是在做坏事。想自己也做过坏事的，同居不到三个月，真正在一起住的时间连一个月都还不到，精确点地说，也许二十天都不到吧。男友总是出差。到最后不知道是聚少离多还是因性格不合而分道扬镳。

那时候年轻，父母不催，所以无须也没来得及把对方介绍给各自的家里。这坏事好像人不知鬼不觉的就沉没了，可她心底却压着，很沉重，有点像装了很多东西的麻袋。想自己再找男友，要不要把这段陈年往事说给他听？尽管已成事实，可她仍然觉得不是太光彩。说，还是不说？这两者让她一直不停地斗争着，不说的话这又不是她的性格，可如果说了对方会怎么看她？纠结。她一边纠结一边做着饭。也许，小甲就是被这件事情给说跑的？想到这，禁不住摇了摇头。想这种男人不要也罢。

"玫子，我回来了。"余小多的电话在陈玫玫吃饭的时候打了进来。

"情况怎么样？"

"等见面聊。"

二

"对方电话打通，说不在本市没见我。还说没必要见我，说我们只要私下了了，把钱赔上这就算完事。还警告我说如果在他没告我们之前，敢先和他打官司，最后受伤的肯定还是我们。他会在淘宝网上把我们店的名誉搞臭，让所有的人不买我们的东西。但我按照你提供的收货地址找到了他们公司。"

"公司人怎么说？"陈玫玫只想听结果。

"他们虽然不知道我的身份，但是问什么也不说。只说他不在那上班了。后来我留个心眼，找到一个特别文静的小女孩，我就说我是赵长扬的同学。来这个城市开会，给他捎点东西让她转交。当时我看所有的人都下班走了，她在锁门。幸好她先前没见过我，她跟我说了一大堆。说他要是不辞职，公司也正准备把他开了。问她为什么，她说他来这公司时间不长，业务能力根本不行，在公司就是混日子。我已经用录音笔录了下来。如果证实买家根本不是因为收到性产品而辞职的话，那么他眼下丢了这份工作，根本和我们没有一丁点关系。"

"可他不依不饶地就要我赔钱可怎么办啊，毕竟也是我有错在先。"

"先别理他。你把我今天说的这番话讲给他听，如果他再敢恐吓你，你就告诉他你将起诉他敲诈。明白告诉他我们有证据证明他不是被迫因为收到产品而辞职。"

"可我还是担心他会在网上恶评。那我的生意会直接受影响的。"

"这个，那你就得动动脑筋了。现在我们不可能他要多少就给多少，你有没有想过少给他点赔偿？这样，也许就把这事给化解了。"

"少给？我提过。可他说一分不能少。"

"你和他电话好好沟通下，不然问问他直接见个面怎么样？"

"见他本人？杀了我吧，我不想见这种人。"

"可你总得解决问题吧？这次没见到他也是我预料当中的，但是我们根本没有白去，我把证据拿到手，他如果真要告你，我们倒欢迎他了，我们不怕他。"

"听天由命吧。"陈玫玫一副不知所措的模样。

"那我先回去了，还没回家呢。"

回到家的余小多，打开房门冷冷清清，没有一丝温暖可言。打开所有的门，确定家里没人。她不知道他们都去了哪里，这个时间应该是做晚饭的时间。应该是暖暖在她的房间看动画或者看画册，看不到女儿心里有些焦急。忙打电话给万启军。

"你还知道打电话？你心里还有这个家？"

"我不是说我出差吗？暖暖呢？"

"暖暖在住院，急性肺炎。一整天都没好好吃饭。脸烧得通红。"

余小多啊一声惊叫，赶紧把刚脱掉的鞋穿上，问清楚医院以后关了门往楼下跑。

暖暖正睡着，小脸通红。余小多看到婆婆没好脸色，万启军在床前走来走去，像蚂蚁。她觉得此时自己是个罪人，女儿病了，妈妈不在身边，那妈妈就是罪人。她当时就这么想的。看到脸红通通的女儿，眼泪就涌了上来。

"我走的时候还好好的，怎么说病就病了。"

"那意思，是我们娘俩虐待她了？我们现在还是把自己当亲奶奶亲爸爸的，不像有些人，本就是亲妈却没个亲妈的样。"

"妈，您这话什么意思？我怎么就没有亲妈样了？"

"你有亲妈样？你太有样了。我现在不稀得说。"

"妈，你就少说两句吧，小多也是出差了又不是出去玩，这不是让人家笑话吗？"万启军扔下话，走出病房门。

余小多尴尬地看着病中的女儿，仿佛眼前的孩子是她和别人生的，而被眼前这老太太抓到了把柄。可她再绝望也不能离开这里，病的是她的女儿，是她嫡亲的女儿，也是万启军的女儿。对于老太太的胡搅蛮缠，她只有忍痛接受。现在她逃不了。有机会，她想她一定还要逃。

三

出发之前，陈玫玫拉开简易柜的拉链，衣服不少，却不知道穿哪一件。她去过张晓丽家，晓丽的衣服足足够开一个大的时装店。打开柜子，运动的、时尚的、棉的、丝的、连衣裙、旗袍……总会让陈玫玫眼花缭乱。单说那旗袍就有好几件。

张晓丽说，女人的衣柜里哪能没有旗袍呢。

陈玫玫的衣服尽管也不少，却种类单一。大多数是运动装，没有一件旗袍，更别说丝的了，她仿佛天生和这些特别女性化的东西就绝缘。她跟张晓丽说过，说穿旗袍，那得挎坤包，还得穿高跟鞋，她曾经笑话过张晓丽，说你活在那个年代，是不是还要胸前揣块怀表啊。这些她倒也都能忍，最怕的是走路要一扭一拐的，那简直和被人杀没什么区别。不扭不行啊，她长这么大从来就没穿过高跟鞋，平衡力太差。记得有一次要去相亲，被张晓丽逼着穿过她的一双高跟鞋，没把脚脖子扭断。那次把她悔的，发誓这辈子再也不穿高跟鞋。

她坚决不穿。所以也就坚决不买。

如今又要相亲去，想想每次相亲不是回去各自没信儿，就是相处一两次各自没电，是不是因为自己的打扮有问题？都说人靠衣服马靠鞍，难道还真的需要武装武装才行？

张大山并没有早早地等在 KFC，这出乎陈玫玫的意料之外。当然，北京的交通总是超乎你的想象，就算你提早出来，也有可能会迟到。陈玫玫上过班的，深深体会那些每天行走奔波的上班族。想当初为了早晨不被扣工钱，眼看着前面堵得一塌糊涂，自己不得不跳下公交打车走，最后的结果仍然是迟到。扣钱。早知如此，想想自己又何必下了公交车再打车呢。损失大了。

张大山姗姗来迟。姗姗来迟的张大山并没有说自己堵车。他笑嘻嘻地说："都说女人喜欢在约会的时候迟到，今天我也想尝尝被别人等的滋味。我想，你应该有足够的耐心。"

"你怎么就知道我会有足够的耐心？再晚来一秒，我一定是走了。"陈玫玫明显表示不满。这可是第一面，就算男人迟到，如果有着非常充足的理由，对于她来说都不可以原谅。偏眼前的男人竟然是故意迟到，还说什么考验她的耐心。

"因为，我们说过不见不散。"

"你以为你是葛优？你以为你是导演，你安排一场故意的迟到，就必须得有人等你？"

"我当然不是老葛，我可是比他头发多多了。以后时间长了你就知道了，其实我比他还幽默呢。"张大山试图活跃气氛。可陈玫玫从他说故意迟到开始就对他生出极为不满的情绪。尽管他表现的状态很是轻松，仿佛和她陈玫玫已经认识很久了。陈玫玫想了想，两个人在网上的确神交已久。可这是第一次见面。第一次见面于陈玫玫来说，还是讲究些好。就比如自己，尽管说是没有什么时尚的衣服，就算最终穿的还是运动装，那她不是也在衣柜里选了好久吗？说明自己是非常重视这次约会的。

"故意迟到和故意犯错误是一个道理，没有谁不犯错误，我允许别人犯错，可我不允许别人故意犯错。"陈玫玫说完这话，不禁又在心里嘀咕了一句："头发多，你就以为你见识多？等我以后给你更多的机会吧。哪来的以后呢？就是眼前也马上要稍纵即逝，从此了无痕迹。"

"别和我说再见。"张大山有点急了，"为了补偿我不小心故意犯的错误，你想喝点什么。喝完我们出去找个中国餐馆一起午餐。"

"不用了，我一天只吃两顿饭。"陈玫玫撒了个谎。陈玫玫很少撒谎，但眼前的事故让她有必要撒个谎以逃离现场。

"真生气了？我们认识这么久，还不能开个玩笑啊？不幽默。"

"我是不幽默呢。你不了解我。我的确不幽默。"

张大山看陈玫玫这么说，也不想再解释什么。两个人在食客熙熙攘

攘的 KFC 里出现了冷场。

"那个我说实话吧，刚才是业务上有点事，所以我出来晚了。还请你原谅，保证没有下次。"

"迟到很正常的啊。有事也很正常啊。我觉得两个人在一起有必要说真话。尽管有时真话伤人，可我也不想说假话骗人。目前来说，我不知道你哪句是真哪句是假了。"

电话骤响，吓了陈玫玫一跳，是个陌生号。接听以后才听出声音非常耳熟，是买家赵长扬的。这几天一直没有赵长扬催赔偿的电话和短信，心下尽管也忐忑，却也告诉自己，也许这事就这样过去了呢。对方又没花钱又没什么损失，不就是不在原公司上班了吗。可余小多说了，并不是因为充气娃娃的出现让他无颜待下去。本身业务就不行，还能赖谁？

"你要来北京？你来北京找我？面谈有什么用？你就算打官司你也赢不了。我还有事我先挂了。"陈玫玫心里咚咚地跳着。

"怎么了？"

"我遇到麻烦事了，有人要和我打官司。"陈玫玫不错眼珠地看着张大山，"你得离我远点，不然你也会很麻烦了。他是个难缠的主儿。"

眼前的相亲就这样算是告一段落。陈玫玫心里七上八下，不知道赵长扬来北京有什么动作。

四

"晓丽，你怎么喝上中药了？怎么了？"陈玫玫一到店里，就看到张晓丽恨不得捏着鼻子喝那黑红色的药汤。

"都这么久了还是怀不上。去医院查了，让我喝药调理。最倒霉的是医生让我在家多休息，尽量先暂时别出来工作。"

"那你还来。也不知道你怎么想的。"

"我也想在家里休息，可是优优不出去工作，老太太也在家，全指着李健一个人，我怕他受不了。"

"让你暂时休息，又不是一辈子在家做家庭主妇。还是听医生的话。"

"这几天我也在做思想斗争。也许我真得在家静养一段，保养好子宫，可我的店怎么办呢？"

"就像坐小月子一样，我帮你打理。再说，你可以让优优来。反正她也是闲着。"

"她是个不想打工的人，我可指不上她。我要是让她来，她不知道要怎么说我了。我还是歇会吧。说真的，玫子，要是明天我就休息不来了，这店可就交给你了。也不用进新货，就卖这些吧。"

"没问题。但是我提醒你，我可不一定时时刻刻守着你的店。那个买家要杀来了。"

"来北京？他来干什么？小多不是去买家城市解决问题了吗？"

"挺复杂，我看买家是想敲诈我。"

"那就报警。他来找你麻烦，我让李健陪你去对付他。"

"不用，没事。我光棍一个我怕他？你安心回家休息吧。你走了我也好当回大老板。"

"拉倒，好像我走了你真能当多大老板似的。"张晓丽说走就走，喝完药就简单收拾下回家休养去了。一静下来，陈玫玫就无法想象将怎样面对那个让他觉得恐怖的男人。真的，到时候谁会陪他面对这个男人呢？想想身边竟然找不到一个合适的人选，当他想到会大辅的时候，自己也有点吃惊。人家先是当了他的冒牌男友，如今自己遇到事了，还要人家帮忙吗？一想到他，才想起他有好几天没和她联系了。这倒有点不正常。以前他经常发短信给她，她甚至会觉得烦。

如今好像少了点什么。短信过去问他在哪，说怎么可以刚帮他卖了两幅画就玩失踪。会大辅很快短信过来，说回老家办点事。她回复他说如果她有事他会不会帮她。他回了一个字，帮。看到这，陈玫玫又很无奈地摇了摇头。人家凭什么事事帮自己呢？想想自己快要被那个买家折磨疯了。来了也好，当面锣对面鼓地把事情说清楚，要钱多了没有，要命一条？不行，陈玫玫一想到这，心里就突突地跳。命还是值钱的，无论如何在任何时候说什么也要保命。想到这又赶紧宽慰自己，不就是邮寄个性用品，包装坏掉了吗，多大的事啊。再怎么安慰，陈玫玫发现自己还是无法把这件事暂时抹掉。不禁发起呆来。

当她揣着忐忑的心情走在约见赵长扬的路上，接到会大辅的短信。说他已经回北京了，问她在干什么。陈玫玫一五一十地把经过简单地说给会大辅听，然后说买家如今来北京了，她现在就去见他。

"你行吗？我陪你去吧？"会大辅把电话打了过来。

"不用了，我想没事吧。他能把我怎么样？真有什么事我就打电话给你。"

"那你去吧，随时和我保持联系。把地点告诉我，有事就震我。我随叫随到。"

陈玫玫禁不住就笑了，忽然发现会大辅竟然这么婆婆妈妈。还要随时联系，好像自己要深入虎穴一样。但是很奇怪，陈玫玫觉得刚才的忐忑因为接了会大辅的电话竟然变得轻松了许多。心里先前那种七上八下不知所云仿佛卸包袱一样的被卸掉，看来男人还是比女人有力量。那种力量的确是来自精神上的，会大辅的电话让陈玫玫为之一振。

五

暖暖病好以后，万启军被老妈逼着去做亲子鉴定。以前他总推三阻四，这一次他答应了。余小多眼含热泪可怜巴巴地看着万启军。万启军装作没有看到，回应着他自己的妈。他妈一会让他拿这个一会让他拿那个。万启军每次都能随叫随到。

"早做早踏实。以前就让你去，不听。"婆婆的话像针一样扎进余小多的心窝。

这是一个阴雨天，室内光线不足。余小多知道他们第二天去医院，余小多不会去的。在这前一天暖暖去幼儿园自己又没有任何案子可以处理的日子里，余小多惆怅许久。想用收拾房间释放这些个难堪。她想不通，为什么万启军的孩子偏被他亲妈妈认为是别人家的野种。

余小多恨得咬牙切齿，却又无能为力。她不知道他们这个家的日子怎么才能过得像个样儿。怪婆婆？其实就算婆婆不在，她也觉不出这个家的温暖。她想不起他们从什么时候开始变成这样，当初他们没生暖暖之前，也是如胶似漆的，她余小多甚至也可以在万启军的脖子上盖上章，那亲吻留下的啄迹，提醒着别人眼前这个男人是名草有主的，休想再打他的主意。

因为脖子上的印迹，最开始万启军也默许她，时间久了，确切地说是有了暖暖以后，她再给他脖子盖章他就不让了，每次做爱她还像原来那样渴望吸吮他脖子的时候，他都惊恐地躲着，生怕她把他那寸皮肤给啃红了，让他第二天无脸见人。而今，他们有很长时间不亲近了。

书房的光线很暗，余小多打开灯。电脑台式机笨重地摆在电脑桌上，余小多很少用。这个书房差不多仅供万启军一个人使用。想自己在新房子那边又弄了个大书房，到时候，能不能两个人一块使用那个空间呢？眼前这个小书房确切地说有点小，偏万启军在他们刚搬进来的时候，非在这窄小的屋里又安了张床。她清楚在他看书累了的时候就会躺在床上休息下，有的时候后半夜他才回卧室。而那个时候就算她睡不着，也装着睡着了，却面对着墙无声地落泪。

　　早晨万启军上班之前，余小多看到婆婆去楼下送女儿暖暖。婆婆不用走太远的路，幼儿园班车每天来小区楼下接送孩子。余小多轻声喊住要走出去的万启军："明天能不能不去医院。"

　　"去。"

　　"能不能不去？我求你了。"余小多的声音带着哭音。

　　"怎么不能去？你怕了？"

　　"我怕什么。"余小多说到这里，声音高了八度。

　　"不怕就好。是我的孩子去就去了，有什么怕的。也打发我妈满意。"

　　"对。怕什么，我没什么可怕的。你好好地打发她满意。"余小多的声音立刻弱了下去。万启军关门的声音并不响，却很沉重地砸在她心上。她打了一个冷战。她知道，她和万启军的婚姻走到头了。

　　她一边擦拭着书桌和书架上的灰，一边想，等晚上万启军下班回来再和他商量商量，这亲子鉴定就不要做了。可她又知道老太太的想法，他作为她的儿子是绝不会更改的。他可以违背自己老婆的意愿、女儿的意愿，曾答应给孩子过生日的事情，他都可以忘掉。但绝不能违背自己妈妈的想法。

　　床下边一团纸跃进余小多的视线，纸附近有一只白袜子。显然是万启军随手乱扔的。余小多蹲下捡袜子，顺手把纸捡起来，再往床下看了一眼。不知何时里边多了一个纸箱子，箱子四周缠了透明胶布。

　　对于这样一个庞然大物，余小多想反正今天没事，就打开来想看一眼。等装修搬家的时候，她都想过了，很多旧东西就不带过去了。也许包括眼前这个箱子里面的东西。

　　打开来，看到里面装了几本书，还有一个旧半导体。也不知道哪个年月买的，她已经记不得。书的下面有一个黑色包装袋，她不知道里面是什么，好奇打开来。呈现在眼前的东西让她气急败坏。她不清楚，万启军何时买了充气娃娃。余小多第一次见到这种东西，前些天也是因为陈玫玫网店的原因在网上搜索以后看到了网上产品图片，才对充气娃娃有了记忆和认识。

她一直以为只有空虚无度极为变态的男人才会用这种东西。如今，想不到自己枕边人也用这个。她倍感绝望。余小多告诉自己要冷静，尽管她不知道怎样让这种东西呈现在她和万启军两个人面前。

她决定装作不知道。把东西原封不动地放好。包括那团揉皱的卫生纸和那只臭袜子，也重新归位。她表示自己没有进过这个房间，其实她确实很久没在这里读书了。

她觉得自己很热，可是一想到那个冰冷的性用品，又一阵阵地发冷。她不明白，万启军身边的温暖不要，为什么偏要和这么冰冷的东西发贱。对，余小多此时形容万启军，只有一个字，贱。

本来想打扫下卫生平稳下情绪，再给万启军发个短信，好话好说地劝他不要去做亲子鉴定，现在她没有一点心情。她不想求他了。她打算今天晚上就失踪。可怎么向暖暖交代？一想到这里，心就痛。

她留了一张字条，告诉万启军，她回娘家。想了想又把字条揉成团扔到字纸篓里。

六

"我是来应婚的。"尽管陈玫玫知道对面的男人是赵长扬，可没想到他一张嘴竟然说出这样的话来。这让她吃惊不小。

"你什么意思？应谁的婚？"

"应你的呀。实话实说吧，我以前在北京待过，也在这处过一个女朋友。"

"你不是结婚了吗？还说因为我寄的东西已经闹到要离婚的地步。"

"我哪结婚了。"赵长扬低眉顺眼地说，"你不记得上个月，我们互加 QQ 以后，我还给你看过我的照片。"

陈玫玫使劲想也没想起见过这个人的照片。

"飞鹤。"

"啊，是你？"

"对，是我。我虽在杭州，在征婚网站上填的却是北京。我是打算找好另一半再回来的。你说我们定不下来关系，因为一直没有见过面，就算在网上聊得再好，也是虚的。所以我一直想来北京见你。"

"先别说这些，你可是一直在敲诈我。"陈玫玫的心咚咚地跳着，不知道对面的男人在打什么主意。他显然是一个城府颇深的男人。

"我哪里在敲诈你了？我这也是在善意地提醒你，做你这个生意的，要是买家都遇到我这种情况，你怎么应对？首先我是想帮你消费店里的产品。男人嘛，是吧。没有女人，又想洁身自好，没有别的办法。其次没想到竟然真遇到这种情况，我索性将错就错，看你怎么应对。唉，为了你，我都辞职了。这种状况，真没办法在公司做下去了。多丢人，谁还以为我是瘾君子呢。"

"瘾君子都是针对吸大麻的。你也吸？"

"我不吸啊。可我买这东西，让谁知道了都不是什么好事。总之是有些丢人现眼。好在我要找的另一半做这种产品生意，不会计较我的。对吗？我这次亲自来，够有诚意的。以前的事，我们一笔勾销。重新开始，好吗？今天我就来应你的婚了。我还要留在北京工作，不走了。"

陈玫玫听得直冒冷汗。他一说网名，就让她想起确实有这个人，但这段日子，她绝对没想到把这个人和买家对上号。而且，当时他们加了QQ，聊得一般，可是当她说见面，却听说他在杭州就立刻否定他了。尽管他说以前在北京待过，可如今毕竟不在这里，未来不可确定的因素太多。北京人口众多，没必要跑北京外面选去，连见一面都这么难。

"你不会真生我气吧？我在电话里那样说话，也是想让你有个充分的心理承受能力。如果你的网店真遇到我伪装的这种顾客，也好让你有精力去打发。"

"没生气，我有什么好生气的。"陈玫玫一想到眼前的男人是在和她折腾一场闹剧，心里早反感了。但是也生了点感激，看来这事就这样了了。但转瞬看到对方直视她的眼睛，她想也许事情远没有现在想得这么简单。

"你没找男朋友吧？你看我行吗？这次我真的是特意来应婚的。尽管我刚回北京，我想我很快就会找好工作稳定下来的。我的环境适应力非常强。我也可以帮你打理你的网店。"

"可我们这是第一次见面，能说明什么呢。你不觉得我们要是不合适，大老远的你这不是白来了。"陈玫玫的心里真没想到事态会往这个方向发展。脑子一时不够用了，她不知道怎么应对眼前的男人。她有点不敢拒绝，可也绝不能接受。

"我相信我们有缘。当然，我是来北京发展的，我们让时间来证明彼此好吗？"

陈玫玫想说我有男朋友了，一口回绝算了。可是一想到一旦拒绝，

他说不定又撕下脸，拿网购说事。一时不知如何是好。正愁间，电话响起，竟然是会大辅的。

"哥，你在哪？我相亲呢，你能帮我把把关吗？"陈玫玫灵机一动，喊会大辅哥哥。会大辅说马上打车就到。

"你哥？"

"是啊。我哥。他说来看看你。我和我哥嫂一块儿住呢。"

赵长扬不吭声。

"他知道我今天和你见面。"陈玫玫说。

"那你千万别说我们之间网购的事,这事一波三折,他该有想法了。"

"我不说我不说。"陈玫玫心下说原来你也怕这事被别人知道啊。想会大辅来了，不知道事态会是什么样的，于是给他发了条短信，让他一到这就编家里有大事，把她先给拉走。然后告诉他千万别提网购的事。

"妹，妈说让你回家。她有急事和你说，我也是在路上接到她电话的，说打不通你电话。你怎么了，关机了？"会大辅一到两个人面前，就急三火四地说。

"妈说？"陈玫玫一时没反应过来。"妈来了？嫂子呢？嫂子不是怀孕了要吃山楂罐头吗，一会我回去帮她做。走都走不动，你走哪儿她都要跟着，这次没闹着和你来吧。"

"她让我好好给你把关。你也不介绍介绍。"会大辅刚伸出右手，赵长扬就把右手也伸出来。

"是大哥吧？"

"是。你们怎么认识的？是网上征婚？最近我就和陈玫玫说了，我说网上征婚不靠谱。我妈给她找了不少现实中相亲的对象，她偏不去。你说网上互相都不了解。对吧，你了解我们家陈玫玫吗？"

"从不了解到了解，这需要一个过程。"

"是，这得要时间。那个，今天我妈刚从老家来北京，有急事找我妹回去。我们先回去？你们要是想继续交往，哪天再约。你看怎么样？不然老太太该生气了。"

"既然伯母来了，你们就先回去。我回头给陈玫玫打电话。"

会大辅拉着陈玫玫就往咖啡厅外面走。总算脱离苦海了，陈玫玫大喘一口气。

"怎么了？这怎么还成了相亲对象了？不是买家一直敲诈你吗？"

"说来话长，他原来就是和我在征婚网上认识的。真没想到。"

第七章　荷尔蒙飞呀飞

一

"你今天帮我一忙，我请你吃饭吧。"陈玫玫站在地铁车厢里，被挤得连个扶手都抓不到。有好几次差一点就抓到会大辅了，而会大辅总会怜惜地用手背扶一下她。

"不用。我说过回来请你。我还欠你呢。"会大辅往后站，尽量给陈玫玫腾出空间，以免别人挤到她。

车上人多，陈玫玫不再说话。

饭后会大辅送陈玫玫。陈玫玫喝了两杯啤酒，陈玫玫没有酒量，也很少和男人这么喝。以往也就是点到为止。如今喝了这么多，脸觉得有些热。城市的夜晚很少能看得到月光，但是霓虹很精彩。这也是偏远的山区看不到的。橱窗里的美女贴图向路人抛着媚眼。陈玫玫从小在农村长大，她知道这样的女人在老家那边该被叫作狐狸精了。他们说狐狸精是专干坏事的，它们把自己变成美女，专在夜深人静的时刻，潜入人间，和男人做爱调情。然后再吸干他们的血。想到这又吓了一跳，觉得自己想得不对，那应该是画皮，等夜半时分，把自己的脸画得跟美人一样，伪装成美女专吸男人的血。这是聊斋里的情节。

要是一个人在家或者一个人走夜路，想到这些肯定会被吓出冷汗的。身边有男人陪，就算是走在黑夜里，她也没觉得怕。何况就算是狐狸精也好画皮也好，对她女性陈玫玫不会造成任何威胁。她们只会对会大辅这样的男性公民感兴趣。

此时，陈玫玫很想抓会大辅的胳膊，搂过来。陈玫玫一想到这，脸

越发红了。走路有点晃，会大辅偶尔搀她一下。想自己已经很久没有和男人这么近距离相处，尤其走在夜色里。尽管没有月光只有灯光，少了点小说里那种酸不溜丢的浪漫，可在夜色朦胧的遮掩下，陈玫玫还是觉得自己有点胆大。真是酒壮人胆。

"你说要带我去工作室的。"

"明天。明天我来接你。"

"现在。"陈玫玫忽然就添了一股霸气，孩子一样地霸道着。

"太晚了吧。再说我刚回来，那屋里跟猪窝没有区别。"

"我就想看看猪窝，看看我哥我嫂住的窝。"

"单身男人工作室，真的乱。怕你笑话我。明天我收拾了，骑车来接你。上次我把工作室收拾利索让你去，你怎么不去。"

"那，好吧。"陈玫玫有点不情愿，想想会大辅确实邀请过她，但她拒绝了。"你说，你今天跑到咖啡厅，怎么就演得那么像我哥？"

"为了救你。你去之前我们就说好的。我要是不像点，那人能相信吗。"

"他要是再骚扰我怎么办？"

"想办法。"

"没有办法。"陈玫玫像想起什么似的说，"有了。果真和你这聪明人在一起，我也变得聪明了。"

"哦天，我还聪明？"

"对，只有聪明人，才能画出那么纤细好看的手指。"

"变相地骂我呢，我看你这是。"

"果真聪明吧。就是呢，画女人的手画得那么美，作者应该是温柔女生才对呢。你看你，一个大男人，谁会相信你画得这么细致呢。"

"你到底想出了什么好办法？说说看。"

"不想告诉你。"

"为什么？"

"不为什么。哪有为什么。到时候你就知道了。"

"就让我现在知道吧，不告诉我，我都睡不着觉。"

"至于吗。是我想出来有关我抵挡今天这个应婚男的好办法，又和你没有关系，又不是你应婚。你有什么睡着睡不着的。"陈玫玫说到这里，忽然脸就红了。好在有夜色遮盖，谁也看不到。而只有她自己能体会到此时的心情。

想想自己也怪可笑的，刚才的好办法不过是买家如果再纠缠，她就告诉对方她已经有男友，或者干脆就说领证结婚了。新郎是谁？暂时假定是会大辅，只是这个想法刚想到这里就瞬间流产了。毕竟会大辅在买家面前冒充过她哥哥，再反过来冒充新郎，鬼才信呢。想到这，禁不住扑哧一笑。

会大辅被笑得一愣一愣的。

"这次我把工作室收拾利索，你可不许再不去了。不然我白收拾了。"

"这事说不准，你现在不带我去。我随时会改变主意的，你收拾完我不去也不赖我。"

"好嘛，你随心性走啊你。"

"你以为。现在去吧。"陈玫玫心底莫名地觉得自己有挑逗的心理，话说到这，一想到"挑逗"二字，吓得再也不敢就这个话题继续了。"行了，逗你呢。我快到家了，你回去吧。"

"不行，要送到楼下。女孩子一个人走夜路我不放心。"

"都老女人了，还女孩子呢。酸。就这年纪了还能被打劫啊？"陈玫玫尴尬一笑。

"没结婚的，都是女孩。"

"那我在你面前就一直做女孩吧。"陈玫玫暖暖的。

"这可是你说的。不许嫁。唉，你一直做女孩不行。这样下去，我怕是见不到你了。"

"为什么？"

"你不嫁，你妈就会把你绑回承德。我要是想见你，不得去承德？那可太远了，不如在北京嫁了，离我还近。我就可以当娘家哥了，随时召见。"

"那就去呗，那还有避暑山庄呢。你可以在那里画画，多美。"

"你真有回承德的打算？"

"没有。我才不回去呢。"

二

"陈小姐，我把工作室收拾好了，欢迎现场光临指导工作。"会大辅给陈玫玫打电话。

"不行啊，我帮晓丽看店，我自己这边也有活呢。"

"那就等你打烊吧。"

"那好吧。"挂断电话，陈玫玫继续给顾客美甲。

"姐，那画真好看，是你画的吗？"顾客好奇地问。

"我哪有这水平，我也就会往指甲上面涂点风景，可不会画。"陈玫玫心里却是美美的，这种美有点莫名其妙，不知所以。

会大辅的工作室是几间平房。漆着红漆的大铁门上了一把锁头，打开来走进去，陈玫玫有一种无处下脚的感觉，觉得这院子仿佛 N 年无人居住。地面是砖铺的，从砖缝里挤出不少杂草。路两侧有树有花，草长得有点杂乱无章。一根藤上爬着一棵丝瓜秧，小小的丝瓜刚刚伸展着腰身，上面还顶着一朵小黄花。看到丝瓜，让陈玫玫一阵感慨，当初和前男友同居的时候，他们租住在郊区村民家里。有一天夜里陈玫玫口渴，男友就跑到地里摘了一根小小的黄瓜给她。陈玫玫还把他说了一顿，说黄瓜这么小你就给扭下来了，人家大妈该心疼了。前男友倒有理，说有大个的没摘，人家大妈不是说了吗，说想吃黄瓜自己进地摘去，当自个儿家一样。

对此，陈玫玫对男友就格外有看法，就算你摘，你也摘大个儿的吧。可人家说大个儿的没有小个儿的新鲜。他们两个分开是迟早的事，很多时候两个人观点不一致。

奇怪，怎么会在这杂草丛生的工作室院里想到前男友？陈玫玫愣愣地看着丝瓜。"你种的还是房东种的？"

"当然是我了。看我能干吧，等过段日子就可以吃了。到时候你来摘吧。绝对绿色绝对新鲜，没有化肥农药。"

"想不到你又能画画又会生活，总觉得你这个地儿挺像世外桃源的。"

"没你说得这么严重。你要是觉得真的是世外桃源，那你就经常过来。我给你做拿手的西红柿面。主食方面，我好像就会煮面。"这句话让陈玫玫在今后的日子里，证实了对方确实艰苦到只做面。一碗面里放些青菜或者肉丝，一顿饭就解决了。又快又省钱又省时间。会大辅的厨房里摆着批回来的挂面，这是陈玫玫在走入厨房的第一感觉。生活如果这样过下去，是不是太寡淡了？会大辅说他平时除了画画，在吃上没有什么追求。

人活着好像总是不能离开吃。陈玫玫一边想着一边看会大辅打开画室的门，里面挂满了他的画，全是镶了框的成型作品。会大辅介绍其中的一幅是刚刚打了草稿的。

"我能看你现场作画吗？"

"有什么不能的。"会大辅操持着画笔，在那幅草稿上涂抹了几笔。

"要是让我来，估计几下就给涂抹坏了。"

"不一定，来，你试试。"会大辅把画笔递过来，陈玫玫吓得赶紧躲。会大辅很执着地递着画笔，好像你不接我就不收回的样子。陈玫玫躲到了画室外。索性在草里走来走去的。

"野火烧不尽，春风吹又生。这些小草，怕不是你种的吧。"

"我拔还来不及呢。这些小草的生命真是旺盛。就算它生在夹缝里，受着多处挤压，但依然能生存。"

陈玫玫听着他说这一番话，怎么感觉都可以把它用到人身上。

这一次，会大辅的厨房里有了女人在做饭。会大辅感慨地说："我这厨房就从来没有女人做过饭。"

"她呢？她不来吗？"

"她只待了两天一夜，第二天傍晚就走了。看着我的厨房，她说无从下手。到这住不下去，说这太艰苦了。"

"我不明白了，你过这么苦的日子干吗？画在哪不可以画，非要来北京吗？回家多好呢。就在家里画。"

"北京有家乡没有的文化氛围。那你呢，不也是没在老家？我们都是一群喜欢折腾的男人和女人。"

"你那天还说我是女孩呢。"陈玫玫故意挑毛病，像妹妹在兄长面前撒娇一样。

"可是昨天在那个网购男面前，我才真正感觉到你是成年女人了。有一天，你要结婚要有新生活的一天。不知道，你能陪我一起做几顿饭呢。今天你做菜，我来煮面。"

"我不爱吃面。"陈玫玫差点说出这句话，可还是咽了回去。

"从见你第一面，就习惯看你穿运动装，我觉得你很淑女，要是穿上淑女装，也许对你相亲更有利呢。男人其实更喜欢女人女性化点。你穿过旗袍吗？"

"旗袍？"陈玫玫睁大眼睛，"没有。我连真丝之类的东西都没有穿过。打小我就像男孩，我喜欢穿男孩的衣服，这么多年基本都是中性服装。我也习惯了。这种穿法很随便。穿旗袍，那要配高跟鞋，那不是跟杀人了一样啊。太折磨。"

"你可以改改风格，旗袍也许很适合你。并不一定非穿高跟鞋，可以穿类似绣花鞋那种小布鞋。"油锅冒着青烟，会大辅赶紧把葱花递给陈玫玫。

<h1 style="text-align:center">三</h1>

第二天老公万启军将带着暖暖去医院做亲子鉴定。余小多不明白，他们就算是做亲子鉴定，也没必要这么大张旗鼓地告诉她吧，他们做了就是了，偷偷地不让她知道，心里也就没有这么多伤心。

她给万启军留完条，又撕掉了。可她晚上不想回这个家，她控制不住地肯定会查看暖暖胳膊上的针眼。那是她的痛，可她又不知道去哪里。想想在那处装修的房子里，会不会找到一张安放自己的床？

她决定去新房子那边看看，晚上就住在那里算了。如果住，就要去买张床。这又让她觉得有些头疼。她不想在家里等着婆婆和自己的男人兴高采烈地从医院领回那个是他们女儿和孙女的鉴定书。她欲哭无泪。她知道他们当天拿不到结果，他们还要忐忑几天。而她的心是碎成了八百瓣的。

一个人，不知道去哪里，家的距离最近，此时对她来说却是最远的。不敢回娘家，又怕遭到母亲的奚落。打电话给陈玫玫："我去你那看看你。"

"看我？怎么想起看我了？"

"买家有消息吗？"余小多的电话一拨通，本来想倒一肚子苦水，却又把自己装扮成花枝招展，仿佛时时接受电视台采访一样，说话的语气也没有了先前的颤抖。

"我还没跟你汇报呢。"陈玫玫一边在会大辅的厨房炒菜，一边说，"他来北京了。"

"来北京？来做什么？"

"回头我给你细讲。现在？我不在家，在朋友这当厨师呢。今天晚上来我这听？现在回不去啊。明天你再过来呢？那好吧，明天你来之前先打电话。"

余小多对于陈玫玫的这个网购案，确信就算对方打官司，陈玫玫也不会输。她要去陈玫玫那里，纯粹是去借住。想自己在偌大的北京城，竟然无处可去。认识的人很多，工作关系的同事和原告、被告、当事人对于余小多来说，只能算作是工作上的伙伴，和他们谈不了柴米油盐的琐碎。就算你控制不住说了，只会遭到耻笑。在同事和当事人面前，余小多从来都是光鲜的，如同一个不食人间烟火的女性机器人，是戴着面具的。但她是懂感情的，所以同事关系处得倒也好。在她眼里，人不可能没有两面性。就像万启军，那么优秀的律师，竟然关起门来和充气娃娃相亲相爱。如果没有亲子鉴定的事情，余小多其实对万启军这种性取向，也是可以容忍的。只要他们一年还能抽空做上几次爱。

新房子亮着灯。钥匙刚插进锁孔，就有人在里面打开门。是徐舟，这让余小多有点吃惊。当初开发商只给了一把装修钥匙，余小多为了来去方便，配了一把在自己身上。另一把交给徐舟。

"装修工人来干活就成了，你怎么也在这耗着？都这么晚了。"余小多有点吃惊。

"是用不着我干活，可我也得时时来监督下啊。自己包的活，干得不理想，我也不放心。"

"他们呢？"

"他们收工走了。我留下来看看，检查水电阀开关，上次楼上漏水，你也吓坏了吧。"

"是啊，那次不是咱们这漏水，还好些。要是把楼下泡了，损失可惨了。楼下我去看过，装修得不错呢。"

"看看我们的工作成果。"徐舟退回去，让余小多看室内。

所有的灯都打开，自己的房子看着就是顺眼。余小多露出笑意："还挺快的，过几天你们装修完，我放一个月，就可以搬进来了。"说完这话，不禁又黯淡下去。还能搬进来吗？

"吃饭了吗？我没吃呢，一块去吧。"

"没呢，没胃口。"

"走吧，走吧。就算陪我。"徐舟关了所有的灯，拉着余小多出门。

四

所有的菜摆在画室的桌子上。桌子是很厚重的红木家具。

"我觉得你这桌子不错。是房东的？"

"才不，是我买的，走哪搬哪。喜欢这个大桌子，如今它是多功能桌，成我们饭桌了。"会大辅笑。

"是啊，要是团团围坐，能坐一大家子人呢。"陈玫玫说完，赶紧停下不言了。

"上回我们几个画画的聚餐就用的它，其实，当饭桌用真的是糟蹋了。"

"那你还用它吃饭，走，搬厨房去吧。"

"不，和你一起吃饭意义不一样。人说秀色可餐，我们要是在厨房挤挤巴巴的，肯定影响你的食欲。"

"这里不同了？是啊，还可以看着你的画吃饭，画饼充饥的道理我终于明白了。看着这些秀丽的手指，要多吃一大碗呢。"

"我说的秀色可餐，是说你呢。笨。"

"说谁笨？"陈玫玫假装不高兴。

"我笨我笨。"

会大辅变魔术一样把啤酒启开。这一晚，就着会大辅电脑里的音乐，陈玫玫喝醉了。头晕乎乎，但大脑格外清醒。收拾餐桌以后，两个人就在小小的工作室里跳起舞来。

先是陈玫玫一个人跳，凤凰传奇的曲子陈玫玫都比较喜欢，这一点和会大辅比较合拍。看陈玫玫跳，会大辅也一个人转起来，还伸出手拉陈玫玫一块儿跳。

"我其实不会跳舞，但是为了健身，就开始胡乱跳。全都是自创的。也曾经想过去健身房运动，每天时间又有限，不如自己在家里开了音乐跳，又省钱又省时间，信手拈来。每天我都这样跳半个多小时。"

"一个人跳多枯燥，以后我陪你一块儿跳。"会大辅耸着肩膀，跳起新疆舞。头左右动着，笑得陈玫玫喘不过气来。

"你这样子真像新疆人，你不是新疆人吧？"

"纯汉族。"会大辅听到音乐节拍缓慢下来，不适合一个人跳，于是拉过陈玫玫，两个人跳起慢四来。慢四的节律特别适合缠绵相爱的男男女女。陈玫玫最初被会大辅拉过去跳的时候有点点尴尬，想挣脱，但是会大辅的手抓得紧，她也就由着他了。屋里灯光明亮，看向外面，已经是漆黑一团。这里没有了城市的霓虹和喧闹，这里看上去才是一个真正宁静的夜，而那男女之间的情愫却四处流淌。

陈玫玫觉出会大辅挨得很近，她闻到了他身上那股男人的气息。

会大辅那扑面而来的鼻息让陈玫玫有一种眩晕的感觉，忽然就觉得自己浑身无力，四肢发软。尽管大半年的时间她陈玫玫相亲无数，可和每一个相亲者她都保持着距离。甚至在和一个相亲男过马路的时候，人家要抓她的手，她都给挣脱了。那相亲男觉得很奇怪，说男女手拉手走路多正常啊。陈玫玫说见第一面就拉手，这纯属不正常，脑残人才这么干。

可现在她浑身发软，大脑无意识，难道自己脑残了？明明对面这个男人应该是有家的，可陈玫玫已经完全不能自己。她把头顶在会大辅的前胸上，脚下慢悠悠地走着。心咚咚地跳着。她有一种渴望被男性拥紧的想法，潜意识里却又有一种抵触的感受，当抵触的情绪产生的时候，她开始拼命挣脱会大辅，偏会大辅在她反抗的时候搂紧了她的腰。

会大辅紧紧地抱着她，脚下的舞步就势也停了下来。他们原地不动，时间都静止了。彼此听得到心跳。陈玫玫好像又听到风吹树叶的沙沙声，或许是幻觉。太静了，静得可以听得到自己咚咚的心跳。猫叫春的声音拉得很长，在这夜里听起来有点瘆人。打破了彼此的沉寂，吓得陈玫玫右手下意识地搂紧会大辅的腰。

"别怕，说不定是我以前养的猫呢。"会大辅说完，企图用嘴唇安慰受惊的陈玫玫。陈玫玫象征性地躲了一下，但还是接受了那柔软的嘴唇。她的不躲避，让那柔软的唇瞬间变得格外有力量，要穿透陈玫玫的唇齿之间，直抵口腔。陈玫玫有一种窒息感。但她拼命护着自己，没让会大辅把那只大手伸进前胸。

她不想，她还不想让眼前这个男人因触摸而超过她的底线。

她企图控制自己，然而她知道自己已经沉醉其中。两眼迷离间，她庆幸会大辅一定没有看见。她狠了狠心，迅速挣脱开，坐到藤椅上。

"你还养猫？"陈玫玫转移话题，企图让两个人从燃烧的沸点冷却到零度左右。只要不结冰就好，零度成冰，那就让它零上那么一点点。只要那么一点点就刚刚好。

"是啊，可是这猫养了没多久就跑了。邻居阿姨喂它好吃的，比我喂得好。猫和狗不一样，狗忠诚，家再穷也不会离开主人。猫不行，谁家吃得好，谁家有钱就去谁家。这个猫在我眼里已经是难得一见了，偶尔会看到它。它对我早没了当初的亲昵感。以前每天都会找机会趴在我怀里，赖上一会儿。"

"有你说得这么厉害吗，猫只不过是挑食而已，你天天给它吃面条，它当然不愿意了。"陈玫玫清醒多了，为刚才的行为有点脸红，不大好意思看会大辅。她想，该回去了。天黑，太容易出事。

会大辅把她送回住处。她没有邀请他上楼，自从老妈上次来，会大辅到过家里以外，她再也没让他来过。另间卧室的小两口正在洗漱，很开心地跟陈玫玫打着招呼，顺势问她男朋友没来啊。陈玫玫说哪有男朋友。对面的女孩就说上次阿姨来的时候，你男朋友不是来了吗。陈玫玫说那是替身。

陈玫玫打过招呼就回卧室了，脑子里竟然想到刚才那小两口马上回屋睡觉，该有的节目都会有的。而她没有，连男人给自己的拥抱都很奢侈。她想自己真的很孤独。

<h1 style="text-align:center">五</h1>

陈玫玫睡不着，就给余小多打电话。问她到底住在哪里了。

余小多说住在朋友家。其实，余小多住在新房子里，旁边躺着徐舟。床是徐舟从公司拉过去的沙发式折叠床。两个人饭后，余小多说自己实在无处可去。徐舟就说公司有张闲置的折叠床，一直在库房里放着。塞到后备厢就拉到新房里。

天很暖了，夜里可以不用盖被，徐舟却很贴心地给余小多拿了床毛巾被。

新房装修才不到一半的工程，房间于是就显得很空。余小多一个人有些怕，就说徐舟你能不能再陪我一会。徐舟开车，没有喝一滴酒，余小多喝了一瓶啤酒。平时就没什么酒量的余小多，这个晚上是醉的。

她手上的动作因为担心徐舟的很快离去而多了一点挑逗性。而徐舟在这么温暖的女人面前，自然难抵诱惑。两个人极尽缠绵，他没想到余小多会在他纵情驰骋的时候哭了，而且哭得一塌糊涂，花枝乱颤。

"疼了吗？"徐舟不敢再动作，滚到一边，不知所措。

"疼。心里疼。"余小多紧紧搂着徐舟，不想松手。

一整个晚上，她都没有接到万启军一个电话。她不知道万启军在得知女儿是他亲生的以后，他会不会后悔去医院。她在心里摇了摇头，她知道他不会。自从他和婆婆定好时间去做这个鉴定，她就知道自己再无力面对他们，可是苦于暖暖还小，她不知道将来的路该怎么走。要不是暖暖，那个家门，她都不想再迈进去了。

她开始主动吻徐舟。两个人让黑夜变得更加激情，竟然一夜无眠。

早晨醒过来，余小多看着四壁皆空的室内，看着这张简单至极的床。这床比自己家的床要窄好多，睡着并不是太舒服。可假设以后睡在这间房子里，就睡这张床，身边只有徐舟，再把女儿暖暖带过来。身边没有了婆婆和万启军，一切重新开始，日子也许会比现在轻松些。她没有把这些想法讲给徐舟听，她知道现在讲这些都太早。而实际上，从这一夜开始，还不待余小多反应过来，根本就是徐舟缠上了余小多。他总在短信里告诉她，他想她的体香她的发香她身上有着让他着迷的味道。

徐舟给她讲他的前女友，他甚至给她看钱包里前女友的照片。照片上的女孩大眼睛，梳一袭长发，上面是直发肩膀部位披着些大卷，她还有一个小酒窝。除此，余小多并没有记得她更多的特征。她能记得这些，是因为她也有这些。她也是大眼睛，双眼皮，梳一袭长发，上面是直发肩膀部位披着些大卷，她也有一个小酒窝，而且她们两个人惊人相似的是，酒窝都长在同一侧。

"你是不是看见我想在我身上找前女友的影子？"余小多追问徐舟。徐舟说你和她不一样。到底哪里不一样，徐舟也不说。

"这张照片在你的钱包里放多久了？"

"放了好些年了。"

"你女朋友怎么会打扮得这么成熟？看着和我现在差不多呢。"

"那还不是因为你年轻呗。"

"你准备一直揣着她的照片揣到你结婚？"

"我结婚好几年了。这照片一直在我这里，也许她都知道。"

"什么？你结婚了，照片还这么堂而皇之地在你钱包里，你这不是找事吗。再说，你不是说你住在你姐的房子里吗。"

"她反正也不看我钱包，再说我平时在照片上面这不是放了一张卡挡着吗。是住在姐姐家，她在国外，我们也就相当于帮她看看房子。"

这次没单独说我，而是说的我们。余小多不想细问，钱包装照片的地方确实有一张卡，是一张普通的扑克牌，被他给剪小了。是红桃 Q。

"她是你的贵人？"

"难以忘记。真忘不了，她确实在我的心里一直占有挺重要的位置。"

征 婚

"遇上我呢？"余小多火辣辣地看着徐舟。徐舟就在那双热烈的眼睛里沦陷了。这张照片，被他收藏了多年以后，在遇上余小多的时候，照片从此被扔掉了。

就这一个举动，让余小多倍生感激。感激之余，仍是无限惆怅，毕竟徐舟是有家的。她一直不想让自己去确信对方是有家的男人，她宁可相信他是一个未娶的、等着女人嫁的光棍汉。如今两个有家的男女，怎么可以这样为所欲为，将来哪有出路？余小多惆怅地想，又在惆怅之余安慰自己，自己的婚姻已经走到头，她只等万启军把鉴定结果拿回来，她想好好羞辱他们一番，然后立刻领了女儿暖暖和这个家庭离婚。一定是头也不回的。

只是，天亮了，她仍是要回去，不得不面对他们。

第八章　婆媳门、小姑墙

一

"你去哪了？"一回到家，万启军就劈头盖脸地审问余小多。

"有必要问吗？问得多余。"

"我怎么就没必要问了？你是我老婆，是我孩子的妈。"

"笑话了，我还是你老婆啊。你书房里不是藏着个老婆吗？我是孩子妈不假，可你们不是坚信你们不是孩子的奶奶和爸爸吗？"

万启军一愣。余小多一提到书房，他就知道他从陈玫玫店里买的东西被她看到了。

"那是我们主任买的，想扔又舍不得，最近他老婆在家，他不敢放在家里。就放我这了。"

"你敢和主任对质吗？你这种小儿科的话，骗我你以为我会信吗？"

"我有什么不敢的。倒是你，你说说，一宿不回家，你跟谁疯去了？"万启军显然没有先前说话声音大。

"我哪也没去，我在自个儿家里。怎么样，鉴定结果何时出来？我倒真是盼望这结果快点出来了。我比你们还着急，我多希望这孩子真不是你生的。"余小多相信自己没有说谎。

"余小多，你别太过分了，你一宿不回家，也不打个电话。你让我怎么和妈解释。"

"好解释，就说和男人约会去了。她不是总怀疑我在外面有野男人吗，我就给她找个回来。也好满足她这种超正常的心理。你就好好为你妈活着吧。"余小多说话的时候嘴唇都在颤抖。想想如今自己已经不干净了，也没必要真生气。就放缓心态，一个人走进卧室。

万启军却不依不饶地跟进来："你说，你到底去哪了？"

"我愿意去哪就去哪。你不也一个电话没打吗，你不也没找过我吗。我在外面死了活了的，谁管过我。就算我被车撞了跳河了自杀了，都过去这么久的时间了，你有找过我吗。算了，就当我死了，如果昨天夜里我有意外，你也不在现场，你也错过了最佳抢救时间。一切都晚了。"

万启军木讷地听着，品味着她话里话外的真实含义。终于因为有钥匙开锁的声音，而终止了追问。

婆婆回来了。

张晓丽的婆婆也回来了，她刚才去市场买菜。女儿出去一上午没回来，也不知道跑哪去了。最近她觉得很奇怪，自从儿媳妇在家不去店里以后，女儿优优竟然也不陪她出去了。以前买菜她偶尔还是会陪着她去的。最近不知道她怎么了，一天就守在家里，把电视开得山响，听音乐也把音响开到最大。问她怎么了，她还不说。

"晓丽，优优去哪了？她说了吗？"

"没有，妈，你又去买菜了，不是说一会我去买吗。"

"我也是闲着没事，出去遛个弯。这丫头，我看她不出去工作，真要把自己憋疯了。"

"我介绍的工作她也看不上。妈，姑娘大了也不由你了，你就不要太操心了。等她转过弯来，她也就出去工作了。"

"晓丽啊，别怪妈多嘴，最近怎么不去店里了。那一天租金不少呢。"

"我这不是吃中药呢吗，这个季节，我花粉过敏。严重了是会窒息的。"张晓丽每天都要喝中药汤，这是她在所有家人面前无法掩盖的事实。可她不想说这是在调理子宫，因为自然流产以后，生怕再生不出孩子来。李健和她把流产的事捂得严严的。她不想将来被婆家人笑话，或者被外人指指点点。她想别的女人都能当妈，她也一样。可是在吃中药之前就是怀不上，如今吃药调理，恐怕怎么也得等一段日子才能怀孕。

吃过药，她想出去走走。又恐婆婆说她既然花粉过敏就不应该出去，索性在家看电视。想不到陈玫玫在楼下打电话。

站在张晓丽面前的陈玫玫，让她大吃一惊："喂，玫子，你这是玩什么？"

"怎么了？好看吧。"陈玫玫穿着旗袍，一双平底花布鞋。

"好看，这要是配上高跟鞋，你就更窈窕了。咦，这旗袍这么眼熟。"

"你家的。我跟你说晓丽，我今天把你的店铺给扫荡了。呶，这是衣服钱。都算好了的。加上前几天卖的那几件，都在这里。"

"天啊，这么多？"

"当然，本小姐大扫荡，旗袍三件，真丝衬衫一件，还有两件半袖。我真服了，我怎么眼光稍稍这么一转就能看上你那些衣服了。这可是我以前最不喜欢穿的，太束缚人了。走路都迈不开腿。"

"不会吧，你以前不是说不穿旗袍吗？那么劝你都不听，你呀，早就该改改服饰风格了。你看你选的这件多好看。当然，得说我眼光不错。"张晓丽开始得意。

"还不是看你的衣柜里旗袍多，跟着瞎凑热闹呗。"

"不对，你怎么忽然魔术大变身？哈，知道了，找到白马了。他肯定喜欢你这样穿，他懂得欣赏？"

"没有。哪有白马黑马的。没找到，太费劲，暂时不找了。"说到这陈玫玫吓了一跳，暂时不找了？这可不是她的想法，今年她的重中之重就是找到另一半。这还没怎么样，就不找了？忽然自己也理不出头绪来，不清楚怎么会说出这样不找的话来。是心里有所属了？

"今天打扮得这么漂亮，要约见谁啊？"张晓丽笑嘻嘻地看着对方。

"今天晚上真有约。上次说的那个网购男，昨天不是见过我了吗，今天还要见我。"

"啊，不会是为了他，你把自己打扮得这么精致吧？"

"有可能。你都不知道，他竟然是我在征婚网站上认识的，当初也没太在意，听说他不在北京，我也没掩饰自己开的这个店，就把网址发给他了。想不到被他算计了。"

"他要怎么样？你们见过一面，彼此都有好感？想继续？"

"没有。就他这么邪恶的男人，我怎敢继续？尽管他说是考验我对各种不同顾客的应变能力，也不能这么吓唬我吧？他说以前就在北京工作过，如今又来做北漂了。"

"这不是正合适，都是北漂，谁也不嫌谁。"

"拉倒吧大姐，你这不是把我往火坑里扔吗。这人真不合适。"

"这人可以试试。"张晓丽笑。

"去。别添乱了。

<h1 style="text-align:center">二</h1>

陈玫玫给会大辅发短信，说自己买了几件衣服，其中有旗袍。在陈玫玫的眼里，有漂亮指甲的女子，一定配好看的旗袍和高跟鞋，无奈她实在对高跟鞋过敏，于是给自己买了双布鞋。

会大辅说我要看。

陈玫玫挺奇怪自己为什么把这种琐事告诉给会大辅。她想不明白自己。短信过后，她说网购男要约见她，可她不想去，问他有什么办法。会大辅电话打了过来，说不想去就不去，哪有煞费苦心还去想办法的道理。

"不行啊，我不去，我担心他在我网上给我恶评。"

"随他去好了，别人买东西也不可能因为有一个差评就拒绝你的产品。"

"一个差评对于一个不能直接看到产品的网店来说，意义太重大了。不行，我还是觉得不能和他成为敌人。"

"那就只好赴约。"

"我不敢一个人去。"

"我陪你。"

"可是昨天你是以哥哥的身份去的，其实，我不想你以这种身份。"

"那要哪种身份。"会大辅在画室端详着自己刚刚打完的草稿。

"你知道的。只有这样，他才能死心。可是不行啊，你已经是我哥了。"

"那我给他看身份证，我说我和你不是一个姓，我是你男朋友。"

"又是替身。再说人家看过你，也不能信啊。"

"实话实说呗，今天把他交给我，我来打理他，我就不信摆弄不明白他。"

听会大辅这么说，陈玫玫心里踏实多了。

晚上见网购男，陈玫玫还不想穿旗袍，偏会大辅一见面就追问旗袍呢？他要看。

"又不是约会，干吗穿得这么麻烦。"陈玫玫依然是运动装运动鞋。

　　"其实，你这一身也不错，我都看习惯了。"

　　这次选的是饭店。赵长扬已经点好菜等在那里，陈玫玫挽着会大辅走进去。赵长扬愣愣地看着他们："怎么，今天也把哥带来了？"

　　"你看他像我哥吗？"

　　"不是你哥？不是昨天你说是吗？你们到底在玩什么把戏？"赵长扬见陈玫玫搂着会大辅的胳膊没有松开的架势，反越搂越紧，还把脸搭在了会大辅的肩上。

　　"我们快结婚了。"

　　"扯什么淡。昨天是哥今天就是郎了？唬谁呢。你要说跟我不愿意就直说，何必遮遮掩掩，还找替身。"赵长扬一脸不高兴，"哥们儿我又不是找不到，昨天你还没说找到了呢。"

　　"哥们儿，你听我解释。我们坐下行吗？"会大辅拉着陈玫玫的手，示意她坐下，"昨天，玫玫是有些处理不当，当时她想起你这事儿吧她就有点害怕了，也觉得对不起你。女孩子都这样，胆小。又生怕你在网上给她差评。我说人家大男人，坏也坏在明处，怎么可能做那种不耻的勾当呢。我们网上生意讲究的就是个信誉，东西又不能直观地见到，多数还是凭买家的口碑和评论。昨天正好我打电话过来，她一着急就把我喊成哥，让我来给挡一下。其实，你问她，我们恋爱这么久，她偶尔会跟我喊哥的。我都习惯了。本以为昨天来了把她拉走就了事了，我并不知道你们是在征婚网站上认识的。这也算缘分，是吧。你来北京，人生地不熟，以后有事尽管说话，我们好歹在这里这么多年了。也许在工作上还能帮上你的忙。"

　　"你放心，我是在电话里威胁过写差评，但我跟她说了，我所做的一切，也是为了她好。你说撇开我不说，要是真遇上像我这样的顾客呢？你怎么应对？认识你们算是缘。"

　　"哥们儿，今天这顿饭我请了。从今以后，我们就多了你这个朋友了。有事说话。"会大辅的豪爽在陈玫玫眼里看去，竟然如此陌生，却又倍感可爱。总算有人帮她摆平一件事情。换了她，不知道怎么应对。

　　饭后，他们成了朋友。

　　回去的地铁上，会大辅依然在面前给陈玫玫留出一小块地方，以免挤到她。都把男朋友带来了，网购男也没什么话要说的了。他只说要留在北京工作，会大辅把名片发给他，说以后大家都是北漂，要相互照应着。彼此和解了。

原来那么担惊受怕的事情，就这么结束了，让陈玫玫心里一块石头总算是落了地，却总如同生活在梦中："就这样和解了？我有点不相信。"她确信以后，赶紧给余小多打电话，向她报告。余小多声音听上去有点哑有点疲惫，但陈玫玫依然能感受到余小多也很高兴。

"小多，差旅费我明天给你打卡上去。那不行，为我耽误时间了，我不能让你破费。没呢，还没找到，继续寻觅当中。"陈玫玫看了看会大辅，禁不住微微笑了一下。会大辅也意味深长地看了她一眼。

"去画室坐会吗？"

"不去。我要回家。"

"有妈有老公的家才叫家。你那也叫家？"

"当然。家就是我栖息的地方。我不管里面有几个人。就算我和别人合租，各关各的门，我能回去想怎样就怎样，那个窝就是家。"

"其实，很想看看你穿旗袍是什么样的。总看你穿运动装，想象不到你穿淑女装的效果。"

"和现在一样了。还能什么样。"其实一点都不一样，陈玫玫知道，那种旗袍裹在自己身上，该凸凸该凹凹的效果是运动装无法比拟的。她也明白自己一定是会穿给会大辅看的。可就是有点不好意思，有种做贼心虚的感觉。她不知道自己怎么会有这种感觉，似乎心底藏了一个什么秘密。

三

在亲子鉴定出来之前，余小多尽管再也没有夜不归宿过，可是新房那边成了她和徐舟约会的场所。两个人在那张简易的折叠床上纵横驰骋，如胶似漆。而每次欢乐过后，余小多都深深地自责着。而深深的自责背后，却是从来没有过的欢快。

床安了这么久，万启军竟然从来没有来过，更不会想到这里竟然成了他法定老婆和别的男人约会的爱巢。

反正余小多是感觉自己又活过来了。在徐舟面前，她灿烂如花；在万启军身边，她就如同行尸走肉。灵魂早已出窍，这些年她的魂魄在外面飘飘荡荡，无处安放。现在她才体会到灵与肉结合的快感。

"她是你的贵人吗？"

"谁？"

"就那个和我一样有一个酒窝，梳着卷发的女人。"

"你是。"

"我是？我不是。我是的话，你该把我的照片放在你的钱包里，也在我的照片上面放上一张 Q 版扑克牌。那我才是你的贵人。"

"我们天天见面，我和她只有怀念。不一样的。"

"你还是不能把我当成贵人。如果你是皇帝，那我做贵妃？"

"你做皇后。"

"那她呢？"

"哪个她？"

"现在的她呀。证上的她。和你拍婚纱的那个。"

"我们没拍婚纱。"

"你承认你做皇帝，她做皇后了？我是什么？"说完余小多赶紧停下不再追问，就那样枕着徐舟的胳膊。蜷缩着身子，像一只小虾一样偎在这个高大的男人怀里。"我不管做你什么，我现在只做你的爱人。不许离开我。"

亲子鉴定出来当天，最高兴的是婆婆。万启军仍是原来的模样，不笑也不怒。余小多一回到家，就感到气氛不同寻常。婆婆听到她开门，就走过来。看到是儿媳回来，赶紧返回去喊暖暖："暖暖，快看，妈妈回来了。"

暖暖长这么大，余小多从来没见过婆婆这么兴高采烈地让自己的孙女欢迎自己的儿媳。好像自做了这个鉴定以后，余小多的地位一下子就提高了。就算身价上来了，可万启军对床事仍是一点不热衷。

余小多觉得自己还够沉稳的，看到婆婆这么高兴，尽管自己心里格外抵触，恨不得立刻带着暖暖离开这个家，可她还是让自己镇定下来。她一时被眼前这个家里从来没有过的氛围给弄糊涂了。难道，自己的家原来也可以有这样温暖的过法？

只是假象而已。余小多悲凉地想着。每当万启军躺在她身边，视她如空气之时，她就不能不想起徐舟。就恨自己为什么不像当初想的那样狠起来？本来她等着鉴定结果一出来，婆婆一变脸，就趁她高兴的时候立刻给她泼一盆凉水下去，让她感冒让她高烧让她为自己的行为付出高昂的代价。让他的儿子签了离婚协议书。可如今她看着这个女人的笑脸，竟然狠不起来。她是暖暖的奶奶。可她先前把自己当孩子的奶奶吗？一

想到这里心就冷得如同冰块。

躺在家里舒服的大床上，没办法不想到新房里那张折叠床。她知道，自己回不到从前了。眼下这种状态这种心理和肉体的背叛，到底怨谁？万启军呼噜声震天响，声音之大，触手可及，可她觉得他离她如此之远。她不敢翻身，生怕惊醒雷声。

选个合适的机会，把暖暖带走。她现在只有这一个想法，对这样一个怀疑孩子身份的家庭，余小多再三想了，没办法留下来。

"我要离婚。我要和你一直在一起，你呢。"余小多试探地问徐舟。

"我也想和你在一起。"徐舟吻着余小多的耳朵，不再说话。

余小多感受着对方，她不知道徐舟的想和她在一起，是一个什么概念，是现在暂时地在一起，还是永久地。也许他的含义只是表明他只是一个想而已，会不会付诸行动，就不好说了。

余小多容不得对方感情上的含糊："到底是也想，还是一定要在一起？你能把话说得清楚些吗？"

"我肯定也努力啊，可离婚又不是一天两天的事。这么多年，总得给人家一个缓冲的机会。"

"那我给你机会，在这个新房子装修完的时候，我和你，必须都把各自的婚离的彻底。不然怎么再在一起？"

当余小多把离婚协议书摆在万启军面前的时候，万启军呆了。但那个呆只停留了一二秒钟，然后他以冷漠且带着仇恨和讥讽的目光看着余小多："怎么？有下家了？"

"你不是早对我没兴趣了吗？性取向不同，你每天有那么温存的对象，我没有。没有感情的生活，是不道德的生活。我允许你对我身体的背叛。可我无法原谅你妈，她不是一直怀疑我的女儿是野男人生的吗？现在你们失望了吧？失望了我们也就没办法在一起生活了。"

"余小多，你不要胡搅蛮缠。我妈她失望什么？她是高兴。"

"她高兴？她想高兴就高兴？她想折磨我就折磨我？是，我很正常，就算我有需要，我也找男人解决，不会对着器械产生感情。真的，没办法在一起生活了。体谅吧。"

"你还要体谅？你想让女儿缺爹少妈吗？你这个狠心的女人。"

"我狠心？狠心的是你们。"余小多的眼泪终于不可阻挡地冲了出来，"你们一次次的要鉴定，如果你们偷偷地做这种事，我也就罢了，我睁一只眼闭一只眼，我权当不知道。骗过我这个大傻子，我心甘情愿。

你们大张旗鼓地折磨我，你们还把我当人吗？还把暖暖当万家人吗？都是你们做的孽。我没办法原谅你们。我过不去这道坎。既然选择了去医院，你们就早有打算让暖暖以后少爹少妈。"

余小多扔下离婚协议走了。工作扔不得，将来一个人带暖暖，生活指不定有多艰辛呢。走出家门的余小多，看上去像没发生任何事情一样。她每次出门前都把自己打扮得很精致得体，像随时要做主持或被采访一样。

四

眼下陈玫玫刚送走一个顾客，安静的时候就看看网店。没有生意，淘宝群在哗啦啦地闪着。大多数都是店铺在做广告。

隔着玻璃窗，看到一个女孩急匆匆地向店门方向走来。兴许又是哪个女孩要美甲吧。陈玫玫看看自己的指甲，有点长了，打算过一会没事的时候自己也修理修理。

女孩走进来没在她面前停留，径直向服装店里面走去。经过陈玫玫旁边的时候，眼皮都没抬一下。陈玫玫觉得眼前的女孩有点眼熟，却又想不起来在哪见过。

女孩不是太精心地看着那些衣服，随手从衣架上摘下来几件。

"你要买吗？"

"我还要买？这些都是我的好不好。"

"你？哦你是优优吧？我想起来了，上次你来过。"陈玫玫听声音是上次把衣服扔下就走的女孩。但对方模样仿佛变了，衣服和上次风格也不大一样。而且戴着一对超大夸张的耳环。

"这些衣服现在都是我的了。你就跟张晓丽直接说我拿走了。你看到没，这个，这个，都是我的。"优优用手指拉着项链和手链以及耳环。

难怪看着这大耳环眼熟，项链和手链以前也见张晓丽戴过。"你把你嫂子的都给戴来了？"

"什么叫她的？这全是我的。是我哥买的，我哥买的就是我的。什么张晓丽的。她要戴得向我申请。"

陈玫玫心里这个窝火。心想，谁家要有这么个小姑子，算是倒霉。要是陈玫玫有这样的小姑子，就她这温和的性格都忍受不了，非得和她

火拼了不可。

"这样不好吧？你哥现在和张晓丽是一家，张晓丽是你嫂子。这个店是她开的，你拿了衣服就走不好，还是给你嫂子打个电话吧。现在我帮她看店呢，你把东西拿走，还不是我赔。我可没你嫂子那么大方。"

"这店还不是我哥拿钱开的。我哥不拿钱，她哪来的钱？我当初不把我爸去世后分给我的那份财产给我哥，他拿啥结婚？现在好，娶个媳妇一天就在家待着不上班，店也不开，真搞不懂。还怪我不上班，还撵我去上班。凭什么？我哥养得起她就得养得起我。"

"没有你这么扫荡的吧？不然你就照价拿钱来。"陈玫玫不让优优离开。

"凭什么？你是谁？用得着你管。"

"你懂得尊重别人吗？我再说一遍，这个店是我在帮张晓丽照看着。她在家休息。就这样，你打电话吧，你不打我打。"

拨通电话："晓丽，你小姑子来扫荡了，拿了好几件衣服要走。一分没有。什么？那好。"

"多管闲事。"优优开门前扔下一句。

"你说谁多管闲事？无聊，我就没见过你这么不通情理的人。我也没见过张晓丽这么傻的女人。明明为你们家流了产，流了产还不敢正大光明地在家坐小月子。如今生不出孩子在家养着身体吃着中药，想再给你们怀上一个，你看看你们怎么对她。倒好像她是你们家的外人一样。"

"怀孕？她什么时候怀孕了？"优优停下来，"以前我就听我妈说过，说娶个媳妇都生不出个娃来。她现在吃中药说是防花粉过敏的。"

"流产快两个月了。怀孕快三个月，流产又不让告诉你们，真搞不懂她和李健怎么想的。现在养好身体，还不是为了再给你们家生个接户口本的。你看看你的态度。医生说要静养，人家暂时不能出来上班，就这，你也跟人家比？你还没结婚呢。"陈玫玫觉得自己说话也够狠的。

"她没跟我妈我们说。我真不知道。"优优刚才嚣张的样子有所收敛。

"她现在身体应该非常虚弱，不然医生不会建议她在家静养。"

优优不吭声，在离开之前，衣服仍然没有放下："我先走了，电话你也打了，也确定衣服是我拿的跟你无关。也不用你担什么责任和风险。"

陈玫玫不悦地看了她一眼，没说话。

五

"啥时回家啊？回家把婚定了。结婚的日子我看就定年底。小会他们家什么想法？"老妈打来的电话让陈玫玫如惊弓之鸟。

"不急不急。现在他在忙一个展览。怎么也得考验考验一段才行，不能随便就嫁了。"

老妈电话里又跟她唠叨一回，说她都多大了，还说千万不能同居，同居吃亏的永远只能是女生。还说她会不定期来抽查监督她。说该结就结，同居可不行。结了婚多好，人家谁谁孩子都两三岁了。

陈玫玫最怕老妈说着说着嘴就飘了，明明说结婚的事，这婚都没结，还偏要提别人家的孩子。真是哪壶不开提哪壶。

关键是，现在连个男友的影都还没有呢。这让陈玫玫无限郁闷。老妈电话又一次提醒了她，赶紧登录 QQ、MSN，看还有没有能让自己可以约见的对象。上次有个营养师对她印象不错，她也见过他视频，对方没有什么让她太动心的地方，但看着还算顺眼。

这一次陈玫玫主动和他打了招呼。对方说在看新闻，但是非常乐意和陈玫玫说会话。原来两个人都一样，另一半都没个影儿呢。今天有时间，难得多说一会。营养师说有时间我们见一面吧。陈玫玫说行啊，没问题，然后说你也不主动啊。营养师就发过来微笑的表情。

营养师打过来一大串汉字，让陈玫玫一阵眼晕："我对生活的理解是，一定要吃得营养。不知道你平时对吃有没有什么讲究。我有很多东西都不吃，当然，我也希望另一半不能吃。吃东西要讲究营养和科学，不能想吃什么就吃什么，病从口入。我的另一半，必须不能吃话梅，不能喝汤，爱吃甜食也不行。"

看到这，陈玫玫的嘴巴张大半天合不拢，那咬剩半块的巧克力就好像被别人抓住的把柄，已然送不到她的嘴里去了。

"不能吃生的，不能吃辣的，不能吃火锅，不能吃腊肠。市场的菜都有污染，吃的时候一定要精挑细选。"

"你太讲究了。你也太苛刻了。你应该自己种地，自给自足。再说了，情人节你不送对方巧克力吗？"陈玫玫把剩下的巧克力全塞到嘴里，放肆地咀嚼，好像期待对方看到一样。

"我送花。"

"我给你个建议。啥也不吃，只喝水。"

"如今水也不洁净，尤其桶装水，水要烧开。烧不开的水喝下去会得尿毒症。"

陈玫玫彻底崩溃。差点说你把自己真空包装以后待着吧，甭活着了，然后说自己有事就不再说话。难道，营养师在吃上都有洁癖吗？她想，自己宁可不做营养师，想吃什么就吃什么。

万启军的名字在陈玫玫手机上跳，接通以后，陈玫玫连声说不行不行，医生一定更有洁癖，我受不了。

"怎么了？我可是把你的事当成自己的事了，我要对我以前跟你说过的话负责。只要你没找到另一半，有合适的我一定介绍给你。我最近够烦心的了，还给你当红娘呢，你就看看吧。看完了再定。"

"医生，条件是不是太好了点？我怕我这条件不配人家。"

"有什么啊。医生也有老大不小还没娶的，能娶到你是他的福分。说好了，我可给人家回话了。"

"我想想，我想想。"陈玫玫脑子快速转着，"还是不行，以后有合适的再说吧。"

陈玫玫想这医生和营养师估计是同一类人，惹不起。既然惹不起，躲还是躲得起的。

万启军那边撂了电话，摇了摇头，心想自己的事都够烦的了，怎么还管别人。离婚的事，老妈也知道了，老妈坚决不同意。说孩子不能缺爹少妈。万启军其实想说，早知今天何必当初，可他从来没有对抗过母亲。老妈说什么就是什么，他听惯了。

"启军，不能离婚。她要离？她要离她自个儿走，不许带我孙女。"

"人家要带孩子走。"

"那肯定不行，孙女姓万，又不姓余。我们的骨血可不能流到外面去。"

"可她是我生的，我生的孩子我走哪她就得跟到哪。签了吧，我们没法儿再过了。我能忍到今天不容易，没在你们拿到结果大失所望的时候说这事就算对得起你们。你们不就盼着她是别人家的孩子好不要她吗？"余小多从两个人身边走过，走向卧室。眼泪已经汪到眼角。

老太太看到儿媳这样说，也没了话。

第九章　染　指

一

"玫子，我们是好姐妹，你真不用跟我这么麻烦。"余小多和陈玫玫一见面，就看到陈玫玫把钱递过来。她赶紧推回去。

"小多，这是你应该得到的。我现在总算是踏实了。这男人还和我们有联系呢。"

"你们？"

"哦，是啊，我那两次见他，都有朋友陪我。我想，我们没准会成为好朋友呢。冤家宜解不宜结。要是得罪他，真的给我差评，那真是一点办法都没有。对了，万启军昨天还给我介绍对象呢。"

"他？他还真有闲心。"

"怎么了你们？"

"真是墙内的想出来，墙外的想进去。没事，你继续应你的婚找你的王子，而我快把丈夫变前夫了。"余小多看似轻描淡写地说着。

"不会吧，你没事吧。发烧了？好好的日子不过，你不知道我和晓丽多羡慕你。两个人都是律师，可以比翼双飞，我们想都甭想呢。"

"婚姻，真不是那么简单的。不是过给别人看的。玫子同志，这婚姻也不是两个人的日子。别以为两个好人就能把婚姻过好。"

"我还真不知道你们墙内风景到底是啥样的。不过，你和晓丽，还真是让我领教了。"

余小多看她提到晓丽，张嘴想问，又停下了。她不想知道别人家的私事，自己的事情都理不顺呢。

征 婚

　　"我最对不起的是暖暖，我发誓一定给暖暖找个好爸爸。"

　　"小多，不是我说你，千万别发烧。哪个爸爸好，也不如自己的亲爸爸好。你可别瞎闹。真的，我见过我们邻居家小孩后妈后爸的，那日子能过吗？孩子想撒个娇都难。和自己亲爸亲妈怎么样都行，和外人肯定不行。就算人家再爱你孩子，那也没有血缘亲来得亲。"

　　"亲爸就好过了吗？"余小多想说什么，又止住了，"玫子，不跟你说了，我还有事。"

　　余小多先行走了一步，陈玫玫一个人坐在茶馆里，大红袍是她喜欢的茶，可此时喝起来却无味。晓丽那个厉害的小姑子，小多要给暖暖找新爸，这一幕一幕像放电影一样在茶馆放映着。两个婚后女人过的生活，都不是陈玫玫想要的。要善始善终，婚了，就要婚到底。晓丽没说中止，可她备受小姑的欺侮，这让生性直接的陈玫玫如果遇到，不知应该怎样面对才能大事化了，小事化无。就她这直脾气，只怕会把事态往大的方向发展。

　　一下就颓废了。早早回住处，拉开柜子，看着几件新衣服，取笑自己到底是为了取悦谁而把它们请回家。她不知道，认识会大辅以后，她发现自己爱打扮了。尤其想往艺术上靠拢。最近她一直觉得旗袍配上会大辅画的画，一定美轮美奂。而直到现在会大辅要看看她穿上是什么效果，她都不肯。

　　她喜欢把自己包裹得严严的，宽松的，看不到形体的那一种。

　　眼下她有些头疼，她知道自己是着凉了。大红袍是趁热喝的，额头一定出了汗，坐车的时候偏又吹了空调。此时头晕得厉害。晚饭也不打算吃了，就和衣躺下。

　　让脑子安静下来，她告诉自己什么也不要想。老妈那边催婚催得紧，可她现在连个恋爱对象都没有。想想自己也急，忘了谁说过，说你就算是把自己的身体包裹得再好，你也无法升值。每个人都有的就是年龄，而最不值钱的也是年龄。每年它都涨，而且增长频率等同，一年一岁。分毫不差。想想自己活了三十三年，怎么就只长岁数呢。

　　想自己要是再多长点智商，再多长点知识，也许就不至于只开个染指店和性用品网店。她对自己眼下的生活并不满足，但她知道自己暂时无力超越。她不是事业型女人，她如今的重中之重只有一件，那就是找个好男人嫁了。可是，嫁谁？

　　"万启军，你确定那个医生不会小看我没有北京户口？"陈玫玫觉得喝了些热水，头轻松多了。遂打电话给万启军。

"他小瞧什么呀。我把你说得特好，所以你说不见，我到现在还不知道怎么回复他呢。"

"还没回复吗？"

"没有。"

"那我见。你看他什么时候方便，不过今天我有些头疼，可能感冒了。"

"那我和他约一下，再给你电话。"

撂下电话，陈玫玫觉得自己简直有点像疯子。眼见着晓丽和小多的婚姻不是那么十全十美，一个要跳出来，一个被小姑子折腾着。可自己为什么还偏要进这座城呢？陈玫玫说不清楚。也许，好婚姻要靠自己经营吧。她只能这样安慰自己，给自己信心。

会大辅的短信在陈玫玫要入睡的时候抵达。一不留神陈玫玫就说自己感冒了，挺难受的正要休息了。会大辅就问她吃药没有，她说没吃，药没了。会大辅说那我给你送来。

陈玫玫把这条短信读了两三遍，然后回复他说不用了，合租的女孩给她送药来了。其实，她倒是想他送药来，但她觉得这深更半夜的，不要总折腾人家才好。

会大辅说那你睡吧，我喝点啤酒。真想你来陪我喝。

陈玫玫的心里一动一动的，就想起上次在画室喝酒的场景来。湖水一样的心在波波地荡漾着，反而睡不着了。

二

陈玫玫很少感冒，这次被空调吹了下当天很难受，睡一觉第二天早晨起来就好多了。很奇怪的是，刚走到店门口就看到店门敞着。原来张晓丽来了。

"怎么不在家养着了？"

"又不是坐月子不能出来。过来看看。"

"你小姑子来扫荡可不能赖我，我挡不住啊。"

"没事，她回去就跟我说了，说看中几件衣服。我说看好就穿吧，又不是多贵的东西。昨天我们一直说话还都挺好，就因为她哥不在意地提到以前做生意那十万赔得干干净净，就把她又惹得炸窝了。还说这一

定又是我唆使她哥说的。我这是招谁惹谁了。出去找个工作积累点资金再做生意，这多正常啊。她就说当初钱都拿出来给他哥了，他哥能养我就得养她。"

"唉，有这么个和你攀比的小姑子，真是受不了。我看她把你的项链手链都戴上了。"

"是。昨天本来都好好的，后来又跟李健借钱，我反正跟李健说过，要借我就没法在这家里待了。跟个无底洞似的，我们又不是多有钱。这钱也是一分一分攒的，凭什么我们可以吃苦，她就不能吃？"

"过日子，难道都这么难吗？你和小多都是我的榜样，现在看来，我真是得好好想想，有没有必要进这座围城了。"

"玫玫，家有家的温暖，我和李健感情还都是好着的，你可不能受我们影响有半点消极因素。真的，要不是小姑子捣乱，我们家过得挺好的，婆婆对我也很好。"

"你太让着她了，所以她就没完没了地欺侮你。适当的也该给她点颜色让她看看。"

"老公的妹妹，和我妹妹有啥区别。还给人家颜色，不给我颜色就不错了。唉，想想上次要是不因为夜里找她，我也不会绊倒，也不会流产。现在倒好，想怀都怀不上了。"

"找谁？小姑子？她怎么了？"

"哦，没什么。那天她生日，说有朋友来给她庆生，说好晚上一块儿吃饭，吃完一块儿回家，可吃完她就和朋友玩去了，一宿没回来。我和李健担心就到处找她。手机又关机，没吓死。第二天早晨她好好回来，才算了事。可我已经流产了。"

"怎么不和她说？你不要太让着她了。越让她越欺侮你。"

"不是让。来店里拿几件衣服算啥啊，人家不来拿，我该买还不是得给她买。她不是我亲妹妹，如果是，我肯定对比她还严厉。李健也是，明明和我成立了家庭，现在还得为除我以外的两个女人服务。"

"这是没办法的，一个是妈一个是妹妹。都是有血缘的嫡亲。只是你甬惯着小姑子倒是真的。"

"是啊，说句不好听的，我在李健面前，尽管是最亲的，可相对人家那两个有血缘亲的女人，我还不是一个外人？好在他对我还好。"张晓丽停了一下，又问，"上次你都没跟我交代，买那么多衣服，是不是找到另一半了？"

"没有。哪有啊，找不到合适的。这事急不得。"

"也是，找不到合适的，千万不能结婚。受罪。"

近中午时分，万启军打来电话，告诉她医生最近都没有时间来找她，只能到医生门诊附近见面。陈玫玫听了有点不高兴，相亲是两个人的事，都应该积极点，哪怕折中找个地方也成。还没见到人，心下就有点失望的意思。觉得对方不诚心。万启军还劝她说不要因为人家没时间而觉得人家轻视她，医生确实假期少，如果等下一个假期还要等些天了。他的意思医生也很想快速见到她，也好定下来是否继续交往。都老大不小的了，遇上合适的不容易。

听了这一番话，心下也就释然了，谁见谁去都无所谓吧。见了再说。

去见医生的路上，会大辅短信问她感冒好了没有。陈玫玫说好了，然后就不知道再说什么，于是补了一句：应婚女走在应婚的路上。又补两个字：相亲。

会大辅发过来几个字：心急吃不了热豆腐，不要心急。

陈玫玫没有回短信。自己急不急的无所谓，老妈急啊。

医生眉眼看着还不错，又是朋友介绍的，陈玫玫对他就少了网上认识的那些人应有的陌生感和防范。时间不是太多，医生就被电话催回去，说来患者了。没说多少，但她明白了，这个医生是外聘的。工资还不低，就想找个老家女孩做伴侣。他觉得饮食等方面会比较不容易协调。南北差异大，如果一南一北生活在一起会很麻烦。吃都吃不到一块儿去。这是医生的话。

这方面陈玫玫倒没有考虑过，吃不到一块儿，大不了做两道菜好了。回去的路上接到医生短信，说对她印象非常好，不知道有没有继续交往的想法。陈玫玫对他的印象倒不是太深，但也不反感。也许时间久了，也能日久生情吧，她想试试。

刚回复完短信，会大辅短信发了过来。这个时候她才想起来在和医生说话的时候，会大辅发过来两条短信，当时没有时间回复，差不多都忘了。也没有什么事，他干吗没完没了地发短信呢？当时医生还说呢，你的短信真多。当时她有点尴尬。

她回复她在应婚回来的路上。

会大辅说你答应了？

陈玫玫心里就开始笑话他，说什么叫我答应了。但细一想，人家问答应没答应也没有问题，她说想试试。

会大辅说感情不是儿戏，想好了再决定。陈玫玫没回复，心说我又不是三岁小孩，要你管。对方就又发一条，问她怎么不回他。陈玫玫就有了一种很烦的感觉。先前要穿旗袍在他眼前臭美的想法一下子就没有了。

第二天，会大辅一天没有短信来，陈玫玫竟然觉得空落落的。每天都要联系的，这一下子不联系，让她有一种不习惯的感觉。生活中有很多时候，习惯生成，不好改变。无论好的还是坏的。也许，爱也是一种习惯吧。当初和前男友分开以后，她用了很长时间来疗伤。她怕看到很多东西，那些东西上面都能看到前男友的影子。她甚至在晚上睡觉的时候，仍然睡在男友睡过的枕头上。只要和他在一起，她都要和他争枕头，争到最后，她睡他的，他睡她的。两个人手拉着手入眠。

好景总是不长。习惯于她来说，就像嵌在身体里的一枚钉子，要抛掉习惯，就有一种硬生生地往外拔钉子的痛感。

和医生见面相处，要不要把前男友告诉他？她觉得要，如果领证的话，那也算是她的短暂婚史了。尽管保持三个月，在一起不到二十天，却是那般刻骨。

可她担心医生听了会逃。男人都希望自己的女人传统，希望和自己结婚的是处女。可她不是了。一想到这，她又有点颓废。可是，都三十多了还是处女，在陈玫玫的眼里就觉得非常可笑。一个三十多岁的人，无论男人还是女人，都不可能是一张白纸了。当初最纯美的感情，早已逝去。无论是谁错过了谁。

想到这些，不免黯然神伤。

三

陈玫玫觉得自己平时说话就够直接的了，可没想到眼前的医生更直接。两个人约好晚上在工业大学南门见面。

吃完饭，医生就邀请陈玫玫去他的住处。尽管医生是朋友介绍的，可是一想到男女有别，就算是拍拖，毕竟也才开始，时间太短。彼此还不知道是否真的适合。去人家住处，就很是值得考虑了。

医生说他的年龄也不小了，希望找到另一半能尽快住到一起给双方磨合的机会，不知道陈玫玫有没有先同居后结婚的想法。此时，陈玫玫谨记老妈的告诫，婚前千万不能同居。而自己又有过一段同居失败的过去，这次说什么也不能办傻事了。告诉他不行。磨合可以，平时在一起多见见，没必要非住在一起。

医生说不住在一起，怎么能知道相互是不是合适呢？

陈玫玫心里已经开始生恨了，这万启军介绍的是什么鸟人，这不是明摆着一见面就想上床吗？这样的男人，不合适了就会选择分手，也给推卸责任找了合理的借口。这个时候，她就特别盼望会大辅的短信，只要他短信一来，她就找借口以迅雷不及掩耳之势离开。可是今天会大辅特别安静。

"我听万启军说你开着网店，这么现代的潮人，不至于比我还落伍吧？同居很正常啊。而且也现实，我们都在北京混，这样省一个人的房租了不是吗？"

"才想起来，我还约了朋友，她马上就到我家了。我得回去。"陈玫玫逃之夭夭。

想起小甲。小甲也是一个看着挺顺眼的男生，而且有一股淘气的孩子气。可他们为什么就都不能和自己走到一起去呢？陈玫玫想难道自己真的 OUT 了吗？不对，明明是他们想占自己的便宜，话说回来，你又不能阻止别人的想法。不合适不相处就是了。

偏万启军打电话过来问他们相处得怎么样，陈玫玫说无话可说，没有共同语言。说以后你不要再给我介绍了，我现在没有结婚的想法。看到别人要破裂的婚姻，自己就越来越没有信心。万启军赶紧说你听到别人说什么了？陈玫玫当然不能说余小多，也不能说张晓丽。她谁都懒得说，和万启军也懒得说。

此时，没有谁能勾得起她说话的欲望。

"我想喝酒。"发短信过去，发过去就有点后悔，为什么要喝酒？她担心酒壮人胆做坏事，忽然就有了一种害怕的感觉。

会大辅回得倒快，说他马上就到。他骑着那辆蓝色山地车，陈玫玫早收拾好了等在大门口，会大辅到陈玫玫眼前，不觉一亮，陈玫玫穿着那件绣着小朵蓝花的旗袍，耳朵上戴了一副白色水晶小耳钉。

以往陈玫玫不是没有坐过会大辅的自行车，可今天会大辅不愿意让她坐了。

"穿旗袍不好上来吧？不然我把自行车放哪？你说到哪喝？我们打车去。"

"不用了，省点银子吧，就坐自行车。"

"也硌得慌。"会大辅用衣袖使劲擦着后车座上那看不见的灰，"总觉得坐这上面有点亏待你了。"

"哪那么娇气。"跳上自行车。相互不约而同地问去哪里喝。其实谁也不知道去哪里。前面就那么盲目地蹬着自行车，却能感受到格外有力量。后面就那样坐着，两条腿还不老实地晃着，像调皮的孩子。

"我是不是穿这个特不适合啊？是不是把自己穿老了？"陈玫玫说是这么说，当她把旗袍穿在身上的时候，对着镜子走了好几个来回。她从来没有发现裹着旗袍的身材原来这么好看。后悔以前老是运动装。难怪张晓丽总是变换不同的着衣风格，还真是人靠衣服马靠鞍。

"怎么不适合，挺好看的。比原来的运动装好看多了。"

"不可能，我怎么老看有人看我，肯定难看。"

"好看人家才多看几眼呢。你这是不习惯，习惯就好了。"

"我们到底去哪里喝？"

"我也正要问你呢。前面那个酒楼怎么样？"

"不如买回去吧？我想下来走走。"陈玫玫跳下去，"坐着累。"

两个人肩并肩地走在逐渐暗淡下来的夜色里，他们的左肩碰到右肩，都没有躲避，似有一种心照不宣的感觉。心底已然知道前面路上等他们的是什么。

"喂，我不想坐车，就想走走。你真怪了，今天怎么没问我应婚回来的结果？这不像你的风格啊。"

"还用问啊？想喝酒，又穿得这么漂亮，明明是心情好吗。心情好的时候，我不想提问破坏这种情境。"

"此人心眼太多。需提防着。"

"提防谁也不用提防我。我对你没有坏心眼。"

"真没有？"

"真没有。"

"那我可记下你这话了，别让我找到破绽。"好半天会大辅也不吭声，陈玫玫说，"我找到你的破绽了，你看你吓得都不敢说话。生怕哪一天我给你穿双小鞋。"

"我脚大，小鞋真穿不上。"会大辅笑嘻嘻地看着陈玫玫，"四十三号鞋，听说脚大走四方。"

"所以你撇下家走北京来了。"说完陈玫玫就后悔了，以为捅了男人的自尊。

"这丫头真聪明。走吧走吧，我饿了。坐稳啰，我骑快了。"趁着天黑下来，会大辅大胆地把右手伸到后面，抓着陈玫玫的右手。陈玫玫没有拒绝，这仿佛给对方脚下加了力量，似乎轻的要让车子飞起来了。陈玫玫任他抓着。

在决定给会大辅发短信之前，陈玫玫不知道做了多大的决定。当时她收到余小多的短信，余小多告诉她，她马上就自由了，围城内的生活太让人窒息了。余小多的短信让陈玫玫失落很久。她迟疑了。

陈玫玫也需要男人的爱，可她忽然就怕进那座城池了。她想喝酒，其实她根本没有酒量，她也不是那种今朝有酒今朝醉的女人。可她今天晚上，就是想醉一回。很久没真的醉过了。

四

余小多住在新房子里，徐舟不总是来陪她。就算是陪她，也总在夜里离开。他说担心万启军找来到时候尴尬。

每次他离去的时候，余小多都缠住他不放。徐舟也总是对她恋恋不舍，告诉她乖乖地睡觉。

新房里空空荡荡，地板装了一半不到的样子，他们的床也就随时换地方安放。余小多恋上了这张折叠床，尽管它的质量是何等的差，比不上家里床一半的好。也许因为床上的这个人让她着迷，她觉得自己如同守寡多年，今天才找到性福的乐趣。就让万启军永远和那该死的充气娃娃过日子去吧。

她抓到了徐舟，就不想再放手。她想徐舟定也是爱她的，为了她，都可以舍得把多年前的初恋女友照片扔掉。她相信自己能让徐舟乐不思蜀，可纵使她觉得自己有这能力，人家和她约完会，还是要按时按点回家的。徐舟说现在还不能被家里发现，那样他就变得被动了，到时候事情就不好处理。无论何时，主动权在自己手里，事情还是好办得多。

余小多听了他的话，她觉得他的话也不无道理。尽管她余小多应该是被动离婚，可至少是她主动提出来的，现在婆婆求着她不让离，万启军缄默其口，不知道他在想什么。但不管怎么说，她余小多翻身不再当那苦难的小媳妇。休想再用当初的眼光看她，女儿是清白的，她更是清

白的。只有婆婆和这个将成为前夫的男人心里是肮脏的。对，余小多一想到这里就极愤慨。她和万启军婚内要不是他们做亲子鉴定，她怎么可能走偏差？现在想来这个偏差走得好，至少让她在婚内守寡多年以后，又能得到男人的滋养。女人没有男人滋润怎么行呢？余小多一想到这里，反而感激那个老太太的多此一举。只是想想委屈了女儿暖暖。因为生在这样的家庭，她不得不接受将来单亲的亲情结构。

今天晚上很奇怪，徐舟要走，余小多就是不想让他走。她缠他缠得厉害，刚才缠绵的劲似乎还没过去，非要徐舟把她亲个遍才让他走。可当徐舟穿好衣服要离开的时候，余小多竟然从身后紧紧地抱住他："你会娶我吗？我不想你离开我。每次你这样离开我的时候，我的心都很难过。"

有人敲门，声音由小到大。徐舟惊恐得弹跳起来，不知道如何面对。余小多也有些害怕，但她恍惚记得这个门只有一把装修钥匙交给徐舟，为了方便也给自己配了一把。万启军从来不看装修，自然也从来没有要过钥匙。而别人更是不会打开这道门的。想想好在他们走进来以后就没有开过灯，相信不会有人知道这里住着人。一想到这里余小多心底就有一丝不熨帖。他们的关系，也只限于室内，可以到阳光下去吗？

敲门声停顿下来，听到下楼的声音。

夜完全沉寂下来以后，徐舟必须要离开。余小多一夜无眠，她必须加快离婚的脚步，她也必须让徐舟恢复单身。这样两个人才能够理所当然地成为一家人。

天亮以后上班，简单吃了点早餐。她这样公然地不回去住，是在给婆婆和万启军施加压力，离婚协议你们签与不签，我都不会回这个家了。

"小多吧，晚上我做你爱吃的红烧排骨，回来吃吧。暖暖说想你了，我们都骗她说你在出差呢。你不想孩子吗？"婆婆竟然破天荒打电话给她。

"跟她说我出差最好了。你们还算懂得保护她，当初你们的行为如果让她知道，你知道她会怎么想吗？你就让万启军签了吧，我们没办法再过下去了，过下去也是痛苦。有些话我不能跟你说，我和他理论上早就分居了。那个家我不回了。孩子归我，我没有别的要求。房产归万启军，首付款有我一半，我希望他还给我就是了，我和暖暖也要吃饭。"

"那你们住哪啊。别闹了，我们一家好好过。这房子马上就装修好了，我们就可以搬过去了。"

"住哪？租房啊，结婚这么多年不是都在租房吗？现在不也是租房住吗？要是万启军不签，走法律程序，这事就复杂了，也许我就要一半房产了，听说这房子买到手就又增值不少。"

老太太不说话了。余小多明白，人一旦涉及自己利益的时候，都条件反射地为自己着想。老太太当然也怕上法院，那样，余小多一个人带着孩子，财产分配必然倾向于她。

五

还是在工作室就餐。会大辅买了两样做好的菜。周围依然是画，电脑里依然流淌着好听的音乐，夜色也总是在该袭来的时候暧昧地袭来。

一切都仿佛是计划好的一样。和上次一模一样。陈玫玫恍惚又回到上一次在这里吃饭喝酒的场景来。会大辅还要给她倒酒，她说不能再倒了，头有些晕了。对方就听话地说："那好吧，我从不劝酒。喝好就行，千万不能多，一多就头疼。我以前喝多过，头疼的像有电钻在钻它一样。"

"为什么喝多了？"

"跟心情有关吧。从那以后我再也没有喝多过，真受罪。"

"我也喝醉过。和前男友分开的时候，我觉得我放下他了，可是那天说什么也控制不住。你不知道，我们是同一天生日。"

"真有这么巧的事？"

"就有这么巧的事。我们虽然是同一天过生日，可是我们从来就没有在一起过过生日。因为我们的时间太短了，短到连一年当中的第一个生日都没有过上。我们一直说要惜缘，以后每一年都一块儿过生日。他说没钱的话也会给我买生日礼物，哪怕用米饭给我做生日蛋糕。尽管我说我才不要，我喜欢甜食，我要奶油蛋糕，可我心里明白地告诉自己，就算没有蛋糕又怎样？只要两个相爱的人在一起，什么都可以。"

"什么都可以。只要相爱。"会大辅说完喝了一大口啤酒。

陈玫玫沉浸在往事当中，心里脆弱得只想喝酒："可他根本不爱我。他离开了我，就证明不爱我。爱，就是一辈子的不离不弃。"

"别想不开心的事了。我们现在活的是当下。"

"活在当下……我听我妈话，努力找另一半，可真难找啊。好友一个闹离婚一个被小姑子欺侮，我现在都没信心进这座城了。"

会大辅没说话，端着酒杯喝，也不劝陈玫玫。陈玫玫开始吃饭。

"开心点。别老是想不开心的事。你不开心有谁知道？你现在还念着他，可他不一定是一个人过。你要过得更开心更幸福才对。"

"不是，我不是念着他好不。我是心里有阴影，总觉得自己曾经是有夫之妇。虽然我们没有领证，可和结过婚有什么分别。现在只要相亲，我就把以前这事说给人家听，是不是因为这个一个一个都不成？可我不想骗人家。"

"这个，我也说不好。有的时候没必要把以前都说出来吧。但是就算说出来，我觉得也正常。这得看缘，还是缘分不到。别急。"

"我能不急吗。我妈一次次逼我。甚至让我年底赶紧和你结婚。"

"啊，我这替身如今替出麻烦了吧。"

"你觉得麻烦了？"

"我不是这个意思，我是说你看家里人看你有男朋友了，他们还是急。他们恨不得看到你现在就成家呢。他们也就放心了。我觉得可以理解。"

"可我真不敢结婚。给我倒杯酒。"

会大辅看看陈玫玫，想说你不要喝了，又把话咽了回去，乖乖倒上。两个人碰下杯。各自喝了一大口。

院子里的猫凄婉地叫了一声。陈玫玫吓出一身冷汗："你这简直就是荒郊野外，老有这种恐怖的声音。"

"别怕，有我呢。"会大辅搂过陈玫玫的肩膀。

"我怕。"陈玫玫这两个字道得辛酸。其实一只猫能把她吓到哪里去，她忽然生出一种怕的感觉，是对这生活的怕，是对眼前事实的怕。当会大辅把她搂到怀里的时候，她仍然怕，却不再躲闪，就像坐在他的车后座上，那只大手伸过来抓住她，她不想放开一样。

是的，她不想松开了。她把头偎到会大辅的胸前，对方手下用了力，整个把陈玫玫搂到怀里。会大辅的下巴抵在陈玫玫的头顶，陈玫玫不知道他在干什么，她好像在期待什么，只是这期待的过程里，一切都静止了。好像用了好半天会大辅才把头低下来，那鼻尖触到了陈玫玫的鼻头上，那嘴巴也顺势贴过去，温湿柔软的，轻轻地，怕弄疼了对方。而陈玫玫的唇却不可抑制地抖了一下，浑身轰的一热，就仿佛要失去了知觉。

陈玫玫把舌尖伸出来舔了一下会大辅的嘴唇，又像害怕什么似的快速缩了回去。会大辅的雄性就被这轻轻一舔激发出来，他手下用力，紧紧搂住陈玫玫，生怕在他不经意间让眼前这个女人溜掉。那嘴唇也比先前用力了很多，陈玫玫半天喘不出气来。拼命挣脱他，用双眼不解地看着会大辅。

会大辅和她对视了只半秒，就又闭上双眼，轻车熟路地叼住这个女人的嘴唇，不再放开，手下也开始在她前前后后左左右右地摸索着。陈玫玫穿的旗袍，贴在身上，会大辅的手急迫地在她胸前游走，却总是不得要领。陈玫玫知道他要抚摸她的乳房，上一次他们跳着慢四的时候，他就一定是有这个想法的，只是那个时候陈玫玫还不想跌破这个底线。而今她的底线崩溃了，她任由他的爱抚。甚至想引导那双大手。

会大辅拥吻着陈玫玫到门口，啪的把灯关掉，那嘴唇仍然不舍得离开对方的嘴唇，生怕一离开，这个女人就跑掉了一样。他半抱半推着就把陈玫玫带到院子里，再往前走一米的距离就走到了另一个房间。那是会大辅的卧室。门是敞开的，两个人就这样不曾分离开地从工作室挪到了卧室。

卧室没有开灯，陈玫玫闻到一股发霉的味道。好像这屋子长久没人居住了，窗子关得死死的，挡着一层白纱。门没有关，灯没有开，陈玫玫知道院外的大铁门上了闩。再说也没谁这么晚了还来串门。刚才经过院子抵达这间卧室，陈玫玫感受到亭院深深深几许的感觉。院子那般寂静，听不到一点杂音，他们身处世外桃源，没有人来干扰他们的春梦。

他们褪却一切包裹着他们的束缚，尽情缠绵。陈玫玫在男人的力量下柔情似水，瞬间绽放。那乳终于在旗袍褪去以后被攥在男人的手心里、男人滚烫的嘴唇里吸吮着，如同刚刚出生的婴孩，又仿佛是一个霸道不讲理的吸不出乳汁的淘气孩子，不自觉间又加重了力量。陈玫玫觉到了刺激到极点的阵痛。眼前这个大男人，像极了她那个淘气的孩子。她觉出了物体的坚硬。又怕又欣喜地接受着。

院里一声猫的叫声，伴随着谁家大铁门关闭的声音，会大辅仿佛被谁点了穴位，停了一下。他身体里的力量也好像一下子被抽了出去，只剩下面条一样软得没有力气的身体悬在空中。

"怎么了？"陈玫玫轻声问他。

"没事，等一会儿。一会儿就好。"会大辅伏在陈玫玫胸前，好半天仍然回不到原有的状态，不得翻下身，躺在陈玫玫身边。陈玫玫爱抚地轻轻揉着他的头发，以此安慰他。会大辅抱歉地抚摸了下她的脸蛋，外面的猫叫声连成一片，此起彼伏。

"看来不止一只猫，也不止一对猫，今天怎么这么多猫来这捣乱。

本来好好的。"

刚才大门响，也许会大辅担心有人来吧。陈玫玫没有理会对方说的有关猫的话题，刚才还非常非常威猛的男人，仅仅因为一声猫叫就委顿了？他肯定是走神了。可他为什么要走神呢？陈玫玫伸展开四肢，仰面躺着。空气里有一股霉味，她不喜欢这种味道。这屋子里肯定是太缺少阳光了。

会大辅不停地安慰陈玫玫，说一会就会好的。陈玫玫轻轻地微笑着，翻过身搂着对方。他能感觉到对方在努力让自己像先前那样勇猛，可她觉出了他的不得意。

六

会大辅总算又恢复了先前的样子，他当初传递给陈玫玫的那种很激情的感觉已经荡然无存。但她努力配合着会大辅，心下已经是各种滋味了。难道，自己根本就不能让他满意吗？否则男人怎么会在冲锋陷阵的时候忽然就 ED 了。免不了就站在男人的角度上给自己打了折扣，兴许自己是那种不能让男人满意的女人吧。前男友是不是就因为这个才离开自己的呢？不会，他们在一起应该一直很和谐啊，只能说男人变心了。她当然知道好女人要进得厨房出得厅堂还要在卧室里极尽妩媚才行。让会大辅失误，多半是自己的原因。想到这里，禁不住又羞又恼又神伤。

会大辅打开灯，刺得陈玫玫的眼睛好半天才睁开，懒洋洋地不想起来，却在灯亮的一瞬间把旗袍搭在自己裸体上。她没有拉被子过来，先前缱绻的时候，她像小兽一样想咬东西，想咬会大辅的皮肤，他喊疼。咬自己不忍心，就想抓过来被子咬，可那被子递过来的时候有一种久不晒的味道，禁住下不了口。

这房间太潮湿了，她猜会大辅是不是从来不开窗户。静默下来，打开手机看是凌晨四点，无论如何也要睡一会儿了。偏会大辅先前的挣扎此时竟然没有留下一点痕迹，他开始抚摸陈玫玫，然后像野兽一样撕扯掉她刚刚穿好的衣服。而陈玫玫在这种别样的爱里面，继续沉沦。

累极了，枕着会大辅的胳膊就困就很想睡。睡着之前，陈玫玫想会大辅果然不是不行的，原来自己在这方面也不是分数太低的女人。会大辅的暂时不行，也不可能只单纯地因为猫叫声立刻就把自己变成无骨之人，他肯定是在那瞬间想到了一个人。他一定是想到了人，只有人才会怕人。小的时候听说过鬼，每到天黑不敢出屋，生怕黑夜里跳出一个鬼来。长大以后，才知道世上本无鬼，也只有人和人之间相处复杂的时候，才让她感慨其实人怕的还是人啊。

她想会大辅一定是和她在一起的时候，想到了很重要的一个人，而且肯定是女人。只有在这种情况下，他才会在该坚硬的时候变得软弱无骨。他才会让自己无法在这个女人面前激情澎湃。就算想澎湃，也是力不从心。

其实陈玫玫知道他想到了谁，只是不揭穿。她自己也没有力量说出来，生怕一说出来，就惊扰了眼前的美好。眼前真的很美好吗？陈玫玫心里陡地一颤，自己怎么会变成这个样子？这是自己想要的生活吗？会大辅的床乱得跟猪窝，地上杂乱地堆着乱七八糟的东西，你可以在那堆杂乱的东西里找到缝衣针和线，甚至可以看到书钉和曲别针以及建筑钉子。

这一切都是早晨起床以后，透过隔了白纱的窗帘洒进来的光线看到的。她甚至在那堆杂物里看到一个女孩子用过的旧发卡。后来，陈玫玫知道会大辅有个十来岁的女儿。她尽量不去想她将给另两个女人带来的伤害，可仍然觉得心里隐隐作痛。

早晨一睁开眼睛，就觉得这里是如此陌生，包括身边那张从未仔细看过的脸。陈玫玫定定地看着会大辅，硬是把会大辅给看醒了。

"怎么了？再睡会，困。"说完会大辅又闭上眼睛。

陈玫玫抬头四处张望。头一天夜里，他们进来的时候没有开灯，也没有仔细端详这间卧室。此时才发现床头竟然有一把藏在剑鞘里的长剑，把陈玫玫吓了一跳，怎么看这都是一把降魔剑。是谁趁他们颠鸾倒凤的时候放在这里的？

如果是这样，谁是魔？谁又是妖？自己是那夜半敲书生门的狐狸精吗？不用照镜子，自己也知道自己长相一般，好看谈不上，美就更不用提了。莫不是这一夜自己换了另一副躯壳和一个漂亮的脸蛋，专门勾引眼前的书生？或许是因为自己画了一张皮？陈玫玫越想越恐怖，以至于把自己缩成一团。她觉得空气里有大师挥着这把剑，对她怒目圆睁。她怕，可她不去想那尘埃里的法师也好大师也好，她只顾着不错眼珠地看着会大辅的脸，期望在他的脸上能看到有关她曾经犯戒的字据。

陌生。这是一张非常陌生的脸。以前离得远，没有这么近距离地看

过，倒不觉得有多陌生。现在离得如此之近，能感受到对方传递过来的鼻息，甚至看得到他胳膊上小时候扎疫苗留下的几朵小花，她还看到会大辅那双大得出奇的脚。她从来没有看过这么大的脚，前男友的脚也就是四十号，而会大辅说过他穿四十三号的鞋。

她记得他所有说过的话。就算记得，现在这么近地躺在一起，她仍然觉得对方如此陌生。

"怎么了？睡醒了？"会大辅又一次被陈玫玫看醒，不禁用胳膊搂过她，"睡得好吗？"

陈玫玫摇了摇头。

"怎么了？不说话。"

陈玫玫仍然摇了摇头，指着那把剑。

"哦，这剑都没开锋呢，我觉得挂着好看，就买了。"

"这是斩魔的吧？"

"哪来的魔。"会大辅打了个哈欠。

第十章　性爱故障

一

　　店里很静，没有一个顾客。一大早，陈玫玫和会大辅简单吃了些早点，就一个人回店里了。会大辅要用自行车送她，她没让。

　　陈玫玫的指甲涂得简单，清一色的纯白打底，上面涂了几朵红色的梅花。此时，这几朵梅花她也不想留了，看着感觉不舒服。找了洗甲水，把它们清理得彻彻底底。

　　走出那个四处有杂草的院子，陈玫玫心里就无限愧疚。尽管早晨看着那躺在身边的男人很是陌生，可此时在自己心里，她已经把他当成了自己的亲人。越是这样，她心里越是不好受。这种不好受的源头，她相信来自五十万米以外的那两个守在家里一大一小的女人。

　　陈玫玫开始茶饭不思，看什么东西都觉得不顺眼，一想到会大辅房间里那柄剑，就更是无限惆怅。尤其到了晚上，就觉得自己已经被狐狸精附体，偏要和会大辅在一起。每一次，她都不得不装扮一新，去赴约。而每一次，会大辅都会骑着自行车到小区门口等她。远远地看到黑夜里那个站在自行车旁边的身影，陈玫玫就告诉自己，这是自己的爱人。自己不用做应婚女了。

　　可她清楚自己不可能和他结婚，不能结婚这又是在干什么？她从来没有被自己打败过，如今自己败给了自己，败得自己都看不起自己，却又无能为力。

　　会大辅说近期有一个大型画展，他要去参展，而且他还和主办方申请，一些闲杂的活他可以去干，也就是说他可以在干完那些杂七杂八的

工作以后，换到一些人民币。听到这里，陈玫玫一阵心疼，一个大男人，靠画画养活自己和家人。如今为了赚钱，还要干那些个搭架子、挂条幅等一些琐碎的力工活。

"能不干吗？要是被熟人看到……"

"没事啊，我有的是力气。干那些活又不用动脑筋。说实在的，我要是不画画，干什么都不成问题。看到怕什么，我又没偷没抢的。"

"可画画是你的追求，人家都很清高，你怎么不？"

"清高可以当饭吃吗？清高如果能换钱，我宁可清高。说实话，我来北京太晚了。早期我就在北京读过书，那个时候学画，一边学画一边做事，毕业以后我找到了不错的公司可以上班，可家人催我回去，不得不回去了。"

"你是孝子。"

"不是，那时孩子还小，她一个人照顾不过来。"

听他提到妻子，陈玫玫不吭声了。

她不敢提到那个女人，会大辅基本也不提，今天话赶到这，会大辅也迟疑了觉得自己说了不该说的话。

"你完全可以把她们带过来。干吗老分居。"

"一会我带你去吃水煮鱼吧？"会大辅岔开话题。

"不吃，都是辣的，去吃麻辣烫吧。"

"给我省钱啊。"

陈玫玫笑了下不吭声了。陈玫玫并不是和谁在一起吃饭都为对方省，和会大辅在一起，她还真是想给他省，说不出原因。

在回工作室的路上，陈玫玫说你把窗子打开放了吗？感觉好久没开窗了。会大辅说放了一天，还把所有的被褥全都拿到外面晒了，上面都有阳光的味道了。

陈玫玫听了想笑，这简直是诗人说出来的话，阳光竟然在这个大男人眼里还有味道。那阳光该是什么味道呢？那夜晚该是什么味道呢？夜晚也许只有在空气里流淌的那种爱和纠缠的味道吧，陈玫玫想到这跳下自行车，说我要走一会。会大辅只有乖乖地跳下车，走在陈玫玫身边。

"明天我还去相亲吗？"

"谁？和谁相？"

"三十八岁的未婚单身男。"

"你要慎重，这么大岁数还单身未婚的，会不会有什么问题，不然他不早结了。"

"你还早结了呢，你没问题？你不觉得你现在有问题？"陈玫玫本来控制着自己，却终于忍不住还是说了出来。

会大辅停下车，呆呆地看着陈玫玫，停了好半天才说："真的，你去你的，我不挡你。"

"就知道你不会挡我。那明天我就去了。"陈玫玫像个小女孩一样故作轻松地往前走着。心底却是绝望的。想她和会大辅之间，早晚还是会有这么一天。就算是老妈那边也过不了这一关，她怎么可能允许自己的女儿和一个有妇之夫在一起呢。她要是知道了，不气成心脏病才怪。

到了那扇大铁门面前，两个人三缄其口，待会大辅一打开门，陈玫玫就立刻闪了进去。闪进去的陈玫玫禁不住在心底骂自己，贱。见不得光。如果他们正常恋爱，她还会在他刚一打开门的时候就快速地溜进去，怕别人看到吗？

她想起那天夜里猫叫声给会大辅带来的尴尬。她也知道，会大辅也担心有熟人来砸门，或者在带着陈玫玫进这个院子的时候，被邻居看到。见过他媳妇的人，都清楚眼前这个女人绝不是他的媳妇。他更怕这样的尴尬，那个时候，他将不知道怎样把眼前的女人介绍给别人。

而他们进了卧室以后，所有的尴尬一丝一毫就都不见了。陈玫玫立刻变成一个风情万种的女人，而会大辅也在拥抱眼前这个小女人的时候，找回了雄性的力量。只是，他仍然会被外界的一些声音所干扰，那一点点声音从门缝挤进来从窗口弹过来，立刻就抹杀了刚刚还雄性十足的威风。

每次这样的停顿，都让会大辅信心受挫，要用很长的时间来修复自己。眼睁睁地看着眼前他爱着的女人在那里苦苦地、静静地等待，或许他心里也很愧疚吧？陈玫玫在等待的同时不得不这样想。

"你以前也这样吗？"陈玫玫厚着脸皮问对方。她终究也是不敢抬着头眼睁睁地看着他说这番话。毕竟在所有老年人的眼里，或者说所有长辈的眼里，自己的身份还是姑娘。尽管她如今一点也不喜欢这样的称谓。她的年龄和她的经历，让她觉得愧对这么美好的称呼。

"以前从来没有过。"会大辅声音很低沉，却仍然能让陈玫玫听出他的理直气壮。那口气，绝对是因为和陈玫玫在一起亲热，才产生了这样的故障。

到底为什么？陈玫玫不明所以。而每一次，会大辅都会在短暂的调整以后，再次威风凛凛地站立在陈玫玫这个小女人面前。让陈玫玫一次

次到达爱之巅峰。

二

夜，如此深沉。小区里的灯光从那没有窗帘的玻璃窗方向送递到室内。屋里没点灯。最近这些日子，他们在一起从来不点灯。

"徐舟，我一直都觉得你是一个重感情的男人。不然你不会把初恋女友的照片一直放到现在。我也非常感动，你在遇到我以后，果断地把她照片扔掉。可我现在不明白，你是不是把我当她的替代品？"

"多，怎么了？"

"你说我怎么了？我这里跟万启军张罗着离婚，你呢？你怎么样了？我就从来没听你跟我说过这事。"

"她最近身体不好，病着，我也不敢提啊。要是加重病情，对谁都没有好处，只能适得其反。对不起，再给我点时间。"

余小多讨厌对面的男人对自己说对不起。想想如果没有徐舟自己会不会离婚？答案是肯定的。

"算了，徐舟。当我没说。我想了，如果没有你，我也是会离的。我这一生注定要有这一次浩劫。而你只不过是加快了让我下定决心的速度。"

"我知道，我不会辜负你的。"

"这两天房子就装修好了。万启军说他来给你结款，也好。"

"装修的钱我不要了。"

"你应得的，凭什么不要。你有见过给别人装修完以后不要工钱的吗？你这不是明摆着要把事实讲给他听吗？对于要不要你们见面，我也犹豫过。不过也好，前夫和将来的丈夫打个照面，尽管有些滑稽。也好，将来我的日子就全交给你了，从此我的生活也算圆满。感情太疲累，我不能容自己再有一点波折。"余小多从身后搂住徐舟的腰，徐舟的面部表情凝重没有一丝变化。

他也许看着面前的刚刷了立邦漆的墙面，也许他看到了墙面上那看不到的灰尘，也有可能他想到了夏天打蚊子的时候，那血溅在白墙上刺眼的醒目。其实，他什么也没看到，他想到了家里那胖得近似于愚蠢的妻子。还有那廉价洗发水或者护肤品的味道，尽管那味道在认识他在知道他不喜欢以后，彻底从他鼻翼前消失，可他仍然无法淡忘它。这是一种太牢固的记忆。

这个夜里，徐舟仍然想好好表现，可是和以往相比，逊色很多。这种现象从来没有过的，他表示很奇怪。夜半时分，他又不得不告辞，这让余小多觉得他们之间似乎每天都是这样仓促收场的，尽管先前他们之间如胶似漆恩恩爱爱。今天听着徐舟下楼那快速的脚步声，和以往期待第二天见面有所不同，它沉重得如同锤子一样砸在她的心上。

自离家在新房住下以后，万启军从来没有找过她。更别说打个电话问询她在哪里了。她就如同万启军眼里的空气。而新房子自装修开始，万启军就做甩手掌柜，从来不管不问。看着四壁皆空的室内，余小多找不到一点家的感觉。也许，用不了几天，她就要从这里永远地搬走。

"开门。"余小多的手机忽然震起来，是万启军。

打开门，万启军迟疑了半天才迈进来。

"怎么，金屋藏娇？用你这是不太合适。你要是男人的话，兴许还正确点。勾搭多久了，是不是因为这个才请来装修的？"

"勾搭？万启军，你说话干净点。我和你现在除了到民政局解除婚约，你不觉得咱俩之间早完了吗？我不能和一个还没断乳的男人继续生活，更不允许自己的丈夫和婆婆恋子恋母情结太严重。生了暖暖我抑郁，有谁管过我？孩子的爸爸竟然连孩子抱都不抱，咱俩早就该到头了。要不是为了暖暖，我怎么能跟你凑合这么多年？"

"说得好听，为了暖暖。为了暖暖你怎么不继续让她有一个完整的家？"

"这是谁逼的？你们真的爱暖暖，还会去做亲子鉴定吗？你们就是想拆散这个家。"余小多眼泪控制不住地冲了出来。"你们根本不管暖暖的感受，根本不考虑我的感受。算了，离吧。"

"那好，我成全你。不是要离吗？你净身出户，房子车子孩子你休想拿走一样。包括你那一半首付。"万启军把离婚协议扔到余小多面前。

听到这里余小多呆了下。从此，她什么也没有了吗？什么都没有可以，但不能没有暖暖："不行。我什么东西都可以不要，但不能不要暖暖。"

"我怎么可能把我的女儿送给这么不检点的女人去教育。"

"你说谁不检点？我和你离婚在前，和徐舟相处在后，是你拖着不离，你倒反过来怪我。你可以用器械满足，我凭什么不能找男人满足自己。"

"贱。"万启军气得嘴唇发抖。

"这个字用来给你正合适。好好陪着你的充气娃娃过你下半生吧。

我不陪了。"

余小多薄若蝉翼的衣服让万启军雄性大发。事后余小多捡起被万启军扔在地上的离婚协议："姓万的，我要告你强奸。"

"告吧。你看你能不能告得赢。"万启军穿好衣服。

余小多先前没有仔细看离婚协议，以为万启军已经签字，这次是特意给她送过来的。现在看来那上面该男方签字的地方是一片空白，只有余小多几个字孤零零地签在旁边。

"无耻。既然我们不能在一起，你还强迫我做不该做的事，早干吗了？"

"小多，我们不要离了好不好。我们为了暖暖，行吗。妈说她以后再也不难为你了。"万启军突然一百八十度大转弯。

"妈说妈说。你少在我面前老是妈说的。你能不能自己说点。你能不能断乳？你能不能在洗澡的时候把门关死？"余小多一口气说了一大堆，说完之后不禁又笑话自己，"算了，万启军。我们到头了。没办法再回去了。当刚才的话不是我说的。"

"那好，你走吧。一个人走。什么也不要带。"

"我要暖暖。"

"不可能。"万启军推门而去。

三

和会大辅在一起，陈玫玫尽管偶尔自责，可更多的还是轻松。和他在一起永远不用想太多。她可以和他什么都讲，而不用担心他有偏见会影响他们在一起过现在的日子以及将来的生活。不结婚，就有很多宽松的元素。她现在忽然很享受这种感情，至少他们可以相爱，在一起更多的时候还是快乐的。

她不去相亲了。老妈催她结婚，她就说会大辅忙。就算老妈再来北京催婚，她也可以把现成的人选送到老妈面前，而两个人在一起的亲昵举动，再也不用去伪装了。

老妈只是在电话里催催而已，她说她实在难以忍受和陈玫玫住在一起的时候，看到隔壁同居女孩和男友成双成对地出入。"这都什么世道啊，不结婚就住在一起，有伤风化。陈玫玫你给我听着，不许婚前和那个会什么的住在一起。你们说什么时候结婚没有？找时间去他家。不去人家你知道人家什么样？父母好不好相处，兄弟姐妹好不好相处。你一个傻丫头，只知道认识一个会大辅就行了，你得去他们家潜伏。这样才能知道他这个人是不是更适合你、他们家适不适合我，别以为他一个人适合你就行了。"

"妈，你是不是看电视看多了。这也有潜伏的？我懒得潜伏，跟个小偷似的，我和他一个人好，又用不着和他们一大家人住在一起。他适合我就行了。"说到这里，陈玫玫心里是虚的，就因为担心将来的家庭也和张晓丽或者余小多一样，她才怕才不去直面应婚女应该做的相亲事宜吧？

"那你告诉我他家地址，我去他家附近潜伏。"

"妈……"陈玫玫拉长声音，带有撒娇又带着一丝的怨气，"妈你至于吗，让人家知道了多不好。好像怀疑人家对我的感情一样。"

"我要嫁的是女儿，俗话说女怕嫁错郎，男怕选错行。我看他本身就选错了行当，我可担心你再嫁错。真要是他家世代人品不错的话，那我也就认了。要是品行不端，我怎么可能把女儿往火坑里推。你赶紧告诉我，不然我还去北京。直接跟会什么说，别到时候让他难堪。也真是的，处也处了，商量个结婚的日子有这么难？你不和他说，我开口。"

"妈，你容我和他商量商量。"陈玫玫的一颗心已经提到嗓子眼儿了，"大不了，大不了我去潜伏。这总行了吧。"

"这就对了。和他们家人相处的时候，要多长个心眼，好好感受感受他们家长辈和小辈的人品。"老妈总算满意地挂断电话。

这一番话，她不可能和会大辅说，说了也是毫无意义。如果会大辅同意她潜伏，难道她潜伏到那一大一小两个女人当中去吗？难道让她问那个大女人，会大辅人品怎么样？然后再问那个才十来岁的小姑娘，会大辅是个好男人吗？也许那个小孩子会童声童气地告诉她，我爸爸是个好爸爸，或者说我爸爸不是个好爸爸，他从来都不陪我。

他离她们很远，他离她们又很近，只有五十万米的距离，几个小时的车程，可会大辅多久也不回一次家。

潜伏的结果如果让老妈知道，老妈已经不是直接把她绑回家这么简单的问题了。她会伤心成什么样？她会说我这个女儿算是白养了，竟然当起了小三。我们何须讨论别人家的人品，我们自己家的人品已经出了问题。

小三。曾经多么遭陈玫玫唾弃的字眼儿。而今竟然像中了彩票头奖

一样砸在了她的头上。有这些东西干扰,她痛苦得想撞墙。打开电脑看网店,收拾完网店再看QQ和MSN上,那上面所有准备见面然后一个个再筛选的男人,在和会大辅相处以后全被她拉入黑名单。现在想重拾都难。为什么要重拾?就因为老妈一个电话?

偏有一个很固执的男人张平风又把她给加上了。这个男人其貌不扬,皮肤有点黑,但是眉眼挺英俊,像个大男人的样子。先前他们就相互看过照片,也视频过一次。但因为相隔有点远,不曾见面。

对方加上她以后问她,怎么在他的QQ上就忽然找不到她了,他不知道怎么把她弄丢的。于是又登录那个征婚网,到收件箱里找到她的号码,重新加一次。他说对不起,可能自己还不是太懂电脑,把她的号给弄丢了。

陈玫玫平淡地说没关系,然后说有事就下了。这一次这个人她没删,难道是她以后相亲的备选?她不得而知,她是不是还要进那座城池。

会大辅依旧每天晚上和陈玫玫一块儿进餐。陈玫玫穿梭在画室和厨房之间,两室之间是要经过长满杂草的院子的。陈玫玫简简单单做菜,会大辅买简简单单的馒头。

有一天,陈玫玫就盯着爬得很高的丝瓜秧说,丝瓜多久可以吃呢?她见会大辅实在过得清苦,就在疙瘩汤或者青菜里多加一点油。而且坚决阻止会大辅饿的时候没完没了地喝茶水:"茶水千万不能空腹喝,伤胃。一点不懂得爱惜自己。"两个人也在外面吃过几次,陈玫玫嫌外面的不干净,其实她也是嫌费钱。每次会大辅又不让她买单,于是改成在工作室自己做。

陈玫玫恍惚觉得他们过的就是围城内的日子。她下厨,会大辅偶尔也陪她,递勺盐递桶油,或者在画室画画。

陈玫玫不知道自己要恍惚多久。老妈没完没了地催,就跟火上浇油一样,让她在会大辅身边也少了诸多本应该有的乐趣。

四

"妈,你就跟启军好好说说。他最听您的话。和我离吧,我啥也不要,我只要暖暖。车子新房都给他,首付款我也不要了。我和暖暖出去租房住。"余小多一副小女人受气的模样,说到这里极尽伤感。她清楚自己绝不是装出来的。她面临的就是这样的处境，离婚以后相当于净身出户，带着暖暖只有租房住。什么都是重新开始。她相信她能把握徐舟。

"不行。暖暖是我们万家的孩子，不能离开万家。我劝你不要离，暖暖要是跟着你，就少了个爸，跟着启军，又少了你。只有跟着你们俩，她才有个完整的家。"

"不太可能了。我和启军理论上早分居了。"余小多不得不说出最实质的问题。现在，抛开亲子鉴定这个话题不说，两口子同床异梦的结果只有两个：一是凑合一生，二是分开。

这一次，余小多真的以为老太太要是阻挠起来就真的离不成了，没想到签了字的离婚协议书很快抵达她手上。孩子暂时由万启军管理，等到余小多再成立家庭，而那个家庭的幸福指数还算是比较高的话，孩子她才可以带走。

余小多只有接受眼前这个事实。期待着和徐舟早日完婚，好把女儿接到自己身边。

余小多单身了。单身这一天，她给陈玫玫发了条短信："我要向所有朋友昭示，我已重回自由身。"余小多高调离婚，竟然还发短信似乎还希望陈玫玫能恭贺她似的，这让陈玫玫觉得简直是一件可以上报吉尼斯纪录的史上最高调也是最悲凉的一个事件。

陈玫玫的心里被冰狠狠地刺激了一下。她担心的事情终于还是发生了，她还以为余小多只是瞎胡闹说说而已，没想到如今既成现实。

张晓丽说她也收到了余小多的短信。在她赶到店里的时候，陈玫玫刚送走一个美甲顾客。

"玫子，我怎么觉得余小多好像受刺激了？她太不至于离个婚还这样大肆宣扬吧。我怎么都觉得她自己先出问题了。"

"她能出什么问题？她可能因为和我们最近，才最先告诉我们吧。你怎么看？我现在心里冷得跟冰窖一样，如今我得了恐婚症。我看我下半辈子就一个人算了。"

"你可不能因为一个余小多就放弃自己对爱情和婚姻的追求。你不知道爱情有多美。"

"再美有啥用。当爱情褪去它原有的色彩，还不是得走入坟墓。"

"就算像你说的走入坟墓……"

"什么叫像我说的，你们走进墙里的人都这么说，哪是我一个人这么说？而且，有多少墙内风景自己看着不满意，在墙头探头探脑，甚至

婚还没离就偷偷跳出城墙。"陈玫玫抢白张晓丽。

"你看你，自己都还没找到另一半，倒先把路给封死了。好吧，就听你的，就算你走入坟墓了，那这围城也算给自己将来离开尘世买的一副棺材板吧？也总比裸露在外的强。"

"你这是强词夺理。"

"绝对不是。爱情时间不长，可你要是经营好了，它依然可以在婚内保鲜。也许我说的话你不信，我和李健之间，要是抛开小姑子没完没了地惹事端，我们的感情这么多年一直都很好。你也能看到他对我的照顾。"

"还不就是了。两个人结婚，不可能只过两个人的日子。"

"总之，你不要受余小多反面教材的影响。"

"别说她了，你对我就有很大的负面影响。就你那不讲理的小姑子，到这跟鬼子扫荡一样。我恐婚。偏我妈逼着我结婚，还让我潜伏。"

"潜伏？去哪里潜伏？"

陈玫玫愣了一下，才发现自己说走嘴了："当然是到男人家潜伏啊，我妈这不是逼着我快找个男友，然后尽快把人家一大家子的人品查个清清楚楚明明白白。她的意思，男人家要是有你家这种霸道的小姑子，我妈她老人家可能就不舍得让我嫁。宁肯让我一个人过一辈子了。"

"唉，没办法，爱他就给他最好，爱他就爱他的家人。但是婚姻确实不太简单，你也不能一味地顺从。李健倒还好，最终也坚持我的意见，不再借给妹妹大额资金。但我发现他妹妹委屈得不行，我也不知道怎么开导她。所以我的衣服和首饰，她随便用。"

"你这性格一般人学不来。要是我，早发脾气了。少碰我的东西。"

"没办法，当自己妹妹吧。何况我衣服那么多，穿够了她接着穿去呗。"张晓丽坏笑。

"是，你家衣柜可以开两家服装店了。就你那旗袍，你买那么多，我也没看你穿几回。"

"女人的首饰和衣服一样，不必要全穿，全戴，但你得有。再说，谁让我是卖衣服的呢。别的没有，衣服肯定一大堆。"

"这就回来守店了？"

"不啊。我就是过来看看你，还得养些天吧。中药停了。"

"但愿你早日遂了心愿，养个大胖儿子。"

"闺女也不错。"

"那倒是。闺女是妈贴心小袄。可话说回来，闺女操心啊，到该嫁的年龄不嫁，你就该急了。男人和女人在这方面还是有区别的。女人四十豆腐渣，要嫁得嫁六十男人了；偏男人四十竟被说成是一枝花，还能娶二十的呢。真不公平。"

"那你还不抓紧时间嫁。有目标了吧？不然为什么你妈让你潜伏。"

"她是急糊涂了。我到哪潜伏去，她是希望我赶紧找一个好为潜伏做好准备。"陈玫玫不敢说自己和会大辅的事，可偏又憋在心里难受，"晓丽，你说我会爱上有夫之妇吗？"

"打住。怎么，你要当小三？这是女人最不可取的。男人拍拍屁股回自己老婆身边的时候，毁的可是女人自己。"

"爱上已婚男人就是小三了！"陈玫玫大脑里跳出这几个字，疼得要炸了一样。她和会大辅走得如此近，就没想过自己的身份和位置。现在被张晓丽很直白地说出来，就跟冬天站在外面被泼了一盆冷水一样。

五

这一次，陈玫玫主动去了画室，站在大铁门外面才给会大辅发短信。很快门被打开。

两个人免不了亲热，陈玫玫心里暗暗地告诉自己，这是最后一次来这里。以后都不要来了，她要给自己个交代，其实是想给老妈一个交代。去会大辅家潜伏的话题也要因为她和他关系即将中止而打上一个句号。

会大辅在中途又软弱无骨地停了下来。陈玫玫听到隔壁院子发动汽车的声音。

"对不起，等一会。就等一会。"会大辅眼巴巴地看着陈玫玫，"可能时间长了不做爱就这样。"

"你担心有人来砸门吧。其实你肯定是怕有人来。"陈玫玫一点不客气。想想自己说话有些重了，赶紧补救，像对孩子说话一样的，"没事的。没事的啊。"

会大辅不吭声。谁也不知道他内心世界是怎样的一个挣扎。不知道这句话起作用了，还是会大辅就想一直软弱无骨下去，反正这个午后的功课，两个人没有做到尽善尽美。在会大辅穿过院子去卫生间的时候，她看到他高大的裸体在眼前一晃。心里不免想到无论是男人还是女人，不穿衣服的时候，在室内还好，在白亮亮的阳光下还真是显得丑。

　　会大辅回来以后看到陈玫玫已经穿好了衣服，他也就不声不响地穿上衣服，然后转过身轻轻地抱着陈玫玫。一声不吭的，空气变得凝重了。会大辅似乎想安慰陈玫玫，又好像弱小得有一种期望得到被她安慰的感觉。两个人就这样轻轻地抱了一会儿，抱了一会，会大辅说你就在卧室里看书吧我去画会画，很快就回来。特别告诉她先别出去，西面房顶上有人在干活。

　　陈玫玫不吭声，知道自己出去会被别人看到。时间一分一秒过去，可会大辅没有一丁点过来的意思。她也想去卫生间，可是看着外面明媚的阳光，想着西面房顶的工人，她就气馁了。先是一个男人赤裸出去，再出来个女人，谁都能明白这房间里刚才发生了什么惊心动魄的事情。刚才会大辅去卫生间，走到院子里肯定被人家看了个清清楚楚。那她现在哪里还敢出去呢？她希望会大辅能够过来对她嘘寒问暖。他没有。或者会大辅至少该过来问问她要不要去卫生间。

　　陈玫玫想自己今天决定和会大辅划分界线，却被这样困在卧室里，真是倒霉至极。

　　卧室和工作室之间还有一个房间，里面堆满了书和杂物，各有一台落满灰尘的电脑和电视。看看时间过去这么久，自己也很想去趟卫生间，不得已用拳头砸墙，以期望引起会大辅的注意。

　　会大辅果然跑过来。

　　陈玫玫就显示出格外生气的样子。会大辅一时不知如何是好。

　　"我要去卫生间的，你一走就没影了。外面到底还有没有人啊。管都不管我了。"

　　"没人了，早走了。那你快去吧。"会大辅手里的画笔都没来得及放下就跑过来了，想必听到砸墙声就知道这边出问题了，"对不起，刚才画进去就走不出来了。"

　　"你画起画来，是不是六亲不认啊。"陈玫玫不高兴地推开门走向院子去卫生间。然后没回卧室，直接进了画室。会大辅的电脑开着，轻音乐舒缓地淌出来，是班得瑞的月光。他就在这样的环境下画他那些好看的画。

　　陈玫玫坐在电脑前，然后什么也不干，就那样扭过头看着会大辅，一点表情都没有。会大辅笑嘻嘻地和她搭话，她一声都不吭了。会大辅一时手足无措，看到桌上有块巧克力，撕开，递到陈玫玫眼前。陈玫玫看着会大辅的样子，也不想难为他，就接了过去。

　　一边轻点鼠标一边问："这里有她们的照片吗？"

会大辅迟疑了一下，说没有。

"不会吧，你的电脑里怎么会没有家人的照片？"

"真没有，来我给你找歌听。"会大辅放下画笔，拿起鼠标。"喜欢听什么歌，我来给你找。"

"还听上次那些吧。传奇、凤凰传奇。"

"怎么喜欢这么多传奇。"

"你不是也喜欢传奇吗？尤其王菲的传奇。大男人听女人歌。"

"那歌词好，唱到我心里去了。遇到你就是传奇。你说人群里的人那么多，你怎么就那么醒目。你也厉害，我在人群里都被淹没了，硬是被你给拎出来了。"

"我是怕你溺水，救你一命。谁想到救你上岸，我倒快溺水身亡了。"

"那多谢小女子救命之恩。俺当以身相许。我怎么会让你掉到水里去呢。"

听到这，陈玫玫心底一阵尴尬。如果说会大辅是未婚，他们还真可以考虑结婚。可现在，她觉得自己不能陷得太深，该退则退。就当前世欠他这一段情，来报答他了。

只是内心多多少少有些不舍，这次来之前就告诉自己一定当机立断。难道是来吃最后的晚餐？可她明明是午饭后来的，就算是吃晚饭，那明摆着也是要在这里消磨整个下午。她对他还是恋恋不舍的。而且，她也不知道怎么开这个口，就是开了口也如同在打自己的嘴巴。开口了就表明自己在推翻先前的行为，这么大岁数的人了，该对自己做过的事负责，难道说推翻就推翻吗？想推翻就推翻？想怎样就怎样？那这不是三岁的孩子吗？想到这里，不觉一叹。

会大辅去买菜和馒头，陈玫玫说想回去吃。会大辅不让，让她乖乖在家等着。

陈玫玫无聊，晃动鼠标在电脑里找歌听。不小心就跑到 D 盘里转了转，竟然看到一个装照片的文件夹。

好多照片。那个小女孩身边的女人，看上去很普通的一个妇女。她知道这些一定是他的家人。事实证明，他回来以后，表示默许了。陈玫玫的表情就越发地不好看。会大辅说我就说你不要看，你看了心情肯定不好。

"是。我觉得我伤害她们了。"

"别乱想了。不是你的错。"

谁的错？陈玫玫大声地在心里问自己。

第十一章 生日风波

一

张晓丽的生日，准备在家里过。上午就给陈玫玫打了电话，让她早些打烊到家里来帮她做菜。

"把余小多也喊上，最近你们俩联系得比我勤。我们也好久没见了。"张晓丽电话里说。

"还是别喊了，她刚离婚，我看她有点过于兴奋。这现象不是太好，有点病人回光返照的架势。我怀疑她的婚姻就是一场病，病了这么久，脱离苦海了一样。你家有婆婆小姑，要是只有你和我，我们三个在一起没有别人倒是无所谓。别到时候不小心说出不太合适的话来。更影响你和婆婆、小姑的关系。"

张晓丽想想也是："那好吧，今天生日就不找她，哪天我们单独在外面三个人好好聚一次。"

陈玫玫早早来到张晓丽家。看到晓丽的婆婆已经开始在厨房忙上了。晓丽也在择菜，手里掐着一把韭菜给陈玫玫开门。

"真够模范的，寿星也要亲自下厨啊。"

"当然啊。自己动手，丰衣足食。"张晓丽示意陈玫玫换了拖鞋到沙发那边去坐。

"我就没看到这屋里除我哥以外有自己动手丰衣足食的。哪个不是伸手跟男人要的，不给你钱，你哪来的丰衣足食？"优优从身边走过，手里端着一杯冒着热气的咖啡。

"优优。有客人来，你怎么说话呢？"婆婆不满自己的女儿。

"谁来我说话都这样。我在自己家说话还要讲分寸吗？累不累？妈，我看你就够累的。你宠她有用吗，你不宠自己的女儿。"

"妈没事，这都是我好姐妹。"张晓丽力挽狂澜。

"姑娘家家的，说话温柔点。我不宠你？我还咋宠你，都宠上天了。快快回屋，该干吗干吗去。不干活，尽添乱。"

"你家媳妇温柔。我学不来。"优优扬长而去，把门关上。

"行行行，赶紧忙你自己事去。"婆婆说完对陈玫玫笑着说，"这丫头不懂事，你别见外啊。"

"阿姨，没事的，我和优优以前见过两面。"

"哦，是吗。这丫头，她怎么也不打声招呼。你快屋里坐。"

"没事的，我又不是外人。"心底下却怨起张晓丽来，或者说怨自己不该到人家家里庆什么生日。早知这样，不如单独给张晓丽过一个生日了，或许加上余小多，三个人在一起，总比眼下轻松多了。

"寿星，你歇着吧，我来。"陈玫玫洗干净手，把张晓丽手里的韭菜抢过来。

"妈，我最近在家，都是陈玫玫帮我打点店里的事情，今天让她来也算是对她表示感谢吧。"

"得了，咱俩谁跟谁啊。还要挂在嘴上。你的生日我给你过，我的生日眼看就要到了。你可别给我忘了。"陈玫玫看婆婆走出厨房，压低声音对张晓丽说。

"你的生日是下个月吧，几号我忘了。"

"二十号啊，对我一点不关心。李健生日哪天知道不。"

"你吃醋了？李健生日我再不知道，我还是个合格的老婆吗？我算服了你了。你的生日我记不住没关系，将来会有人记得住的。"

"将来？我们总把希望寄托在将来，可将来其实就是一个未知数。有些人又大喊着活在当下，而当下的我们，都活得轻松和幸福吗？"

"你就别感慨了，让谁听了都觉得你是个愤青。好好过每一天，想那么多干吗。"

"你老公也有了家也有了，我现在一无所有啊。我其实也想好好活在当下，可当下其实也会让人觉得沉重。"

"有心事？说说看，看我能不能帮你分析分析。"

"还不是个人问题？为了上次我妈说的去男人家潜伏，让我几天几夜睡不好觉了。我首先得给她找来一个可以去潜伏的男人吧？有吗？确

定了，确实没有。好男人都不往我这边看。"

"这个可以有啊。是你不抓紧还赖什么客观原因。好像你独在深闺，没有机会接触男性世界一样。你开那个店，接触的大多数都是男性公民啊。"

"那些男人能要吗？晓丽，我有个秘密一直想说。余小多和万启军两个人，是不是夫妻生活不和谐？万启军买过我店里的东西，不让我说。"

"那你还说。这是人家的秘密，最好烂你肚子里。"

"不是啊。我们三个啥关系？再说小多如今不是和老万离了吗，要是他们不离，打死我也不会宣扬这种事情。"

二

二十号，陈玫玫的生日准备在外面过。她没有通知会大辅，不想告诉他的原因之一就是这一天她想把时间留给余小多和张晓丽。另外也想让自己变得稍微清醒些，她知道老妈打来的催婚电话警醒了她。

"我们有多久没聚了？"余小多最后一个到的，一进酒店人还没坐下就赶紧问。

"半年多了吧？快有一年了。我看是有了。大家各忙各的，尤其你。"张晓丽对余小多说，"我和玫子倒是天天见面的。你脱离人民群众的队伍了，做事也独断专行，你说，那么大的事，怎么不跟我们商量商量？"

"什么事？我有多大的事要和你们商量？"余小多坐下不解地问。

"你说什么事？婚姻是小事吗？我们当初毕业来北京，是不是都说过，将来要好好过。在工作之余一定好好经营各自的婚姻，那时候我们信誓旦旦。人家玫子到现在是没找到另一半，她要是结婚了我也相信她会好好珍惜对方的。"

"晓丽同志。你以为墙里风景都和你家一样光辉灿烂？你家是因为有李健这样的好男人，我知道他宠着你让着你。你以为别人家的男人都和李健一样？今天你们不是开讨伐大会的吧？人家玫子生日，你能不能说点开心的？"

"我们家李健也有诸多毛病，那是你不知道。他偏向婆婆和小姑的时候，你在场啊？我只是更多的时候能站在他的角度看问题。毕竟那是他的妈妈和妹妹，换作我们是他们，我们在遇到问题的时候应该怎么做？

也许不一定有他们男人做得好。有的时候，男人夹在妈和老婆中间，也很为难。"

"小多，晓丽也是心疼你，为你着急才说这么多。你说离婚女人被贴了标签，将来日子可咋过啊。我也替你愁，你要早和我们商量，我们俩都不会支持你 divorce。"陈玫玫把餐具的包装用筷子捅破，撕去。

"拜托，我是来给你过生日的，怎么我一坐下，你们合起伙来攻击我？再攻击我立马走人。上学的时候就你爱说教，就你有理。"余小多的脸色不是太好看。

陈玫玫和张晓丽对视一下，不说话，陈玫玫喊服务员上菜。

三个女人默默地吃菜喝酒。红酒，需要小口地呷。余小多觉得不解渴："上瓶白的。"

"小多你啥时会喝白的了？红的都不行？红的也能醉人。那就来黄的，啤的我们俩也能陪你。白的没人陪。"

"不用你们陪。本小姐今天要醉个彻底。不过，玫子同学，今天你是寿星，哪有不喝白酒的道理？借你的大寿买醉，你可不许小气。"

"你看余小多，平时那么端庄，怎么在酒精面前就原形毕露。"陈玫玫笑着说，"喝就喝，谁怕谁。先声明，我还是喝啤的。白的沾嘴唇边上都跟着火了一样。我可受不了。"

"要的就是这种着火的感觉。生活中没有火，你活得就没有劲了不是吗？"余小多从服务员手里接过二锅头，先给陈玫玫倒上，又示意张晓丽。张晓丽说自己在喝中药不能喝酒。

"晓丽在为下一代努力呢。"

"孩子用不着生太早，四十生正好。四十岁的女人，一切都是成熟的。身体和思想。生早了，一旦有变化，那苦痛你都无处去说。"

"什么观点呢，你把女人正常的生育年龄给推迟那么久？四十岁生，五十岁老太太了，手里牵着才十岁的孩子？别人以为是奶奶，一问才知道原来是妈。我觉得不合适，女人还是二十多岁三十岁生最合适，那个时候身体素质和精神状态都强。像我都晚了。"张晓丽接话。

"什么事情，都是经历了才知道怎么做才更对。"

"两个已婚女人谈孩子，我都插不上话了。我只有保持沉默。"陈玫玫装作不开心地说。

"你插得上，这不是在告诉你结婚以后什么时候要孩子才合适吗？你也学学我们的经验。"余小多端起酒杯示意二位，然后喝下一口白酒，

呛得眼泪要出来了。

"何苦呢？"张晓丽无奈地看着。

"就算我结婚，也得奔四十才育了。用不着刻意学经验了。"陈玫玫说。

"那正符合我的逻辑，为光荣伟大的四十而育干杯。结婚不要急，女人要看得稳准狠才能把自己嫁了。"余小多端起酒杯，又是一口白酒。看得两个女人目瞪口呆。

"小多不仅打扮得精致，连想法都格外别致。"张晓丽喝了口白开水。

"我有什么好看的？你们还这样没完没了地看我。"余小多手里转着酒杯，"没错，我就是每天要把自己打扮成精致版。精致才能让更多的人欣赏。"

"有的时候，快乐和悲伤其实只有自己知道。别人看到的表面都是假象的。小多，你就不要硬撑着了，我就不信你学会了喝白酒。你看你刚才的表情，那不是硬逼自己往下咽吗？跟吞毒药一样。"张晓丽不管不顾地揭余小多的伤疤，递给她一瓶纯净水，"喝口水润润嗓子。"

"你就不要因为你幸福，就以为别人都不幸。我过得好着呢。等我再成个家，就把暖暖接过来。我要早知道四十而育是针对一个稳定女人最真切的目标，我就等到四十的时候再生暖暖。"她这话让人听了心碎。"可我又感激我家暖暖让我早早当了妈，体会妈妈的幸福。为幸福的女人干杯。"余小多把余下的白酒全倒进口腔，辣得嘶嘶哈哈的。

三

"余小多，你不能再喝了。不会喝，逞什么能呢。"张晓丽抢过余小多手里的酒瓶。

"张晓丽，你竟然敢抢我的酒瓶。当初你在学校的时候就在我和陈玫玫面前充老大，我都让你那么多年了。现在到社会上，这么大岁数了，你还想当老大？拿来，给我。"余小多不管不顾地抢过酒瓶。

"玫子，我去结账。"张晓丽起身。

"不行，说好今天是我请你们，你坐下，我去。小多，再来点什么吗？"

"不用了，再来瓶酒就成了。二锅头。"

"真是找不自在，你说你一天优雅成那个样子，今天怎么变成这样呢。这半年的光景不会把你给改变得如此不堪吧。"张晓丽对余小多的行为举止已经忍无可忍。

"怎么了？我丢人又不丢你的人，我喝醉我头疼我活该，关你什么事？"余小多继续给自己斟酒。忽然她愣住了，愣的同时，正襟危坐。把视线从门口收回来。手里依然在倒酒，却变得安静下来。

顺着余小多的视线，陈玫玫和张晓丽看到一男一女走进来。女的稍微胖一些，男的高大俊美。男的皮肤很白，一看就是小白脸那种。她们俩看余小多不说话了，只顾喝酒。两个人你看我，我看你，不知道究竟其中有何原因。

"小多，我们还是回去吧？我谢谢你和晓丽来给我祝寿。"

"玫子。咱俩这么多年的交情，从学校就开始。你知道我的为人，我从来没有像今天这么狼狈。"余小多拎起那瓶二锅头向角落走去。那角落桌子旁坐着刚刚走进来的一男一女。女的正捧着菜谱点菜。

"徐舟，咱们喝个？我有几天没看到你了？你数过吗？二十二天，整整二十二天，你去哪了？"余小多把二锅头使劲放在桌子上。

徐舟往鼻梁上方推了推眼镜框，收回眼光看了看身边的胖女人。

"老公，她是谁？"胖女人发问。

"你还怪富有的，你还有老婆，你还是老公。可我呢？我曾经是老婆，将来也是。可现在不是。我老公呢？"说到这里，余小多使劲往回憋着眼泪。事后，余小多想，这一天这种场面，实在不该在她余小多身上出现。她觉得丢人，可当时她无力自控，她想要是没喝那些白酒，或许她还能理智看待在同一家酒店相遇做食客的这巧合的一次。这责任不能全怪徐舟，假设没有这个男人的出现，她肯定也不会和万启军继续生活下去了。也已经丢失老婆的身份。那样的家庭，她无论如何是回不去了。

可眼下，她必须怪徐舟，而且怪他一下子就消失了这么多天，打电话，总是装作信号不好，听不清楚，甚至接通了话也不说就给挂断。这让平时在众人面前格外优雅随时做主持人或者电视直播的余小多，无论如何是优雅不起来了。

离婚之前，万启军给徐舟结了装修款，但他对徐舟和余小多的关系只字未提。让人奇怪的是，结完以后，徐舟竟然一下子就从人间蒸发掉了。这让平时三天两头就见面的余小多近似于崩溃。这之间徐舟也给她发过短信，让她给他时间，他需要和老婆好好谈，老婆一哭二闹三上吊，他已经扛不住了。他说她会继续冷淡她，让她主动提出离婚。当然，这需要时间，这才是考验每个人耐力的关键时刻。他告诉她，在他离婚这段最艰难最特殊的岁月，余小多千万别联系他，别让对方发现他有外遇而离起来更加艰难。

余小多已经忍无可忍，她在看到徐舟惊慌失措的同时，听他在对她老婆说这女人一定是喝多了，是个疯子。拉着老婆就往门外走。余小多没有追他们，她把手里刚打开还没喝的二锅头使劲往桌子上砸去，瓶子碎了，酒香扑鼻。

陈玫玫赶紧拉走余小多，张晓丽买单。三个人在离开酒店的那一刻，先前后面的议论之声渐渐断去，人们对这种事情不感兴趣，仿佛这样的事儿太司空见惯了。只有陈玫玫心底在扑通通地跳着，她现在才明白，余小多是有了外遇才离婚的。再想想自己的身份，就更加灰暗不明。

张晓丽说："我带余小多回家吧。"

"别了，你们一大家子人，你怎么伺候她。还是让她跟我回去。"陈玫玫给司机指路，"晓丽先送你回去，然后我们回我的住处。"

四

陈玫玫租住的是公寓，三十几层，带电梯的景观房，北面可以看到一大片公园，敞开式的，有闲情逸致的时候可以到那里走一走，体会一下身在城市里的那种乡村感觉。看着高大的余小多，陈玫玫心想幸好有电梯，否则她都不知道自己一个人怎么把她给运上去。

看着余小多歪在沙发上睡去了，陈玫玫一下子从忙碌回到轻闲。这才想起先前临出酒店的时候，会大辅给她发过短消息，当时没有时间看，现在赶紧拿出手机，看到会大辅一共发了两条，说是晚上来接她一块儿去吃饭。她回复他家里有客人去不了，会大辅嗅觉伸长问她是男是女。她冷冷地看着手机屏幕，没有回复他。

没多久，电话打了过来，陈玫玫轻声地告诉他朋友喝多了在睡觉，不要把人家吵醒了。

会大辅不开心地问："怎么不回短信，问你是男的女的。"

陈玫玫来了脾气，跑到厨房大声说："男的女的关你什么事？我为什么非要告诉你？你是我的什么人，管得这么宽。"

会大辅把画笔甩到一边："我怎么管你了？我不就是问问吗？我关心关心你不行吗？我不能问吗？你干吗发这么大脾气，谁惹你了。我又没得罪你。"

"你。是你惹的。"陈玫玫挂断电话，她想如果自己现在铁下心来和会大辅一刀两断，如果能做到就最好了。

还没返回卧室，电话又响起："你到底怎么了？明明今天过生日，我只是想短信见个面，给你过个生日，你连说这话的机会都不给我。"

"你怎么知道我生日？我又没说。"陈玫玫的心忽地又一软。

"我看过你的身份证，上次你让我帮你打印，我记住了。说吧，晚上准备让我给你做水煮鱼，还是我们在外面吃？"

"不用了，我们都吃完了。刚回来，朋友都喝多了。"

"谁？"

"余小多，以前跟你说过，帮我去买家城市取证的同学。她今天有心事，把自己喝醉了，现在就在我这睡觉呢。"

"那怎么办？我很想给你过生日啊。这可是我们相识以来第一个生日，很重要的。"

"不用了，有你这份心就够了。以后又不是没有机会。"说完这话，陈玫玫禁不住在心里打起自己的嘴巴。自己怎么可以和会大辅拖延太长的时间，对自己对他对另一个女人，无论对谁，都不公平。"我挂了，她醒了在喊我。"

挂断电话，陈玫玫傻愣愣地看着窄小的厨房。就这样一个小厨房，都要两家来使用。人家小两口就算还没结婚，那也是名副其实的恋人同居关系，总是有未来的。而她和会大辅哪里有未来？她根本不可能邀请会大辅来这间小屋里和她一起生活，他们无法共同面对未来。

余小多睡得香，一只手搭在旁边的茶几上。陈玫玫走进卧室，都没能把她惊醒。看着她的睡态，一想到她平时做事的谨慎，陈玫玫怎么也无法相信刚才在酒店的会是律师余小多。

她兴许也是弦绷得太紧了，今天彻底放松下吧。想想也是真难为她了，陈玫玫无法想象一个女人被标上离婚的标签将来还怎么面对身边的亲朋好友和同事。她不得不想到会大辅的妻子，那是一个非常朴实的女人，穿着不时髦，很休闲很简单。那些照片她趁会大辅不在家，每一张都细致地翻阅了。

照片里有好几个女人，有会大辅的姐姐和妈妈，还有他们十岁的女儿。会大辅的老婆显然还挺会做媳妇的，爬山下水的都搀着婆婆，生怕她摔了磕了碰了的。就这样一个爱家的女人，留守在家等着自己的丈夫做北漂闯出一番天地来，她对他如此信任，可他却另有所爱。

她觉得是她对不起那个女人，跟会大辅无关。是自己勾引了他，如果自己不总是要求来他的画室，不跟他过多亲密接触，他们怎么可能走得这么近呢？就算当初小曼说的，说会大辅可能看上她了，如果她不愿意，他又怎么可能和她有进一步的发展？

<h1 style="text-align:center">五</h1>

想起小曼，她才想起明天早晨要早早去店里，小曼前几天就提前告诉她后天和会大辅要参加美术馆开馆仪式，她需要陈玫玫为她美甲。美术馆在宋庄，离她不是太远，她想自己也要去，不冲会大辅冲小曼也要去的。

"姐，你一定要去啊。这可是我第一次参与行为艺术。"

"好啊，我一定去。"陈玫玫早早就答应了她。

但是陈玫玫心里没谱，不知道她所说的行为艺术，她要怎样献身。是把自己关在笼子里，还是像前不久看到那种裸身给众人看的这一种。那可真是为艺术奋不顾身的献身啊。前些天，她和会大辅弄到两张内部票，也是在宋庄，竟然是一男一女两具裸体现场表演性爱，这让陈玫玫大吃一惊，恨不得立刻逃走。身体却僵硬在那里，不能动弹。

现场没有出现哗然的场面。每个人都如同君子，安静地欣赏着眼前的艺术品。会大辅说他们只能算作是艺术品。你不能说他们丑陋，你不能因为看到他们在表演就单纯地想到性。

"会大辅，以后这种活动，你就不要带我去了。我看了真恶心，他们有伤风雅。我看到小动物这种行为我都要绕行，如今两个大活人，不顾廉耻，大庭广众之下公然裸着表演性交。这叫什么行为艺术？这纯粹是垃圾。最肮脏、最肮脏的垃圾。"

"这种东西看你怎么理解了。不过，他为此也付出了惨重的代价。"

"我真是难以理解他们的行为。"

后来陈玫玫才知道，那个组织策划本活动的男人，第二天就被警察

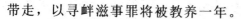

带走，以寻衅滋事罪将被教养一年。

　　"太张扬，不知羞耻。这就是低等动物的行为。"她还记得当时说到这里，一想到和会大辅之间的关系，自己马上就变得低迷了。情绪变得极坏，恨不得赶紧抽身离去，离开会大辅。偏会大辅轻轻地一碰触她的头发，就又一度地让她沉醉其中。

　　在陈玫玫眼里，为艺术献身也得有个底线和尺度。她当时还问过他一句话："如果是你，你会这样献身吗？"

　　"我不会。而且我还不至于世俗到希望哪个名家来请我做枪手，买我的画署他们的名，我鄙视这种行为。我身边有太多这样的例子，他们画国画，被大批的拿走，署上名家的名字，当名家的作品销售。其实，他们也痛苦，谁不想自己的作品署上自己的名字？那可是自己的辛苦换来的。相当于女人生下自己的孩子，偏偏在上户口的时候却换成别人家的姓被别人抱走。只是未成名之前，真的很难。你至少还要交房租，还要吃饭。"

　　"艺术圈子原来这么复杂。看来，我还是经营我的淘宝，给小姑娘们美美甲，做普通老百姓就这样了此残生算了。"

　　"看你说得悲观，还了此残生，你才多大啊，就这么说话。"

　　"难道，我还不老吗？我还结婚吗？"

　　"在我面前还敢说老，结啊，为什么不结？"

　　陈玫玫不想和会大辅探讨这个话题。但她忽然有个念头："如果我不结婚，只生个孩子，做未婚妈妈也不错。我喜欢小孩。"她其实想问，"和你结婚吗？"她也清楚，就算会大辅答应，她也绝不可能。她受传统教育的影响，绝不破坏别人的家庭。眼下算不算破坏？她迷茫地问自己。

　　"我同意。"会大辅嘿嘿地笑着。

　　看着会大辅的笑，陈玫玫浑身抽紧，这笑让她恐怖。她想你再笑，我也不会和你生的。可是，我和谁生呢？和一个未婚男？那我还是先找个未婚男和他先结婚吧，然后再生孩子，让恋爱、结婚和生孩子变得顺序正常化。两个人一块儿养孩子多好呢。想到顺序化，陈玫玫禁不住看看身边，未婚的同居，同居以后才结婚，结婚的时候早就怀有身孕，当年结婚当年就生孩子，所谓当年的媳妇当年的娃，有的根本就逃避自己未婚先孕，偏说自己孩子早产。

　　一切还是顺序化的好，陈玫玫不禁感慨着。人还是起床以后，从小背心或者胸罩穿起，再套上外套的好，人还是穿着衣服好看。一想到那天下午会大辅裸着身子经过院子去卫生间，就有一丝的不舒服。那个房

顶的农民工不知道看到没有，但愿没有看到，不然人家真以为宋庄的画家都是疯子了。

胡思乱想间，余小多说起梦话："暖暖。宝贝。妈妈想你。妈想你。"然后翻了个身，那只搭在茶几上的手转移了方向，搭在腿上。毛巾被掉在地上，陈玫玫捡起来重新盖在她的身上。心底一股辛酸，没妈的孩子多可怜，每天都不能看到妈妈。妈妈每天都不能见到孩子，更可怜。要是早知道有这一天，还生这孩子干什么？难道，人生下来就注定是到这世上受苦的？

陈玫玫给自己倒了一杯葡萄汁。想歪到床上去，又觉得对不起余小多。其实刚一进屋她就让余小多睡床上去，当时余小多也不理她，直接扎到沙发上去了。眼下自己睡到床上，恐有怠慢客人的嫌疑。索性伸伸胳膊抬抬腿，做做运动。

自从和会大辅在一起，自己每天坚持的运动都减免了。有工夫两个人就约会，除了吃饭就是亲密。再没有其他事情可做。现在运动起来才发现每天的日子过得有多么单调，尤其和会大辅之间这种没有将来的接触。余小多让她看得更清楚，做男人的情人是没有前途的。何况自己根本就没有取代会大辅老婆的想法，应该说自己前生今世都没有想过要做什么男人的情人。那自己现在又在做什么？陈玫玫开始鄙视自己，并为自己深藏在内心的那个软弱那个小而哭泣。

她准备好好梳理一下最近的问题，看看究竟自己都错了在哪里。偏又接到老妈催婚电话，让她潜伏潜伏再潜伏。陈玫玫的脑袋一下子就大了。末了，老妈说，你生日老妈不在身边，让会大辅多做点好吃的。"男人，就得操练的什么都会做才行。不然将来结婚有你受的。"然后说就你这厨艺，也该好好学学了。

她苦笑一下，老妈不让她婚前同居，还这样命令自己享受男人无微不至的伺候。不知道她怎么想的。无论什么事都是有所奉献才有所收获，就算她奉献给会大辅自己的一切，可她今天是绝对不可以享受他的水煮鱼了。

第十二章　我们都是罪人

一

　　美术馆开馆那天，会大辅和小曼都去了。陈玫玫没有去，她在接到会大辅电话的时候说，她妈来了。会大辅听了，说那我还用过去吗？陈玫玫说不用，等电话吧。她这样说的目的有两个，第一是老妈如果倾情逼问，她实在找不到别的男人给老妈当女婿，那也只有让他继续代替了；第二是真话告诉老妈，自己如今没有可以适合结婚的对象，如果问到会大辅，就直说上次是替身。以免被老妈逼着去潜伏。

　　她是真没想到老妈这次以这么快的速度又从老家杀到北京来。

　　"我说过的话，你们听到没有？记到心里没？回他老家了吗？"

　　"妈，我哪有时间啊，刚才你也不是没有听到，他打电话过来，今天美术馆开馆，他们都去了，本来我也是要去的。"陈玫玫这次倒没撒谎。

　　"你去干什么？和人家工作有关，和你工作又没关系。"

　　"谁说没有，会大辅老师的女儿这次也去了。她是手模，总在我这做美甲。老妈，你的手指甲我帮你润润呗。"

　　"不用，我老天巴地的了，还折腾它干吗，又不是人家小姑娘。言归正转，你们说好什么时候结婚没有？你至少要在结婚前去他家看看，别等日子定了，连人家门的方向都摸不清。别到时候自己亏了，把你卖了还在帮人家数钞票。我跟你说啊，陈玫玫。到那个时候你后悔，那后悔药可没处买去。"

　　"妈呀，我都多大了，怎么也是三十多岁的人了，还这么管我。"

　　"你啥时候在我眼里都是小孩啊，再说没结婚的就都不算是成年人。"

"那我还是赶紧结吧，省着没事老来看着我。我就奇怪了，前几年也没像现在这么看着我。"

"那时候不着急，现在再不急着结婚，那还往哪嫁啊。我看不行回老家算了，守着妈也踏实。"

"嫁嫁嫁。能不能说点别的，我听了耳朵都出茧子了。我不回。"

"把会大辅喊来，今天我就是来跟你们商量结婚的事。我容易吗我，我真没法儿说你闺女。这种事你不让他主动找我们，还让你妈我亲自来审问。"

"妈，人家这几天都在美术馆搞展览，哪有时间来接待您啊。来之前也不说先打个电话，换个时间再来多好。人家又没有分身之术。您又不是不知道，男人是以事业为主的。再说，美术馆又不是天天新开业。"

"抽空。我不信他一天都泡在美术馆里。如果这样，那就没把我这未来的丈母娘放在眼里，这样的男人你还能要吗？这样我还更不放心走了。真要这样，你趁早跟我回去，省了我一趟趟来回地跑。"

陈玫玫这下傻眼了，就算想和会大辅分清界线，看来眼下时间也不对。会大辅不来是不行了，不把老妈骗回去，她都不知道自己怎么过以后的日子。

她给会大辅发了短信，让他在闭馆以后抽时间来一趟，说老妈让她和他定婚期，他不出场，老妈就要把她揪回去。

闭馆以后会大辅就赶到陈玫玫的住处，他似乎比先前还显得拘谨，这让陈玫玫觉得奇怪。两个人亲密到那种地步，怎么还会这样呢？想必他因为太清楚他们之间尴尬的关系。心底不免又是一阵悲凉。

"小会，我这次来呢，是想听听你的意见。"

"妈，结婚又不是他一个人的事，您问我不就行了，干吗追问人家。"

"你歇着。你一个姑娘家的，你也好意思，结婚这么大的事，我不问他我问你？"

"阿姨，我，我和陈玫玫最近也准备商量这个事呢。"

"准备？就是还没商量吧。那好，今天你给我个准话。都老大不小了，不能再抻了。玫子要是回老家，不愁找对象，不信我就给你看看我带来的照片，一大把。一个比一个看着顺眼不说，工作也都好着呢。"说完，就把手伸向皮包，终究是没有打开。

"好了，妈您就别逼问他了。他都跟我说了，我要嫁马上就能娶。可妈，我现在不想结婚。你还是赶紧回去，过几天我们就去他们老家，

给你一个准信。潜伏。"

看自己的女儿这样说，尤其是在男友面前这么说，她也算心里踏实些。

"阿姨，您看您想去哪里玩，明天我和陈玫玫全程陪您。"

"不用，我陪就行。展览还有好几天，你还是过去跟着，别有事找你又找不到。那个小曼的行为艺术，怎么样，成功吗？"

"还行。不过，后来老师来了，把小曼带走了。小曼也挺难过的，不能为理想活着。老师说把谁放在笼子里展览都行，他的女儿绝对不行。"

"对于行为艺术，我也不懂。不知道他们怎么想的。小曼主要不就是展示她的指甲吗，怎么又进笼子里了？"

"依我说啊，搞艺术的就有点疯癫。小会，你还是离艺术远点，不然麻烦。"转头对陈玫玫小声说，"什么眼光。"

"妈，人家画画，人家又不是行为艺术家。"心里底气不足，无论如何，眼前的男人是自己的伪男友，但他是自己真真切切的床上男。怎么想她都觉得悲凉，但她愿意为他说话。

老妈走以后，还是和他断了吧。断得越彻底越好。可她怎么为自己这段感情画上句号，她的投入也并不虚假，她试图在他身边的时候，关注他的胃，不让他空腹喝茶。她在的时候，他就懂得把窗子打开，让和风吹进卧室，让房间有一点暖意温馨。不再有阴霾的味道。

她狠狠地想，就让这段不正常的感情画上句号吧。

二

自老妈回去以后，陈玫玫决定第二天相亲。这个男人就是上次被她拉黑以后，还固执地把她加回去，以为是被他弄丢的男人张平风。

其实，这个晚上陈玫玫觉得自己特别冷。会大辅知道陈妈回去但并没有告诉他以后，他执着地说要过来找陈玫玫。陈玫玫说你不要来了，我的女友在这里，没办法和人家解释。陈玫玫想着怎样跟他说分开的事情。

当时她发着高烧，坐在电脑前，浑身颤抖。天很热，可她很冷。这么热的天，她竟然穿着厚睡衣，还觉得冷。可她不得不给自己分配任务，围城内风景并不是特别美，可她知道张晓丽和李健生活得还挺幸福，这

征　婚

就够了。那天余小多酒醒以后，她撕下了精致的伪装对陈玫玫说，离婚以后，她过得并不顺心。

陈玫玫相信自己将来如果能有一份婚姻，一定好好把握、珍惜。自己如今走了弯路，就让这一场感冒发烧烧死自己脑子里的有害病菌吧。她不想吃药，固执地坐在电脑前，她至少要让自己老妈满意，不再为她费心。等自己有了家以后，老妈她也就省心了。现在，她只能这么想。仿佛这样，她离开会大辅的罪责就会减轻很多。

想想老妈都有白头发了，再不能让她为自己操心。不知为何，她想起了小曼，原来她们都不能为自己活。不禁感慨万千，好在自己算是为自己的理想而活着，比小曼稍嫌轻松些。但是婚姻大事，老妈总想把中命脉。想想自己何尝不想拥有一份稳固的婚姻呢。那只有继续像先前那样加入相亲行列当中了。

有一北京男，给她发了好几封信。看对方很诚恳，她也就回了一封，告诉对方自己是外地人。最后一封信看到对方留了联系方式，想想就加上了好友。其他几封信她都没回，看时间不是最近发的，她想还是联系最近的吧。时间久远，没准人家已经找到了另一半。

男人在线。说了几句话，陈玫玫就不想继续说下去，说我们再选个时间吧，今天感冒特别难受。对方告诉她，他在大羊坊村有一处平房现在面临拆迁，拆迁以后再分房是要按人头补面积的，所以他现在要赶在拆迁前赶紧结婚。如果和陈玫玫有缘，他们可以立刻领证结婚，但是必须要签个协议，分得的那份房产没有她的份。但是结婚以后，可以为她办北京市户口。

陈玫玫想，我还是吃点药躺床上睡一觉吧，这样硬撑着，太伤身体。她觉得自己大脑如同糨糊一样，什么思想都没有了，就算什么也不能想了，但她还清楚地知道刚才这种男人她是坚决不会接受的。她可以没有房子，也可以没有北京户口，但她一定要对方真诚，以爱情为基础再去谈婚论价。

"TMD，北京市的户口就这么值钱啊，值得我牺牲自己的爱情和青春的尾巴去得到？"陈玫玫在心里骂了一句。

想想自己还真是只剩下了青春的尾巴，再不抓紧点，还真像余小多说的，要赶在四十去生育了。她喜欢孩子，婚后一定要给对方生个孩子的。还真不能等到四十当妈，五十孩子十岁，自己岂不是老太婆了？算了算了不想了，陈玫玫躺下睡不着，胡思乱想着。

她梦见自己被一个女人追赶，在她走投无路的时候，看到前面有一个池塘。那池塘，她看着极眼熟，分明是老家后面的深潭，那里面曾经淹死过不止一个人。就在她被追得马上跳下去的时候，忽然醒了过来，这时她才发现自己满头大汗。

三

她拼命想着梦里的女人是谁，那女人披头散发，那眉眼又似乎是见过的。搜索记忆，她终于明白，那女人是会大辅的老婆。她为什么追她？陈玫玫不解，自己要放手了，自己发誓从来没有想过抢她的位置。就算不抢她的位置，她也分享了会大辅给她的部分爱。她骂自己是罪人。

出了身汗，觉得好多了。可是精神状态一点也不好。看看时间已经接近上午十点。这是她第一次这么晚了还没去店里，手机也处于关机状态。也不知道淘宝店有没有人订货，有订货她还要告诉厂家发货，或者亲自去取。也不清楚美甲店有没有顾客。无力地打开手机，看到几条短消息。

其中有会大辅的，也有张晓丽的，她先看了张晓丽的短信，告诉她今天她去店里上班了，怎么不见陈玫玫的影子，衣服也不帮她卖，有顾客来美甲也找不到她人。打了几个电话都打不通。问她是不是要罢工。

会大辅的短信里告诉她，他要见她。如果怕他去她那里遇到女友，那她必须到他那边去。

没有什么是必须的。陈玫玫摸了下额头，出汗以后，头清醒多了。没有昨天那么沉重。两个人的短信她都没有回。她只想一个人静一静，理理头绪，最近有点乱。而且不是一般的乱。她一边慢腾腾地爬起来，一边摇了摇那个每天呼叫她起床的闹铃，好像今天它没响。或者响了，她实在是被追得紧，没有听到。

一想到会大辅短信里说让她必须到他那边去，她感觉到了他的那种霸道。他凭什么呢？他又不是单身，他又不要娶她。而她，从来没有打算嫁给他。或者，也想过嫁，却又不忍心拆散人家的三口之家。

会大辅终于忍不住找上门来。这时已经日落黄昏。看着找上门来的会大辅，越过会大辅身后的窗玻璃，看着外面近似朦胧的傍晚，陈玫玫想他们的感情也就局限于日暮时分的苟合吧。想到这两个字，她直想抽自己的嘴巴。到底是自己的哪根筋，搭错了位置搭到了会大辅身上？

　　隔壁小两口都在家，陈玫玫不想在这里和会大辅有任何争端。她提议离开这里，到外面转转。会大辅建议在外面吃晚饭，陈玫玫说吃过了。女人吃过了，男人就说那我们要点肉串，喝点扎啤。陈玫玫说在吃药，什么也不想吃，但她可以陪他。两个人就这样坐在街头大排档，谁也不知道他们的心思在哪里，肯定不在眼前的饭桌上。

　　那是一只烤鸡翅，其实陈玫玫也饿了，就不客气地吃起来。会大辅看到陈玫玫肯吃东西了，心下就激动起来，以为先前不知道因为什么生气的女子现在终于又恢复了正常形态。这就好，他开始给她讲笑话，所有的笑话都特别好笑，可陈玫玫一个笑模样都没有。

　　"你到底怎么了，是不是有心事？是老妈给的？"

　　"算你聪明。是她给我的，所以昨天我就病了，病得很重。越是这么虚弱的时候，我越觉得自己万般无助。"

　　"明明昨天要见你，你偏说有女友。那你病了你不告诉我你告诉谁？"

　　"你不是我的，你终究是要离去的。不如我先离开。"

　　"你瞎说什么啊。什么离开不离开的。我不想离开北京。"会大辅生气了。

　　"你是不想离开这里。可你离不开你家。就像我，想来想去，我得听我妈的话。给她找个准女婿，好派她或派我前去男人家潜伏，也好知道那个男人将来适不适合跟我结婚，相守一生。"陈玫玫开始故作轻松地说着，那啃鸡翅的样子，就格外让会大辅怜爱。

　　"这么多年我已经对不起她了。不能往家里拿钱，都已经这样了，我就想翻过去。想以后好好疼你，挣了给你买最好吃的，最好看的衣服。"

　　听到这，陈玫玫的心里咯噔一声，看来，自己是罪加一等了。

　　"我们还是分开吧。"陈玫玫软弱无力地说，仿佛吃东西也没有了劲头。

　　"你怎么了？好好的怎么说这话。是不是你妈妈来，我表现得不好？"

　　"我不想让你给我太多。你应该把更多的给她们，给你的家人。"

　　会大辅不吭声，就那么看着陈玫玫，然后端起酒瓶，咕咚咚一口气把余下的啤酒全倒进肚子里。这个晚上，陈玫玫第一次没有跟会大辅走。无论他怎样邀请她。她都坚持说自己感冒没好，太难受，要回家。而且拒绝他把她送到楼门口。也不许他上楼给她熬红糖姜水。

一个人走进小区，被眼前吵闹的景象吓了一跳。吵架的人她不认识，但看样子应该是本小区的。她听出来了，是情人的老婆跑到这里来抓小三的。小三的头发很长，还是那种大波浪的卷发，挑染了好几绺黄色的。眼下这长发被怒气冲冲的女人抓在手里，凌乱着，小三没有一点还手招架之力，就这么任眼前咆哮的女人揪着。

兴许她本身理亏，就无力反抗了吧。陈玫玫这样想着走过她们身边，回到自己的住处。原来，小三是这么卑贱的。无论这种另类的感情你付出多少，你都是失败者。就算你付出再多，也无济于事，最终仍会是一个遭人耻笑的下场。

四

张晓丽很久不来服装店，生意自然不好。首先没有新款服装，自然无法吸引顾客光临。再加上陈玫玫不能面面俱到地照顾她的店，这让她的生意差不多是一落千丈。

她准备守一天店，第二天去进货。偏陈玫玫这一整天都没到店里来。短信过去也没理她，这让她非常奇怪。打电话才发现手机关机。当她愣神不知所措的时候，接到优优电话，这才得知婆婆在遛弯的时候被一只狗给咬了。那狗凶猛无比，扑到婆婆身上，拼命撕咬，连主人的话都不听。婆婆因此受了惊吓，身上多处伤口，此时正在医院急诊室。

张晓丽知道婆婆有高血压和心脏病，这一惊一吓不知道会是什么样。赶紧在挂断电话之前确定好在哪家医院，锁上门打车前往医院。

优优等在走廊。从小姑子嘴里，张晓丽断断续续知道，医生还在抢救婆婆。说婆婆当时没有一丝准备，被狗扑倒了，脸上都被抓坏了。身边也没有别人，狗和主人都跑了。有个卖咸菜的小贩正好回家，看到了那个牵狗的女人，说不是这个小区的，好像在前面那个小区。

张晓丽焦急地等在急诊室门口。远远地看到李健跑了过来："怎么样，没事吧？"

"我也是刚到，优优说妈还在急诊室抢救。应该是心脏病犯了。别急。"

"别急？不是你妈，你当然不急。"优优眼神凌厉地看着张晓丽。张

晓丽不禁打了个寒战。心想自己纵是着急，看到老公跑过来，自然要劝他，可宽慰的话一说出口中，偏就被小姑子找到了漏洞。

"优优，说什么呢。你嫂子能不急吗。她这不是安慰我吗。"李健理解老婆。

"你总是帮着她。你没有不帮着她的时候，天天赖在家里不去上班，还好意思让我去上班。想让我和我哥一起养你啊？想什么呢。"

张晓丽无地自容。

"优优，你嫂子身体不好，在家休养一段日子，你怎么总是拿你和她攀比？你不好好上学，那不就得找个工作做吗？难道让我和妈养你一辈子？"

"我让妈养，我又没让你们养。你不是我哥。"优优忽然就哭了。哭得非常伤心，肩膀一抽一抽的。

"好了，优优，妈还在里面，你哭什么啊。一会妈又该怨我欺侮你了。"李健一副无可奈何的表情。

"让她看见更好。你明明就是欺侮我。我都说我这次做生意肯定能赢，你凭什么不借钱给我？"

"优优，你能懂点事不。妈在医院还不知道什么情况，你还在这闹。"

优优听到这，不吭声了。擦了擦眼睛，开始盯着急诊室。刚才她跟进去，看自己的妈已经上了呼吸机。她也急得哭过，连给哥嫂打电话声音都是哽咽的。可眼下一看到哥哥回来，就像看到了主心骨，也许想变相地撒点娇也说不定。想到这，觉得自己在这种情况下还这么不懂事的确有些说不过去。她虽是收敛了，但还不忘用眼睛剐了一眼张晓丽。张晓丽平视着她，温和地迎接了那目光。但她没吭声。优优哪里知道，张晓丽心底也是无奈地一叹。有这样长不大的小姑子，如何是好。

医生喊家属进去把病人推到病房去。李健快步冲进去，优优和张晓丽紧随其后。当他们把老太太推到病房以后，优优咧着嘴就哭了："妈，你疼不疼啊。"

老太太嘴角被狗撕破了，咧了咧嘴，疼得不敢说话。

"妈，我一定找到那只该死的狗，剥了它的皮抽了它的筋给您报仇。"优优攥紧拳头。

"又说胡话。晓丽，你知道是谁家的狗吗？"李健问。

"我今天去店里了。没在家。优优说有个小贩看到了，说狗是前面小区的，不是我们小区的。"

"这个混蛋，把人伤成这样，还敢跑了一走了事。"

医生交过来一堆单子，让去交款、取药。

"我去。"张晓丽接过单子走出病房。

老太太要住院观察一段日子，医院只能留一个陪床的，优优留下，张晓丽只好离开。她和李健在回去的路上说："这事不能就这么完了，得把那个养狗的人找出来。不仅让他们拿医疗费，还有营养费误工费惊吓费。养个狗都不好好看住，今天伤了你，不定哪天又会伤到谁了。"

"就算找到了，赔偿也有个额度。"

"赔不赔偿也要好好教育教育她。这事找小多，她最近应该没什么事。我也好长时间没联系她了，还是上次玫子生日在一块儿聚的。"

"问问吧。我这两天又要出差。看来家里的事又得全交给你了。"

"咱妈不就是我妈吗。不交给我，你还想交给谁？"张晓丽柔柔地看着自己的丈夫。李健禁不住揽过她的肩膀。

几天以后，婆婆可以说话，她自然记得狗的模样和狗主人的样子，可是现在她还暂时不能出院。张晓丽也只能凭婆婆简单的口述去寻找线索。而余小多竟然在谁也不知情的情况下远离中国，去了新加坡。谁也不知道她去那边干什么，包括万启军。拨打余小多的电话一直是关机状态，无奈之下打给万启军，万启军说余小多刚走了不到三天的样子。手机国际漫游，她怎么可能开机。她走之前，和暖暖吃了一顿饭，把行踪告诉了孩子的奶奶。

万启军得知张晓丽的来电用意，说这事交给他吧，他来办。

五

张晓丽的店刚准备继续开业，也打算第二天再进点货，想不到婆婆就遇上这样的事情。家里的事儿当然比店里的重要，何况老公李健又忙于出差，优优别看强横，关键时刻还是年龄小，不知如何处理事情。

婆婆告诉她那是一条凶狠的狗，黑色的，浑身毛很长，站起来和人差不多高。牵着狗的是个女孩子，看那女孩好像不是本地人，可能刚从外地来的，穿着打扮很一般。按照婆婆讲的情形，想找人绘制出狗和主人的草图。她想到了会大辅，于是跟陈玫玫说了此事。陈玫玫一听赶紧说不行，人家只会画手，哪会画一个人的全部，更别说画动物了，陈玫

玫说这事甭找她，她不会找会大辅画的。就算他会画，她也绝不求他。

张晓丽倒觉得奇怪了："玫子，你们怎么了？闹别扭了？不至于吧，你这不是还在给人家卖画吗？"

"要撤了。我不再帮他卖画。"

"怎么了这么决绝。像人家欠你几千吊似的。没给你提成钱？"

"你凭空想象画出来的，就能找到人家？我看未必。你不如直接去各家访问，养大狗的附近并不多见，我看到养狗的家庭，基本都是养的小狗。宠物狗。你就直接杀进那个小区，逢人就问，肯定能问出来，没必要画。"

"也有道理，可我婆婆非让我按她描述的画出来，让我一定把这家人给揪出来。她说今天咬她，明天不定咬谁呢，要是把孩子吓倒了还了得？我婆婆现在实属义举。"

"随你吧，反正找到狗和它的主人就是了。还画什么画啊。"

"我还不是听话的孩子啊，婆婆说啥就是啥呗。"

"那就另请高明。"

"小会同学得罪你了？"张晓丽还想刨根问底。

"我们只是生意上的合作伙伴，怎会得罪我呢。是我觉得他画不出来，真的。"

"好了，我去找那狗算账去了。店也不能开，你还得帮我守着。"

"就你这三天打鱼两天晒网的，生意可咋办呢。李健和小姑子就不能动身去查找？你也该好好打理你的店了。"

"家重要，婆婆重要。"

"太肉麻了，快重要去吧。我都不知道我现在啥重要了。"

"你是应婚重要，你不说前几天你老妈又来催婚吗？抓紧吧，再不抓紧，黄花菜都凉了。"

"本来就凉的。"陈玫玫不屑地撇撇嘴，"我是越挫越没信心了，大不了不嫁吧。"

"不嫁才不正常呢。女人从来到这个世界上，就肩负着很重要的使命，如果不嫁，不生育，地球上还会有地球人吗？人类还能延续吗？"

"大不了外星人侵占去。我没有你这么崇高，结个婚还有这么重要的使命感。走吧走吧，我清静一会，怎么跟我妈似的。"陈玫玫把张晓丽推出门。

没出两天，张晓丽就来店里上班了："玫子，你说竟然有这么巧的事。

昨天在医院陪我婆婆散步，她竟然看到那天牵着狗的那女孩。听说也是被狗咬了，手都花了。"

"这狗疯了，怎么连主人都咬？"

"哪里是主人啊，带女孩来的才是主人。那女人人高马大，听说那天临时公司有事，本来是带着女孩遛狗的。小女孩刚从老家来，对家里事务不是太懂，女人是带她适应适应。结果临时把狗塞给小女孩，她回公司了。想不到就把我婆婆给咬了，小孩刚来城里，胆小怕事，事后带着狗就跑回家了。也没敢和主人说，这不把她自己咬了，又在医院碰上我们。"

"他们什么意见，赔偿你们没有？"

"我婆婆知道以后，说小姑娘也不容易，就要了个医药费。按万启军的说法，不单单要医药费这么简单的。可我婆婆心善呢。"

"告诉他们把狗拴好，不然哪天被谁惦记了，小心给炖上吃狗肉。"

"那可是藏獒，都六个多月了，听说值一万多。"

"再值钱，老是伤人，也该枪杀。它犯了错误，留它何用。"

六

夜，寂静无声。会大辅的短信在宁静里尖叫。

他问她在干什么。陈玫玫看过以后不想回复，但是想了想还是回了他一条，告诉她，从今以后不要再联络。她不想生活在过去当中，她说她要嫁人了。

会大辅就问她要嫁给谁。看着这样的短信，陈玫玫就有一种气不打一处来的感觉，心里似乎充满了愤怒，说我爱嫁给谁嫁给谁，总之我这一次一定要把自己嫁出去了。从此和你毫无关系。然后关掉手机。

会大辅一夜未睡，他发了一夜短信。陈玫玫早晨打开手机，短信一条条地冲进来。看时间她知道，他竟然一夜没睡，他就那样瞪着黑夜，直到迎接黎明。她知道他一定很难受。

在"爱"这个字面前，她不知道谁更对不起谁。

一个人静下来，才发现心里更乱。

"姐姐。"一个打扮时尚的女孩推开玻璃门走进来。

"小曼？我都快认不出了，发型变了，衣服新买的吧。真好看。"

"我男朋友说我烫卷发更时尚，我就听他的了，我觉得不好看啊。"

"人长得好看，怎么打扮都好看。今天美甲吗？"

"不。我是来取画的。姐，我要四幅，您这够吗？"

"不够，就挂了这两幅，你直接去会大辅那取吧，我想以后我可能不代卖他的画了。"

"为什么？"

"不为什么。我想潜心经营淘宝店，这个染指店，能开多久都不知道。最近觉得特别累，想回家休养一段。"

"姐姐，你别不开啊。你要是不开，我的指甲以后交给谁？会大哥是不是喜欢你啊？在你这取画，你可以挣提成，在他那直接取，就少了这个环节。有的时候我也觉得他挺奇怪的。"

"不要乱说。人家是有家的人。"陈玫玫显得有些激动，"以后直接跟他要画，不要找我要了。"

"姐你生气了？我知道会大哥几年都不回一次家，他在北京画画也挺不容易的。挣点钱全搭在画上了，我可佩服他了，能为理想奋斗。你看我，这么大了，我爸还总管我。那天在美术馆我爸把我喊回去，你不知道我在会大哥面前有多尴尬。"说到这，小曼嘟起了嘴。

"这一次，我真的不管了，你直接找他去吧。这两幅可以给你。"陈玫玫摘下那两幅画。

晚上会大辅发了好几条短信过来，陈玫玫才回了一条："一想到上次去看的那个场面，现在都觉得无地自容。他们是为艺术献身，我呢？我是为什么献身？我们都该清醒了，不要再沉迷这种不雅事件当中。还有，那天你不该带我去。一个文明的人，无论他为了自己的事业付出以为有多高尚，一旦剥去衣服，那就如同动物一样。我恨自己，没有底线。"

会大辅把电话打过来，响了好半天陈玫玫才接，接通不想说话。觉得无限委屈。自己毕竟也是付出过感情的，现在要割舍也是这么疼。会大辅说别胡思乱想了，我来接你，出来散散心。陈玫玫说不去。

而会大辅已经在小区门口了，说你出来，说几句话就走。陈玫玫随意套了身运动装，走出小区，看到会大辅在马路对面的阴影里。只有走过去，才能抵达他的身边。想自己也不能喊他过来，只好穿过车流一步步挪到会大辅身边。两个人都不吭声，陈玫玫就继续往前走，会大辅在后面跟着。当他们走到一处无人的广场，才发现天已经黑透，那霓虹也不是太耀眼。城市，真的是该入眠了。

"跟我回家。"会大辅低着头对陈玫玫说。

陈玫玫摇了摇头，其实，她不嫌会大辅的卧室像猪窝，可那无论是什么窝，都不该使她再次出现在那里。尽管她也想他。一个成熟的女人用身体想自己喜欢的男人，她觉得没什么不正常。至少他们没有在大庭广众之下剥光衣服。可转念又一想，两个没有未来的人，就算在黑夜里把彼此剥光，互相熨帖，那也是尴尬的。不应该的。陈玫玫一边抵制着会大辅鼻息间传递过来的男人味，一边告诉自己坚持住。

广场很静。会大辅的自行车孤零零的支在路中间。会大辅哈哈哈一阵拳打脚踢，做起了健身运动。陈玫玫坐在椅子上，看着轮廓不清的眼前的一切。越看越模糊，仿佛在梦里。

要回去了。陈玫玫站起来的时候，会大辅抱紧她。她的手迟疑着迟疑着，在会大辅的身后不知道应该放在哪里，最终还是抱紧了会大辅的腰。两个人就这样在黑夜里拥抱着，不说话。会大辅要吻她，她终究是躲过去了。

"你找另一半，要让我帮你选。"

"好。"陈玫玫扬起头，"走了。太晚了，该回家了。

会大辅不舍，狠狠地拥抱着眼前这个女人，像要把她揉碎。

"明天你过来吧，我们一起去买菜，做你最爱吃的水煮鱼。这么久，我都没有好好给你做过饭。你想吃什么，我买什么。我生怕你像那只小猫一样，因为我这里吃得不好而逃走。"

"你不要胡思乱想了，根本不是这意思。"陈玫玫忽然觉得对面的男人怎么忽然变得这么婆婆妈妈。

第十三章 选 择

一

老妈的电话经常没完没了地骚扰她。这让陈玫玫几近崩溃，又不得不应付。

撂下老妈电话，让陈玫玫不得不再一次依赖网络。听说网站最近有一个相亲会，她看了下报名情况，大多数是八零后，七十年代的不能说没有，太少了。这让陈玫玫本想面对更多的应婚男逐一筛选的想法就这样夭折了。看来，只能一对一地找。

开始海底捞针一样地发信。凡是有眼缘，条件还行的，她就每人统统发了一封。同时也回复了别人的来信，竟然有一个开公司的老总，只是比她年龄大了将近十岁。不过人看上去相当儒雅。现在的陈玫玫已无所谓对方是否有过婚史，她想不是自己开始将就，而是觉得这样条件放宽，兴许能捞到条件更好的也说不定。心想海底捞针不容易。

让她想不到的是，这个儒雅男第一封信就要她的电话号，说这样便于沟通，因为他经常出差，不怎么上网。她当然不能给。指不定对面这人就是个婚托呢。上次她和一个应婚男见面，男人愤慨地说有一个女人跟他要电话号，左等右等没接到电话。等来的竟然是婚介中心的电话，说中心有很多条件很好的女性，等他来选。

他说自己又不是皇上，还后宫养三千，这边再三千四千地选着。他说从此以后谁再要电话他都不给了。一想到这，陈玫玫想这电话绝对不能给。一两天的工夫，她再看信件，那个儒雅男竟然被网站拉入黑名单。禁不住庆幸自己没把电话发出去。

网上水深，陈玫玫叹口气，一个字，难。要是会大辅单身该多好，想到这里，又禁不住一叹。

想不到那个固执的又把她加上好友的张平风，只要看到她在网上，就跟她打招呼，问她最近有没有时间，特别希望能和她见上一面。陈玫玫纵使渴望自己马上脱离单身的状态，也不能立刻从会大辅这段感情里走出来。她不知道要给自己多少时间忘记这一切，理顺自己的感情，再专心地投入到下一段感情当中去。

所以，她拒绝了他，但不是生硬地拒绝，只说自己这几天要回趟老家，等回来吧。张平风听说她要回老家，说我最近没什么事，你家又不是特别远，那我开车送你吧。陈玫玫警觉地说不用了。心说我坐你的车，别再给我卖了我还知道怎么回事呢。

买家赵长扬打电话过来，说自己已经在一家公司任职，最近要出差到内蒙古，不知道在出发之前能否请陈玫玫吃顿饭。陈玫玫奇怪，问他吃饭有什么说法吗。赵长扬说能有什么说法，不打不相识，要不是有这么一段插曲，他还真不一定又回到北京来。

"不会又带男朋友吧？"对方这样问她。

"带不带都行啊，你希望我带，我就带，你不希望我带我就不带。"说完这话，陈玫玫就觉得自己这话说得极其暧昧，什么叫他希望和不希望呢？他怎么可以左右她？事实上，上次会大辅带着她和赵长扬和解，表面上成了好朋友，实际他们平时根本不联系，虽然朝阳和通州相隔很近。这次请吃顿饭，陈玫玫想也没什么不可。算是答应了。

两个人选了一家火锅店。这天热得人暴躁，陈玫玫说这么热应该喝冷饮而不是吃火锅。赵长扬却说这叫以毒攻毒，越热越要吃辣，辣的不仅能减肥，还有杀菌作用。然后问她是不是不能吃辣的。"人家都说美女最能吃辣，是不是她们都觉得这是减肥的好办法？"

"不清楚，没刻意减过肥。没关系，我打小就吃辣的，从小我妈带着我在四川长大。每顿饭不吃辣反而吃不下饭。"

"那太好了。要大锅还是小锅？"

陈玫玫当然选择小锅。一人一小锅，各吃各的，谁也不到谁的碗里抢东西，干净又卫生。当然，如果是情侣或者关系亲近的朋友，一定选择大锅，你筷子碰我筷子，你抢我的我抢你的，没有彼此之分，吃起东

西才更加亲密。可她觉得是对面的人请吃饭，也不好太矫情，说随意吧。

就这一个"吧"字，让对方感觉到了什么。赵长扬看看陈玫玫的表情，思忖了一秒钟对服务员说上小锅。陈玫玫心想这男人原来也会体贴女人。

"淘宝店生意怎么样？"

"还挺好的，网购对于现代人来说足不出户，方便快捷。又省去了到店里挑选的尴尬。"

"既然淘宝店又不收费，你不如再开一个。开一个也是开。"

"再开一个我也考虑过，想过卖服装，我朋友就是卖服装的。她也有这个打算，让我在网上给注册个店。只是她最近事多，我事也不少，就搁下了。"

"服装感觉还是现场试穿比较合适。网店上买的，又不能当时试，涉及调换尺码，太麻烦。你没考虑考虑化妆品？我觉得这个挺好。我没经营过，今天想跟你取取经，等有时间我也弄个网店。"

"化妆品倒也可以，那要品牌才行。一般的化妆品销路都不太好。对了，你说你现在在搞化妆品？"陈玫玫对于男人经营化妆品，总觉得有些另类。

"我也就跑跑市场。给各地经销商铺铺货。"

"看来这种工作对于你来说已经如鱼得水了。"

"时间还不长，不过感觉这工作挺适合我的。我喜欢以一个地方做根据地，然后到处跑。怎么你没带另一半来？"

"他在家看家。你欢迎他来？"

"真羡慕你，白马王子被你网到了。我还孤家寡人一个，如今仍然奋战在网络征婚当中。"赵长扬热火朝天地吃着火锅。

"一个人有一个人的好，你看你，要是一大家子，你这种经常出差跑外的工作就不是太适合吧。趁还没找到另一半，抓紧时间享受一个人的乐趣。不比你了，我这一入围城，就柴米油盐酱醋茶的，一家大小的日子，差不多就把我沦为家庭妇女了。"陈玫玫很淑女地涮着青菜。

"女人还是居家的好。我要找也就找你这样的，开个小网店，又能照顾家多好。然后让男人在外面打拼天下。"

"打住，我可不做单纯的家庭妇女，别把我当成家庭妇女。我绝对是有职业的，我还有实体店的好不好。我天天早上离家晚上回巢，和白领黑领啥领的都没有区别，辛苦着呢。"

"你说得也是，女人要想工作家庭两不误，还真是比男人要难上加难。不过好在你把自己嫁了。你要是没嫁，我非得把你追到手不可。"

陈玫玫一声不吭地吃着菜，心想，你还是离我远点吧。"我看我要是真的再开个淘宝店，和你们公司谈谈化妆品代理，你看怎么样？"

"我们的化妆品绝对适合所有亚洲人的皮肤，而且特别适合你。"

"行了，我看你这就开始推销了。你要真没时间弄淘宝店，我来经营，你供货。或者干脆你把公司经理介绍给我，我跟他直接谈代理。"

"怎么都行，我明天走，等我回来的。"

二

陈玫玫说回老家，这话不假，可是那个挺固执的加她好友的男人张平风，自她说不用他开车送她去以后，说话就比较忐忑。总会有一搭无一搭地问她是不是已经找到另一半了。要是找到了，他就不打扰她了。

她说还没有，最近心有点累，想放一放再说。

会大辅还会发短信来，她不得不回，她不回复，心里会疼。可回了以后，又觉得这样没完没了地纠缠也不是个事儿。她想等自己彻底有了另一半，他就会死心吧。

索性跟张平风说，明天我们见面吧。张平风听了很开心的样子，说太好了，早就该见了。然后说："我们见面以后，要不要有个暗号什么的？比如你如果愿意和我相处，我们就拥抱一下？要是你不愿意，你就不接受我的拥抱，行吗？

陈玫玫想了想，答应下来。心下如果两情相悦，拥抱一下又能怎么样。何况国外的部分拥抱就是属于礼节性的。而他们明天如果拥抱了，意义却不同，那可是表示默许了的。

也许，明天是一个崭新的开始。陈玫玫这样告诉自己，也就在回复会大辅短信的时候告诉他，明天我相亲，不要给我发短信。这几天，每天都会收到他的短信，有的时候其实不想回。她不是不爱他，可她不能再继续爱他，她每回复一次，他们就让这份感情又无限地延长一次；不回他，心里面也是疙瘩疙瘩的，难受着。所以不如直接提醒他。

可事实并非如此，第二天当她和张平风见上面以后，尽管两个人并没有拥抱，但是相互感觉还都挺好的。本来陈玫玫以为这一定是个

特别开朗的男生，都说有好感就拥抱的，可见了面，他羞赧得像个大男孩。

两个人说东说西的，竟然聊得很开心。无奈在他们坐在长椅上谈话不久，会大辅的短信一条条跟炸弹一样扔过来。每一条短信都奇长无比，占了满屏不说，每条短信都意犹未尽，一条接一条，显然是打完以后，一条发不过来，信息台只好分批分次地发。

当时她没细看，但是她感受到了字里行间的辛酸，心境全没了。何况自己本来就没有相亲的心境，只不过很想有另一段感情，能让她走出现在的感情困惑。

"朋友还挺多？"

"也不是。"她不想再解释，也不想撒谎。太累了，假设一个人面对着另一个人一直戴着面具，那有多累她现在已经感觉到了。

"你要是没有事，我今天一下午的时间就都给你了。"张平风憨憨地看着陈玫玫。

"我有事也是去开店，那我过一会还是回去吧，说不定就有来美甲的。开店不像干别的，关了门人家就以为停业以后也说不定不来了。"

"那好啊，反正以后时间有的是。以后大不了我去店里陪你。"

"好像你不挣钱没有事做一样。"

"我开黑车在哪不是开呢，大不了我上门，在你店附近开。只要不去北京站，就近拉活肯定没问题。"

"我对这方面不是太懂。你确定开黑车能是一项不错的工作？"

"我来北京，先是给公司老板开车当司机，也在酒店做过酒后代驾，说真的，做啥也不如自己做得好。代驾那段日子才受气呢，你也不知道人家喝醉了嘴巴干不干净。酒后想怎么说就怎么说，真的，一般人受不了。我脾气还好呢，一直坚持干了段日子。后来一气之下不干了，自己就买了辆现代，准备长期跑活。将来养老婆养孩子。"说到这，张平风又憨厚地笑了。

陈玫玫一直想找个事业有成的，像眼前这个男人算不算事业有成？他也有自己的事做，并为之坚持，而且能养家糊口，最主要的是一个男人要有责任心，品质要端正。钱多的人并不一定品质就好，也并不一定就有责任心。陈玫玫决定和张平风缓慢地开始，慢慢地走上正轨。也许将来一切都会好。

三

"你出来，我就在大门口。"

"我不去，家里有客人。"陈玫玫回复会大辅的短信。

"只一会，我说几句话就走。"

陈玫玫想了想，如果她出去，她就又把他们之间的这种感情线放大延长了。她一想到高高大大的会大辅那双盯着她不转动的眼睛，那眼神总是让她很心碎。它似乎要洞穿她陈玫玫心底所有的秘密。好像要断定她到底是不是一个水性杨花的女人。她毫无疑问，在会大辅面前，在所有知道他们这段感情以后的人心里，都会这样看她。她一边悲凉地想着一边走进电梯，看电梯门合上，就像合上了自己的一扇心门。她明白，自己向会大辅曾经敞开的那扇门已经慢慢合上了。她要向真正属于自己的男朋友敞开了。

但她不确定或者说不敢肯定她和张平风之间的就能水到渠成、修成正果。她多想自己能够修成一段好姻缘，好让自己余下的时光真正地灿烂起来。有老公，有孩子，也有婆婆和小姑。有吵有闹，有纷争也有和谐。电梯到七层的时候，进来一家三口，男人推着摩托车，女人带着十来岁的男孩，男孩不知道做错了什么，女人大声地埋怨着孩子。

陈玫玫被这很突然的女声吓了一跳，听口音那女人是东北人。东北女人的大嗓门她以前在上班的时候就领教过，但是她喜欢她们，她们真实而不虚假，直接而可爱，爱与恨从不会掩饰。她把自己也划分到东北地域去了，承德挨着辽宁，饮食方面和东北人无异。

一家三口和她一前一后走出电梯。这个时候，她不可避免地就想起了张平风。张平风是东北辽宁沈阳人，他一定也有一大堆东北亲戚。想到这，陈玫玫笑了。

远远的，陈玫玫看到会大辅依靠着那辆自行车。这一次他等在大门口，陈玫玫经过他身边，两个人都没说话。陈玫玫往前走，会大辅在后面跟着。

越走离小区门前的路灯就越远，再走就显得夜更幽深，陈玫玫停下不打算走了。

"你今天决定了？"

"早就决定了。我们没有将来的，你不要再找我，彼此都难受。"

征　婚

"这么说，你也和我一样难过了？我还以为你什么感觉到没有。"

陈玫玫想辩解，其实她也许比他还难受。可她不想解释，如果能立刻放下，对双方都是一个好的解脱。沦陷越久，伤害越深。到那个时候，如果双方父母、家人全都知道他们的事，麻烦就更大了。

"幸好你老婆和女儿都还不知道。幸好我家只有我妈知道，我总会跟她解释清楚的。等到我找到另一半，她也许就会释然。"

"你是不是觉得我没钱？觉得我穷。你也像那只小猫一样要离开我了。"会大辅无限伤感。

"跟这有关吗？你觉得跟这有关吗？咱们之间根本上升不到谈有钱没钱结婚不结婚的话题。你什么也给不了我。"

"我明白，如果我单身呢？我单身你还理不理我？"会大辅显然急了。

"不理。"看着眼前这个男人的样子，陈玫玫的心都碎了，可她只能强硬地说出这两个字。

会大辅无奈地看着眼前琢磨不透的女人。

"那你到底要什么？"

"我不允许自己破坏任何人的家庭。我为自己以前的行为进行过无数次的忏悔。我是罪人，是我错了，你明白吗，我错了。"陈玫玫心底在大哭，可她在会大辅面前显得异常平静。"你的另一半在家里，你不要忽视这个。"

会大辅一声不吭。

"我回去了，天这么黑了。"陈玫玫欲往回走，会大辅拉着她不让走。求她再待一会儿。

"我亲你一下行吗？"会大辅有点可怜巴巴地问她。

陈玫玫没有说话，会大辅就在她的脸颊上亲了一下，那是一种格外轻柔的碰触，好像生怕把他的女王惹怒了一样。陈玫玫觉出了彼此的身份，心底惊叹着两个人怎么就从那么火热不管不顾的开始，走到今天这样陌生的地步。

"明天我想给你做顿饭。我以前一直没好好待你，总让你跟我凑合吃面条和馒头。你想吃什么我就做什么，一起去市场。"

陈玫玫的心简直被对方撕裂了。她猜出他在找原因，他竟然把陈玫玫和那只小猫划成一类，以为主人吃得差了，小猫就要跑掉了。跑到富人家里吃山珍海味去。可她不是。但是她为了满足会大辅这一心愿，她答应明天过去。会大辅看到陈玫玫点头了，竟然孩子一样开心地咧嘴笑起来。

看着黑暗里他那口雪白的牙齿，陈玫玫的心里别提有多难受。

四

答应会大辅的事情，她不能不去。算作结束吧，总要有个透骨的了断。她想还是早早去好，把晚饭提早做上，不想在夜幕四合的时候看到院子里的杂草，再想些美女夜半敲门的情节。

那丝瓜竟然长大了，会大辅要摘下来，陈玫玫不舍。说就这样吊着好看。

两个人一块儿去菜市场，陈玫玫什么也不想要，她觉得所有的菜所有的水果都了无生息，如同眼前的她一样。而会大辅热忱地奔波在这些时令蔬菜鲜果当中，他选购了好几种水果。都是本市场最好的。陈玫玫看出来，他今天有一种挥霍所有不再过明天的架势。

阳光已经西斜，天色暗了下来。远处像在酝酿着一场透雨。

"我还是不要在这吃晚饭了，你看天要下雨了。"买菜回工作室的路上，陈玫玫说。

"不怕，下也是阵雨，一会儿就过去的。你今天好好尝尝我的手艺。"会大辅一回到工作室，就钻进厨房，让陈玫玫独自在工作室听音乐。陈玫玫心底在问自己这次来这里和他共进晚餐，到底有几种意义？算作最后的晚餐吗？还是要在这次相见的时间里留下些什么？抑或是追忆曾经？

小小的厨房窗口，把所有的菜香和饭香飘到长满杂草的院子里去，忽然陈玫玫有了错觉，这多像一对烟火夫妻。她不想一个人听音乐，就工作室、厨房两头来回地跑着。偶尔给会大辅剥根葱剥头蒜，偶尔帮忙翻动锅里的炒菜。

吃饭的时候，他们又听到猫叫声。"小猫兴许要回来了。"会大辅一语双关地说着，"也许它闻到了水煮鱼的味道。"

陈玫玫不语。

"它以前可乖了，总会趴在我的怀里，让我用双手爱抚它。"

陈玫玫只顾吃饭："你还真会做，做这么多好吃的。"

"以前是没有时间，或者是没有用心。你要是喜欢，我就经常给你做。"

陈玫玫哑了。她不可能有机会永远吃会大辅做的饭。

"你说你为什么把卖画的钱一分不剩地全打我卡上？我不是说有你的提成吗。"

"我不要。"

"那是你应得的。"

"根本不是这回事，实际我并没有帮你卖过画，都是你老师的女儿和男朋友来取画，我也不知道你怎么想的。偏要从我那拿，真不嫌麻烦。"

"当初，只是想有更多的机会接近你吧。现在看来，这一切都成空了。我真没用。"会大辅大口地喝着啤酒。

"你胃不好，就不要喝了。"

"啤酒没事，啤酒还养胃呢。"会大辅根本不控制自己，喝了好几瓶。

陈玫玫喝了一小杯，就不想再喝了。她没有心情喝，外面忽然狂风大作，天阴得吓人，瓢泼大雨顷刻降了下来。

"好啊，下吧。幸好我们做完饭了才下，不然就得猫在厨房那小地方吃饭了。来，干杯。"会大辅又是半杯下肚。

"别伤了胃了，你可真是的。这么不要命。"陈玫玫把那瓶未开启的酒拿到一边去，不打算让会大辅喝了。偏会大辅又找到一瓶白的，给自己倒了半杯。

这让陈玫玫无比惊讶，以前没见他喝过白酒："你还两掺啊？这不是更容易醉吗？"

"没事，今天我就醉一回，多久没醉过了。我想醉。"会大辅的舌头都打弯了。

眼前的景象，陈玫玫忽然觉得昨天就应该想到。会大辅是心里有怨无处可撒，他也就只有借酒来抒情了。心下就不免有了一种愧疚的感觉。

风，吹得窗框啪啪地响。

会大辅的右手紧紧地抓着陈玫玫的左手。告诉她："别怕。"

五

雨根本没有一丝停下来的意思。会大辅也喝够了，晃着去开电脑。

"打雷呢。"

"没事，你怕死吗？"会大辅问完，不注意陈玫玫的表情。陈玫玫很不自然地收紧肩膀，没回话。

"我不怕。每天都有新生，每天又都有死亡。有时想自己，要是没有理想，是不是就一身轻？可我担心那会如同行尸走肉。可什么又是理想？理想他妈的就是受罪。我也想过回去过那种烟火夫妻的生活，回那个小家，可我回不去了。我也想把她们带来北京，可我又没这本事。"电脑音乐启动，是很狂躁的摇滚。陈玫玫一直觉得摇滚太过狂躁，会让人心神不宁，尤其容易被那种急迫的快节奏带入到梦似梦非的境界。想跳起来，旋起来，疯狂起来。忘乎所以。

陈玫玫不想忘记自己和会大辅的各自身份，可是看着会大辅无比痛苦的样子，心底颇有一种被触动的伤情。这曾经和她交往了才一个月的男人，仿佛此时才让她了解许多。

会大辅坐回陈玫玫身边，他的手紧紧攥着陈玫玫的手。只是看着她，不说话。陈玫玫看着他有些凌乱的头发，心底涌出一种母性的温柔，顺势松开他的手，代替木梳帮他理顺。会大辅趁势揽过陈玫玫，拉她入怀。

陈玫玫没有抗拒。他们的亲密程度又何曾只是这样简单的拥抱。就在这个晚上祭奠他们感情结束的这一刻，他们把自己所有应该糅合在一起的东西再次焚烧。希望它们能够到达一个巅峰时刻。没有谁愿意拒绝，荷尔蒙在雨夜的室内纷乱地飞舞。如同摇滚乐的鼓点，积极而带了诸多的快感，让两者欲罢不能。

两个人拥抱着走出画室，走在院子里，雨水从头到尾浇了个彻底。但谁也不想后退，一直往前走，推开另一扇门，掀开挡住卧室的那个布帘。屋里再也闻不到霉变的味道，显然会大辅每天都在开窗通风。陈玫玫的鼻子像以往一样进来以后故意吸了一下，空气里竟然飘洒着小雨凉丝丝的感觉。禁不住缩紧肩膀打了个冷战，随之打了两个不可抗拒的喷嚏。

会大辅搂紧了她的腰身，搂着她坐在床沿，把她的鞋逐一脱去，基本是半抱着把陈玫玫放到床上。陈玫玫背靠着床头，接过会大辅盖向她的被子。她暖了，终于有了温度，刚才冷得打战。

突然一声炸雷在头顶暴响，陈玫玫吓得往被子里一缩。会大辅赶紧脱掉鞋子，也钻进被子里面。陈玫玫下意识地抱住会大辅，外面电闪雷鸣："我怕。"

"有我呢。"会大辅抚弄着陈玫玫的卷发。

"院里那么多野草，晚上你睡觉怕不怕。"陈玫玫用手指摩挲着会大辅的头发。

"大男人怕什么。倒是你一个人在这里睡，肯定要怕的。万一半夜有帅哥敲门咋办？开还是不开？"

"去。"陈玫玫用脚踢了下对方的腿，"我说的是真的，院里杂草丛生，真要是半夜有美女来砸门，你可怎么办呢？她们多半是狐狸精吧？或者是披着画皮来的？"

"我哪有这好运气。就算是有，也是现在，那女子就在眼前。"

"唉。"陈玫玫叹了口气，把抚摸对方的手收回来，仰面躺着，"也许，我前世就是一只狐。欠你的人情，这辈子来还了。现在我也还完了，放我走吧。"

"不放。我怎能舍得放。"会大辅翻身扑过来，"真想服侍你一辈子，也让你一辈子服侍我。"

陈玫玫浑身的细胞都紧缩起来，像琴弦一样绷紧了。她不知道如果用一双大手会弹出什么乐章，她只知道自己像傻瓜一样的又要沦陷。她还在犹豫要不要拒绝。是就这样紧缩起来，还是把琴弦弄断，或者疾风骤雨的就让这双大手弹奏起来。

"怎么了？"会大辅觉出了陈玫玫的紧张，"别怕。"

"那把剑。"陈玫玫忽然想起上次看到的那把剑，说到这里，她无端地又收紧了身体。

"在画室放着呢。你今天怎么了？"会大辅企图用亲吻遮盖陈玫玫的胡思乱想，可陈玫玫仍然不能放松。

"我们要结束了，我们都结束了。"

"我们还没有开始。"会大辅不再顾忌陈玫玫的感受，他要用自己男人的力量征服眼前这个小小的女人。

这一次，纵是雷声滚滚、闪电不断，会大辅都没有被分心，一直勇猛直前，从未停歇过。就算隔壁有开大门的声音，发动汽车的声音，高声说话的声音，都不能干扰他。在他冲刺的时候，陈玫玫感觉到他身体的震颤，使劲拼命地推他。可是已经来不及了，会大辅冲刺完毕，面条一样趴在她的身上，一动不动。成千上万的精子，排着队冲向最神秘的子宫。

"来不及了，我控制不住。"会大辅强打精神抬起头说完，翻身躺在陈玫玫身边。

雨已经小下来，小到让人感觉不到它曾经下过。

陈玫玫吃了毓婷，事后避孕药。

第十四章　孕

一

没有顾客，陈玫玫的淘宝店打理完以后，自己愣愣地看着十根手指。指甲长长的，但并不尖，被她修出了圆润的弧度。上面涂着好看的梅花，女人味十足。

如今左看右看，怎么看都觉得它们是这么不顺眼，遂找来剪刀，把它们齐刷刷剪掉。返回身看墙上，如今再也看不到会大辅的指甲系列画。那天雨夜以后，陈玫玫发誓再也不要见到会大辅，以免管不住自己。并且告诉他，自己开始恋爱，不要来打扰她。

他很听话。却总会小心翼翼地发过来一条两条短信，问她有关她的情况。他说其实她的每件事他都想知道。可她又怎能事事如实告知。

指甲上的梅花全都被她洗掉了。裸露的是指甲原来的本色，如此难看，却格外真实。

"玫子，怎么自己又开始打扮自己了？啊，剪掉了，梅花儿也没了，怎么了？不开心？"张晓丽走过来，抓起陈玫玫光秃秃的手指问。

"没有，哪有不开心。就是对美甲这件事越来越不喜欢，我想关了这家店，干别的。"

"干吗？转行？"

"想开个化妆品店。对，现在就决定了。我就要开化妆品店，不做美甲了。"

"张晓丽。"玻璃门被推开，优优冲进来大声喊。

"优优，你怎么来了？"张晓丽反问。

　　"我怎么就不能来？你说，借你点钱怎么了，我借你钱你就要和我哥闹离婚？有本事你离啊，用得着吓唬他吗？"

　　"晓丽？怎么了？"陈玫玫赶紧追问。

　　"谁说我要离婚了？我不就跟你哥说要是再惯着你，我就不回家吗。我又没说和他离。"

　　"你就是要和他离。你把他所有的钱都存到自己卡里，店也不开，在家里静养，就等着他养你。什么都不想干，你以为你谁啊。你不干，我也不干。如今我张嘴借点钱，你竟然要说离婚。"

　　"我这不是出来开店了吗？"张晓丽尽量压低声音。

　　"你是开店，可你在家待了多长时间？我在家待着就撵我去工作。你凭什么就可以在家待着。"

　　"你不也没去吗？"张晓丽轻声说。

　　"对，我就不去，我凭什么去，我哥能养你就得能养我。"

　　"人家是老婆，养她是应该的，你以为你是谁。人家老公犯得着养你。"陈玫玫不满地说。

　　"关你什么事，要你插嘴。我是妹妹，我比她和哥哥亲。"

　　"就是惯的。妹妹咋了，妹妹也没有老婆亲。老婆是要和老公在一起一辈子的。你能陪你哥一辈子吗？"陈玫玫本来心情就不好，于是非常不高兴地说。

　　"好了，玫子。优优，我们去里屋。"张晓丽看到她们要吵起来，有点着急。

　　"怕别人听？我才不怕，我就不进去，别人都来听好了。我还嫌人少呢。"优优越发大声地说着。"我说借点钱创业，还敢威胁我哥说要离婚。有本事你离啊，光说算什么本事。"

　　"昨天你哥说你老是磨他，不然就把钱借给你算了。我的原则你应该明白，我们都是从你这个年龄过来的，我们没让任何人给我们出钱创业。是，你的钱给你哥让他结了这个婚，那还不是买房和家电了。现在大家都在一起住，不止我一个人住在房子里。咱们有话可以回家说，有必要在这让别人都知道吗？"

　　"我不怕丢人。你怕丢人你就别做这丢人的事。"

　　"我怎么丢人了？"

　　"我要是你亲妹妹，你就肯借钱了，是不是？凭什么我就不行，因为我只是小姑子。"

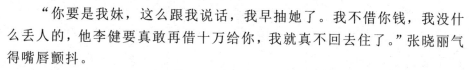

"你要是我妹，这么跟我说话，我早抽她了。我不借你钱，我没什么丢人的，他李健要真敢再借十万给你，我就真不回去住了。"张晓丽气得嘴唇颤抖。

"那好。那有本事你就别回这个家。"优优狠狠地瞪着张晓丽。

"我不回就不回，从今天开始我就住这了。"张晓丽不吵不闹，但这话似乎就收不回去了。"我又不是没在这住过，下半辈子住这又怕什么。"

优优一看嫂子以后要在这常住，那硬撑着的底线一下子就崩溃了，禁不住大哭："你凭什么呀，你凭什么要和我哥闹离婚。我哥哪点对不起你？"

陈玫玫一见这架势不好，赶紧上来劝："优优，你别担心，你嫂子和哥哥是不会离婚的。他们吓唬你呢，他们是想让你自力更生啊。"

"我又不是小孩，我用他们吓唬。不借拉倒，还拿离婚吓唬人，你以为我怕你们离。"优优眼泪流着，嘴巴却很强硬。

"你嫂子她怎么会舍得离婚呢，你都不知道她多夸你哥好呢。你看上次深更半夜为了找你，摔倒都流产了，如今想要孩子都怀不上。你不知道她有多着急。她在家休这么长时间假，其实是医生让她好好休息保养好子宫。不注意休息，怕将来连孩子都怀不上了。"

"找我？什么时候找我？"优优擦了下眼睛。

"就上次啊，上次你生日那天和朋友出去吃饭，一夜未归。"陈玫玫已经不管不顾张晓丽向她递过来的眼神了。

张晓丽急了，赶紧回头对优优说："别人不知道的，我没和别人说。陈玫玫是我最好的朋友，她也不会和别人说。"又赶紧对陈玫玫使眼色，"其实优优上次是和女友在一起，我们只是担心她们两个在外面吃完饭，怕遇上坏人。"张晓丽心想，女孩子夜不归宿，让她本人知道传这种事出去的是嫂子，不得恨死她。

"你们说的是今年过生日吗？"优优转向张晓丽，一脸无辜地问。

张晓丽点点头。

"我不知道你怀宝宝，你都没跟我和妈说。"优优眼泪控制不住地往外冲，"你要是说了，我能不理解你吗？你在家休息也该告诉我们啊，省得我一天就和你攀比。穿你的衣服戴你的首饰。其实我都是做给你看的，故意气你的。"

"不是，我是想说，可我怕你和妈心里有负担。结婚这么多年，好不容易怀个孩子又没了。我想等怀上再告诉你们呢。"

"嫂子，对不起。"优优委屈地看着张晓丽。

"哎呀，你看看你，怎么一下子变成这样了，跟我还说什么对不起的。真是。"

"嫂子你不要跟哥哥闹离婚，我最怕听别人离婚了。"优优眼泪又要出来了。

"我们怎么可能离，我还想和你一起让哥哥宠着养着呢。"张晓丽抽出纸巾递给优优。

陈玫玫看到这里，心里面暖得都不知道说什么好了。想这么刁蛮不讲理的小姑子，怎么就会开口向自己的冤家对头说对不起了。

"还真是，不是一家人不进一家门。你看看你们现在，多像亲姐俩。"

三个人都禁不住笑了。

二

张平风和陈玫玫之间平稳相处，每天除了几条短信以外，还会打一个电话给她。两个人汇报下各自都在干什么，恋爱初期，尤其这个年龄，绝对不会肉麻到我说想你你说想我的地步。陈玫玫觉得这种状态非常好，她会慢慢地了解他，让各自的爱慢慢地渗透，也让他慢慢地了解自己。

陈玫玫想这一次她一定给双方更多的时间加强了解。她尽量少挑对方的毛病，而她想他也不一定会对她有过多更高的要求。都是平常人嘛，将来挣钱养家养孩子就成。

不过，她发现就这么做普通的人也很难。张平风告诉她，和他在一起趴活的哥们被逮着了，虽说现在不兴钓鱼，但是被抓着也不轻饶，被罚了两万块。他说这哥们也是太贪了，哪去都没事，你敢去北京站？那不找罚呢吗？他就说他一般远的地方坚决不去，就在家附近转转，拉的基本都是熟客。挣得不多，也不至于饿死。

陈玫玫听得很惊险，说你们这行原来也这么不容易。张平风说可不是吗，做哪行都挺难的。咱又没太高文化，干不了别的。陈玫玫心说，你文化够用就得，你文化太高，我还有点接受不了。大家彼此差不多就行，交流没有障碍就 OK。也不知道从哪天开始的，陈玫玫找男友的价码降低了。以前，她怎么都不会想到自己如今会找一个普普通通的司机，或者说还是一个边缘司机，连北京正宗司机都做不成，因为北京的出租车司机必须是有北京户口的，而他没有。

　　他们都是没有北京户口的外地孩子，多想抱在一起取个暖。她迫切地希望，能有一个人一直和她抱到最后。中间不出一丝一毫的差错。如果这个人允许她实现这样一个简单的梦想，那么她就可以遵照老妈的想法，和他去他家，潜伏在他们家里，见识那些亲戚朋友，尤其要在他们家的屋檐下，细细地打量。爱他，也爱他的家人。尽管老妈说让她潜伏，她想，她如果爱了，潜伏只是一个幌子而已。或者是一个满足老妈心愿的一个形式。

　　撂下张平凤的电话，陈玫玫总会胡思乱想很多。偶尔还会想到会大辅，她痛苦地想要不要把当年同居三个月实际才不到二十天的男友讲给现在的张平凤，以前讲了，她觉得很失败，如今再加上会大辅，她已然觉得自己在世俗人眼里绝不是一个好女人。那么，就让它们彻底烂到肚子里吧。

　　她决定了，和张平凤不讲从前，也绝不问他的从前。只过现在和未来。她现在明白了，这不是欺骗，而在她以前的想法里，这不说出去就算是欺骗。一个三十已过的男人或者女人，谁敢说 TA 是一张白纸呢？

　　尽管她不想以此为荣，但也不愿再大肆宣扬。

　　张晓丽一大早来了就跟她说了一个好消息："优优上班了。"

　　"真的，不再缠你们借钱了？"

　　"回去以后再没说借。去花鸟市场帮人家卖花去了，说将来挣够钱自己也开个花店。她太喜欢那些花了，看到花盆里能结柠檬和金橘，就羡慕得不得了。"

　　"太好了，你们家除了小姑子，哪里都算是完美的。现如今小姑子也乖巧听话，你就好好养身体，哪天再生个小宝宝，做个幸福妈妈。"

　　"我也是这么想的。不过玫子，你个人问题咋样了？"

　　"我还不是那样？找来找去看来看去，如今相中一个司机。"

　　"人好，其他就少计较吧。没有哪个人是十全十美的，总有不足之处，没有哪个现成的大活人浑身全是优点在那等着你。李健不也一样吗，那天他要是不吓唬优优说我要和他离婚，小丫头哪敢那么咆哮？"

　　"你还真别说李健，他这一招才妙呢。他这一吓唬，这不是真把她吓着了吗。要我说，李健也还是向着你，不然，人家钱还不是说借就借给妹妹了？还用得着和你这个外姓人商量吗？"

　　"是的，这一点他还是听我的。他尽管也宠妹妹，但他也还是把我

放在第一位的。你啊，没问问司机有没有妹妹？家里几口人？"

"没有，还没到那一步，现在我们只是初步交往。过些天我什么都会问他的，暂时我还是先了解了解他本人再说吧。他要是都不适合我，我问他祖宗十八代有啥用？我是将来嫁他一个人，又不是跟他们一大家子过。"

"话可别这么说，小多和我都是你看到的。小多和婆婆之间的关系就不乐观，我呢，家里有这么个厉害的小姑子，尽管现在算是和好了。可是，多不容易啊，中间有多少不容易理解和消化的东西在捣乱呢。现在看是天下太平，说不上哪天她情绪一变，又会卷土重来呢。"

"小多这一下子就跑到国外去了，也不知道过得好不好。中国这么大地方，怎么就待不下她了呢。"陈玫玫感慨着。

"一个人，可能换个环境，会活得更精彩也说不定。"

"我就从来没有这种想法，再换也是在中国大陆换，连香港澳门我都没想过去长期居住。"

"你啊，典型的小女人，而且是那种没有远大理想和抱负的。"

"就你有，也不还是家里、店里，你再有理想能有多大的理想？我真没有大的理想和抱负，能把淘宝店弄好，再把化妆品店开的有生有色就行了。等赵长扬从内蒙古回来，我就跟他去他们公司谈谈代理的问题。"

"那个买家？我还真佩服你们怎么就说成朋友就成朋友了。没想着发展发展？"

"您打住吧，我找他？我们将来也许在生意上是很好的伙伴，可我们在成家这方面，想都甭想。也许，将来我就认准这个司机了。"

"玫子，你说我都一个多月没来月经了，会不会有了？总是犯困。"张晓丽忽然问。

"这事别问我，我没经验。买试纸试啊。"说到这里，陈玫玫才想到自己怎么月经也推迟快一个星期了。这在以前是不可能的，以前从来都提前三到五天。不禁咯噔一下，可又一想，那天夜里的失误，第二天她是补了药的。

三

张平凤隔个三两天就大老远地跑来看看陈玫玫。两个人在外面简单吃点饭，然后散散步，聊聊天。这样的日子一久，张平风就不愿意了。

"我还是搬过来住吧。"

"什么？"陈玫玫以为没听清楚，吓了一跳。

"我说搬过来，我在你附近租个房子，这样看你方便。我跑活儿在哪都一样，只要不去太繁华的地方，不去北京站。"

"哦，那也行，反正你在那边也是租房子。"陈玫玫这才安下心来，以为又碰上了像小甲一样的色男。认识没几天就要住在一起，想想自己真是够可以的，总算是虚惊一场。

"玫子，我怀孕了。"张晓丽一大早开了店门就兴奋地和陈玫玫说。

"真的，那太好了。你现在是最幸福的女人了。李健没说送你什么礼物啊？"陈玫玫看到张晓丽手里多了好几样水果，竟然有大酸杏。看到杏，陈玫玫口里不禁生津。

"他说了，生男孩就请我吃大闸蟹，生女儿就送我九十九朵玫瑰。我现在特别想吃酸的，说酸男辣女，也许我会生个儿子呢。"

"够浪漫的。要是你能生双胞胎就好了，最好还是一男一女，那你就又是大闸蟹又是鲜花。不知道有多幸福了。从此以后，你就好好享受你的孕期生活吧。"说完这些话，陈玫玫的心里也是七上八下，自己月经推迟这么久，难道中招了？想自己吃了事后避孕药，不会这么倒霉吧。

只是心里不踏实，赶紧去药房买了试纸。试纸放在包里，回家详细看了说明书又把它塞回包内。这几天心绪有点不宁，赵长扬从内蒙古出差回来，陈玫玫和他谈了网店和实体店的想法。赵长扬说北京的大商场都有他们的化妆品，至于开专卖店，那需要和公司谈。说上次忘了跟她说了，他们公司网上也有专卖，像他们个人再开网店，能否合适，这有待商榷。

这事就搁下了。

最近张平风已经搬到附近住，就算开化妆品店，也无外乎在这附近租门面。张平风每天就在小区门口等着载客，每次陈玫玫来店里都会远远地看到他坐在车里或站在外面和别人聊着天等客人。多数时候陈玫玫走过去，他看到了，就很开心的样子，双手搓着，像要搓掉灰尘再跟陈玫玫相握一样。

每次陈玫玫打完招呼就走进店里去忙自己的事。两个人很少在各自工作的时间在一起说话。只有在陈玫玫下班要回家的时候，张平风会开车过来要求送她。这里离家并不远，他送就让他送，但她从来没有让他

到楼上坐过。她想总要给彼此再多一点的时间。他搬家过来，她倒是帮着打理了一下物品，像是那个房间的女主人，可她很快就走掉了。

白天的景象此时一幕幕展现在眼前。她想早点睡，可是无论如何也睡不着，脑子里一直是试纸上的说明文字。凌晨四点她就醒转过来，是被梦惊醒的，梦里那盒试纸不翼而飞。

用凌晨初尿验证。她惊慌失措地跑到卫生间，手都抖了，手抖的结果也没有原谅她曾有的过失。那条红线格外刺眼而且非常轻蔑地看着它，那颜色越来越浓。她傻了。

"怎么会呢？怎么会呢？"陈玫玫像傻子一样一遍遍问自己，答案已经有了，再问有什么用呢？她一次次冷冷地笑话自己。

没有怀过孕，和前男友在一起的时候，她每次都要求他用避孕套，她害怕怀孕刮宫对自己身体的损伤。会大辅不喜欢用，他每次和她在一起都很听话的做到体外排精。那一夜祭奠，让他狠狠地释放它们，让它们霸道地侵占满这个女人小小的子宫。他到底要干什么？陈玫玫现在明白了，他就是在报复自己。可是自己明明吃药了，怎么还会怀孕？陈玫玫焦头烂额。骂自己早知今日何必当初。

"你是故意的，你就是故意的。"陈玫玫发短信给会大辅，充满了怨气。她发现自己如履薄冰、战战兢兢。她不知道这种事自己怎么面对。终于明白，什么叫惹火烧身。

四

"我们要了他吧。"会大辅打电话过来。

"我们要？我们拿什么要？我们怎么要？"

"你不是一直说喜欢小孩吗？"

"我喜欢，我喜欢我又没说和你生。你让他跟谁叫爸爸？"陈玫玫怒气冲冲。听到对方不说话了，才告诉自己要平静。"你陪我去医院吧，我一个人不敢去。"

会大辅答应了。可答应下来的会大辅仍然不死心，短信一条条地发过来，让陈玫玫留下这个孩子，哪怕将来说是她领养的。陈玫玫已经气得没有力气，为什么孩子生下来不知道谁是自己的爸爸，连自己的亲妈都不能认，非说是领养的？她说这对孩子太不公平，你太自私。"我就算再喜欢孩子，我也不能这样生个自己的孩子去糟蹋他。"陈玫玫觉得会大辅的逻辑思维有问题，转念一想，是不是他太不想失去这个孩子了？

无论如何，陈玫玫都觉得眼前他们要经历的事情是如此嘲讽着自己。而会大辅不管怎么设想这个孩子的位置，于她来说，都是不可取的。她已经决定，但必须有会大辅陪同，她真怕自己死在手术台上。

陈玫玫在网上查找了附近的大医院，竟然可以在线挂号。她首先问了价格，然后把这信息传递给会大辅，说医生说了有无痛和痛的两种手术方式，无痛的比痛的贵三百块钱。关于药流，她不想接受，听说过药流不彻底继续清宫受二次罪的例子，医生也这么跟她说的。

会大辅说陪他。陈玫玫把自己的银行卡也放在钱包里，以防手术台上出问题，万一会大辅的钱不够，她可是要活命的。她把密码写在纸上和银行卡放在一起。陈玫玫第一次发现了生命如此宝贵，千万不能死。

会大辅说刚把画钱交了半年房租，要是手术三百块钱，他手里还有点钱。陈玫玫知道他理解错了，说无痛比痛的能贵三百，大约一千多。会大辅就短信过来说我哪有这么多钱，刚交房租。陈玫玫一下就哽咽了，说你以为在你们老家呢？你以为你进一次医院三百就把人流做了？

无比的嘲讽。竟然还跟她说留下这孩子。陈玫玫要崩溃了。没用多久，会大辅说已经到小区门外，让她下来一趟。陈玫玫说："你不知道我有男朋友吗？你竟然还敢来小区门外。"

"我知道，可是现在的事情，我不来怎么办？你出来吧。"

陈玫玫只好出去。会大辅一见到陈玫玫出来，就立刻掏出一沓钱，递过来。

"你这是什么意思？"

"医院我又不知道什么程序，你先拿着。"

"我拿它干吗？我不拿。你是不是觉得是我在跟你要钱？你觉得这一千块够吗？一万、两万够吗？"陈玫玫讥讽地说完，眼泪夺眶而出。一边哭一边抱怨对方。

会大辅手足无措，不知道怎么安慰她。

"难道你不跟我去医院吗？"

"去啊，怎么不去。"会大辅赶紧说。

听了医生的话，在线挂号，免去第二天排队的麻烦。早晨空腹没有吃饭，陈玫玫想过做痛的，让自己痛到死才好，也好长长记性。可她真的怕疼，以前义务献血的时候，看人家往外抽血，神经高度紧张

吓得不敢看。

在进手术室前，陈玫玫把包交到会大辅手里，告诉他钱包里有两千块钱现金，有卡，卡的密码在纸上写着，并再三嘱咐："要是我出问题了，你一定要救我。"

会大辅也被她说得格外紧张，在往手术单上签字的时候，他疑惑地不知道要不要签。在他眼里，签了字他就暂时脱不了干系。他迟疑地拿着笔，悬在空中，不知如何下笔。陈玫玫说你不签谁签？我签？会大辅就问签哪，陈玫玫指了下夫妻二字。会大辅不能再迟疑了，他已经没有退路。陈玫玫看着那三个字，边走边想，看来他们的夫妻关系也只能在这张纸上体现一次。陈玫玫拿着签完字的单子给医生送过去，然后无限惆怅加上紧张地走进手术室。

刚一躺下陈玫玫就开始全身收缩。护士给她消毒的时候，她紧张地说害怕。护士说你不是做无痛的吗。她回说是，护士说无痛你怕什么。她就不响了。穿着绿衣服的麻醉师给她戴上呼吸面罩，一边和她说话一边往她胳膊上扎了一针，说着说着她就什么都不知道了。睁开眼睛以后，她问做了吗？得知做了以后，总算放松下来。可是下手术台的时候，飘忽忽的，没有一点力气，是被护士搀着走到病床旁边躺下的。

躺在病床上休息的陈玫玫，拿出手机开机，给会大辅发短信："好了。等我。"她知道会大辅也紧张，因为手术过程中身体上的不痛，让她欣慰自己这一关总算过去了，自己没死。于是，她心底的软又倾斜而来。

"好。"会大辅只回复短短一个字。不曾有过，每一次会大辅发给她的短信都是无比啰唆的，这次怎么这么凄冷？在陈玫玫眼里，这个字如同戴着面具，冷若冰霜。

五

这一个月，陈玫玫度日如年。确切地说陈玫玫只休息了两个星期，医生也是这样告诉她的，说卧床休息两周，不许碰冷水，不许有性生活……两周后复诊。躺了两周，她没有去复查。这两周的时间，张晓丽找她，张平风找她，会大辅想过来伺候她，她说这怎么可能。

半个月的时间，她谁都没见。早在去医院之前，在网上挂号的时候，她就看了有关术后的注意事项，提前买了些日后吃的东西。至少能撑几天，后几天她勉强下楼采买。也是不出小区，就在院里的食杂店里买回来。

张平风找她，先是电话，后来只发短信，他主动说她在老家电话漫游，就以短信互相联络吧。以前两个人每天都要接打电话，如今只剩下发短信了，再过几天，陈玫玫发现短信都少了，基本一天才发一条。这让躺在病床上的陈玫玫觉得有些奇怪。他在忙什么呢？想起上次张平风和她一起吃完饭，送她到小区门口的时候，非要把车开进来，陈玫玫说别进去了，又没有停车位。他就像以前一样把车停在外面，以前直接掉头，这一次没有。他说，我亲你一下行吗？陈玫玫说，不行。

其实她心里想，你亲我一下还用商量？你直接亲了我不接受也得接受了。想两个人认识也有一个多月的时间了，她觉得眼前这个男人怪听话的。而她说不行的同时，她以为对方会不听她的，强吻她，那她也坚决不会翻脸，顶多嗔怪他一下而已。

然而张平风还真就是听话，她说不行，他就没敢造次。陈玫玫下车以后走远了，心底不禁也有一点小小的失落感。但是更认准这是一个好男人，至少懂得尊重。一辈子，找到这么好的一个规规矩矩的男人，她想这是她的福分。

如今一天一条短信，让陈玫玫觉得奇怪。他一天坐在车里等活儿，也没有这么忙吧。难道？她一边打开淘宝店，回复买家的信息，一边莫名其妙地就打开了那个征婚网站，登录上去，点开张平风的个人资料。想不到不点开还好，这一点开，让她血往上涌，心跳加速。

"张平风，你现在在哪？在干什么？"陈玫玫直接打通电话。

"你回来了？我在开车啊，到物资学院了。怎么了？"张平风接了电话一阵惊喜。

"你撒谎，你就接着撒吧。"陈玫玫挂断电话。泪流满面，转念又一想，我凭什么这样要求别人？我现在呢？为有妇之夫打胎，为他坐小月子，而和她交往的这个男人还以为她回了老家。

这么多谎言，你自己本身也有谎言，你还有什么权利去要求和埋怨人家？就算他继续在网上征婚，看看来往信件，怎么了？你们又没结婚。再说你，你不也登录了吗？你不登录你怎么能看到他？如果他反过来说你为什么还在网上转来转去地看，你怎么解释？陈玫玫矛盾重重，已然不知道自己是对还是错。

张平风的电话很快又打了回来："我把乘客送到物资学院，往回走了。

还在路上。你怎么了？"

"我没怎么。"陈玫玫刷新这家网站的网页，显示张平风仍在线状态。"你在征婚网站的状态改过了吗？是正在约会还是找到意中人，还是正在约会中？"

"我也不太会整啊。以前都是小表弟帮着弄的。"

"你说实话吧，你现在不在路上，你在电脑前，而且在征婚网站，你现在是在线状态。你怎么解释。"

"啊，不会吧。我把密码告诉你，你上去看，啥也没有啊。我就是刚才出车前，小陈说要找对象，我就在他电脑上登录了一下，这都一个多小时了，怎么还在线？我登录一下给他看资料怎么填，没几分钟就退出了。"张平风有点急。

"我不管。我先歇会，有点累。我挂了。"陈玫玫挂断电话，并且关机。退出征婚网站以后很想去躺会，躺了半个月，身体虽然恢复了，但坐久了还是觉得累。关电脑之前，忽然想起什么一样，又打开那个网站，找自己的资料，这让她大吃一惊，自己果然是在线状态。可先前她明明退出了系统。

她明白了，这就是一家虚假在线人数的网站，让来找男女朋友的人一到这里就能看到很多在线寻觅的男男女女。甚至刚才给自己造成这么大且不必要的麻烦。小陈她知道，是张平风来这边以后，新认识的司机。一起趴活儿的。后来她才知道，小陈的电脑就在车里放着，用的是无线上网卡，随时可以上网。

看来，她是冤枉张平风了，心里就有了一点愧疚感。给张平风发短信，跟他说了声对不起，路上开车慢点，然后告诉他这两天就回北京。短信发出去，心底更多了愧疚。

第十五章　潜伏前夜

一

张平风非要去北京站接陈玫玫，陈玫玫的心咚咚地跳着，她说不用。说自己又没带什么东西，然后说你不怕你来北京站被人家抓到啊。

张平风就说笨笨，我是去车站接老婆，又不是拉活儿。这他们也管？陈玫玫听到这不响了，原来这么木讷的男人也会喊自己的女友做老婆。心下因为对方肯定了自己将来的身份而不禁感慨万千，一路走来，不就是希望自己将来有一个这样的身份，也好让老妈从此不再担心自己吗。

最近老妈打过几次电话，仍是催她去会大辅家潜伏。每次陈玫玫都说在忙给挂断了，她不知道怎么回应母亲。会大辅自她手术以后，一直要过来看她，可她没办法同意他。只说不行，让谁看到都不合适，自己如今是有男朋友的人了，身份和先前不一样。

会大辅只说自己对不起她，她在病床上，他却不能来照顾她。陈玫玫心里也痛，但是这次她没立刻回短信，想了很久，终于明白地告诉自己，不要再浪费会大辅的时间了，告诉他，男友知道她病了，正在这里照顾她。希望他以后不要再发短信了，以免影响他们之间的感情。

陈玫玫没有收到短信，以为他真的再也不会发短信来了，心里禁不住又一空。又脆弱又难过，这毕竟是一段自己真真切切经历过的真感情，如果对方单身，他们现在也许真的回了他的老家，潜伏在他们家的屋檐下。但是又告诉自己，这个结局是早晚的事情。

陈玫玫躺在那，一会看看天棚一会看看墙壁，有阳光照进来，能清晰地辨别出墙壁上涂料的裂纹。那裂纹竟然很像一对亲吻的恋人，那是

她和会大辅？还是和张平风？她不去想，闭上眼睛，时间久了，眼睛盯得酸疼酸疼的。医生告诉她不要看电视不要看书，她一个人没有意思，就打开电脑屏幕看剧。

会大辅还是回了一条："祝你幸福。"

看着这几个字，陈玫玫的眼泪终于冲了出来。会大辅这个男人，她还是彻底地放下了他。从此两个人天各一方，再也不相见。

她将开始和张平风真真正正地恋爱，带他回自己的家，让他潜伏；也去东北他们家，潜伏在他那些亲朋好友当中。说是潜伏，其实不过是满足老妈的愿望，她很想在找到另一半以后，认识他们家所有的人，每一个人，一个都不错过。和他们交流，做他们的朋友。因为他们都是和她老公有关系的亲人。

在决定带张平风回老家以后，张平风非常开心的样子："好啊，你说什么时候回咱们就什么时候回。我开车拉着你。"

"我也会开好不好，你开一多半，我开一少半。这样都不累。"

"就听你的。"

陈玫玫对张晓丽说："黑马找到了，我们要回趟老家。化妆品店回来再说。"

"蛮速度啊。认识多久就要带回家了？"张晓丽下意识地抚摸着那并不明显的肚子。

"不到两个月，恋爱不以时间长短论真诚度吧？两个人的关系这也算是定下来了。带回我家让我妈先审一下，然后去他家看看。接下来就可以结婚了。"

"还闪婚呢。"

"你家有这么闪的？来来去去的又得耗上近一个月吧？准备结婚还得有段日子吧？开结婚证之类的，怎么也得2012年的春节了。要是地球不毁灭，人类照常在地球上生存，我就和他结婚。1月1号，到时候你来啊。"

"我的肚子那个时候挺这么高，多难看啊？我不去，红包照给。"

"你带着你未出世的宝宝参加我的婚礼，多有纪念意义。等孩子长大了，你就告诉他，你知道吗，你在妈妈肚子里还参加过陈玫玫阿姨的婚礼呢。"

"我不，我难为情。"

"哈哈。说得跟真的似的，我只是这么想的，天知道到底哪天是我的婚礼日期。我怎么总觉得遥遥无期呢？你说我这种感觉到底是怎么回事？"

"你是不是还没考虑好？心里没谱吧？你有多了解他？你从征婚网上网来的男人，你并不能真的了解他。给彼此多一点时间。不过，他给人的感觉还挺温和，看着不错。"

"是，我也觉得他挺好的。憨憨厚厚的，找男人就得找有责任心，并且憨厚不耍滑头的。如果我嫁的男人总和你藏心眼，那我宁肯不嫁。"

"不行，就试婚。"

"我不试。坚决不试。"

"不试婚你怎么知道他到底好不好？在一起生活了，才会发现对方的优点和毛病，也知道自己能不能包容对方这些个缺点。你怎么这么传统呢？没人笑话你的。又不是没试过。"张晓丽鄙视陈玫玫的不坦诚。

"老大，你不要提这事好不好。"陈玫玫情绪波动很大，"就因为有过同居的经历，我怕我再次失败。结婚就不一样了，结婚以后，我们有了这张纸，就会细心呵护。同居没有约束，高兴了在一起，不高兴拍屁股走人。这样的例子太多太多。我受不起这样的伤害，我这年龄玩不起了。"

"随你吧。这种事还是要自己定。什么时候回去？我看你真是不想开这个店了，半个月不开，这刚开几天又要回老家。你干吗啊？"

"没办法，女人事业重要，婚姻更重要。你啥都有了，我这不是啥也没有在追你吗。我争取在两年内全部赶超你。"

"两年？我婚姻都五年了。你怎么撵也撵不上我的婚龄。"张晓丽继续得意。

"一年结婚，一年怀孕生娃。"陈玫玫开始坏笑，笑的时候心里又是酸的。一想到去流产的那一天，听到医生询问她这孩子要不要的时候，心都要碎了。

二

在回老家之前，张平风忽然说房东用房子，让他搬走，要立刻找房子才行。

"可是我和我妈说了明天回去，后天我妈过生日。要是平时就推迟

几天。那现在到哪里找房子去？你跟房东说一声，让他宽限几天，我们回来一块儿找。"

"他说他的房子今天就得收回去，明天亲戚就住进来了。东西倒也不是太多。"

陈玫玫听了就头疼："这什么房东，刚住进去就撵人。"

"当初来的时候，他倒也说了，要是卖或者用的话我就得给腾地方。"

"可也没有这么着急的吧？东西倒是不多，要不……先放我这？"

"行啊。"张平风很爽快地答应了。

陈玫玫一说完就有点后悔："从我家回来立刻找房子去。"

"喳。"看着张平风，陈玫玫觉得他倒也挺幽默的。心下就笑了。

东西不多，张平风拉了两趟就全拉过来了。搬进来第二趟就在门口遇上回家开门的小两口。女孩对陈玫玫挤了挤眼睛，然后大声说："哥哥好，玫子姐好。"张平风赶紧回应她。

晚上也只能住在这里了，两个人大眼瞪小眼。

"看我干吗？"陈玫玫问他。

"我在想，我那张单人床应该摆在哪？怎么也要凑合一宿，明天我们才出发的。要是今天晚上上路，我就不用考虑睡觉的问题了。"

"算了，那不是有沙发吗。"陈玫玫指了指沙发。"床你支上，回来还得拆。"

张平风听完这话，眼神黯淡了一下，但转瞬笑着说："对对。回来还得拆，怪麻烦的。"

夜半两个人谁也睡不着。张平风就爬起来走到陈玫玫床前，陈玫玫忽地坐了起来："干吗？跟个幽灵似的，想吓死谁啊。"

"睡不着。"张平风搬把椅子坐在她床头。

"睡不着你也别在我边上待着啊，你在这我还能睡着吗？吓也吓死了。"

"你说，你爸妈他们会喜欢我吗？"

"我哪知道。那得看你的表现了，我妈是很挑剔的。不过不怕，有我你怕什么。我妈再怎么挑，不也得我同意才行吗。"

"有你站在我前面替我这个矮个儿的挡着，我就不怕了。"

"怎么，你还想躲起来？你不正好借这个机会，审查审查我家，看适不适合你吗。大男人，还好意思让我当大个的给你挡着。"陈玫玫撇了下嘴，放松以后，顺势又躺下。

"我不，我才不审查。我看中的是你，别人不重要。"

"什么？你说我家别人不重要？"

"不是，你看我这张破嘴。我的意思是，我不用审查他们，我审查过你觉得你挺好的，这就行了。"

"你审查我？你咋审查的我？我咋不知道。"

"凭感觉。反正你这辈子就是我的，想逃也逃不掉了。"张平风回到沙发上，"睡觉啰，明天还要开长途车。"

"两三个小时也叫长途车？好，晚安。你啊，还没过审查阶段，还有待我更加用心地审查。还有你们家，我要去做卧底。你可不许提前向他们泄露我方情报，我要偷偷地潜入你们家。"

"去吧。我不怕。两三个小时对于我来说去河北也是长途，主要是第一次去，提心吊胆的感觉路长呗。说实话，我没去过承德呢。"张平风嘿嘿地笑着。陈玫玫不再接话。

月光，确切地说城市的光从窗口泻进来，关灯以后的屋里显得依然有些亮。陈玫玫知道今天应该是一个月圆的夜晚，今天的月亮应该是圆润的。看着屋里差不多是堆得满满的，想将来他们要是就租住在这样的小屋子里结婚，的确有点寒酸。自己有点钱，房价如今说是有降低的走势，可她觉得买房付全款还是太吃力。

认识张平风以后，她一直知道他是租房住，从来也就没有问过他能不能在北京买房，哪怕去郊区，再远点去燕郊，或者天津、香河。她不是对男人要求不高，但她觉得没必要刻意的非得有房有车，可如果碰上对方外在条件不高，你又觉得人家自身条件还说得过去，那你就不能苛求对方物质上太多。没有哪个人做好一切准备，就等娶你回家享受所有美好和幸福。

"睡着了吗？"张平风轻声说，像蚊子的声音一样。

陈玫玫不吭声，瞪着头顶。

"还真快。"

"什么真快？没睡着，你老说话我哪睡着去。"

"我哪老说话了？"张平风从沙发上爬起来，走到屋中间，迟疑地停下来，好像不敢往前迈步了一样。然后轻声说，"我亲你下行吗？"

陈玫玫不吭声，心却突突地跳着。

张平风走过去，蹲下来，抓住陈玫玫的手，陈玫玫缩了一下，想抽出，终究是没有抽出来。张平风把上身探过去，扳着陈玫玫的脖子，把她歪到另一面的头转过来。他感觉对方没有拒绝的意思，就去吻她的嘴唇。

他吻得很轻，看陈玫玫没有拒绝就逐渐加重力度，这个时候陈玫玫可不让了，觉得他有种愈演愈烈的状态，赶紧挣脱开。她知道，只要对方一投入，就容易出事。她现在必须在他们婚前把握好这个不越雷池的尺度，不然有她后悔的那一天。

"你，乖乖的。"陈玫玫坐起来，指着沙发床，"回到原来的位置上去，睡不睡我不管。我要睡觉了，不许再过来捣乱。"

"好。我回去。明天天亮前再不来捣乱。发誓。"张平风还是挺满足地离开了陈玫玫的床前。

俩人很快睡去，相安无事。

三

张平风的北京现代载着陈玫玫上路了。

陈玫玫的心却是忐忑的，尽管跟老妈短信里说过，说会大辅是她找的替身男友，她现在才是把真的男友带回家了。告诉妈妈别给人家使脸色，男友叫张平风。

老妈虽说也很现代，可发条短信相当费劲。好半天才发过来，说你怎么可以骗妈妈，等你回来再算账。

她不知道老妈怎么跟她算账，但总算在老妈面前平息了会大辅这个风波。她好歹也会给自己的女儿留足面子，不能在现任男友面前提前任，何况这前任并不光彩。禁不住叹了一口气，像上次和张晓丽说的一样，她已经把前任男友变成前前任了。当时张晓丽特奇怪，说前任就是前任怎么就成了前前任了。陈玫玫嘴巴不严，就把会大辅的事一五一十地说了。说到最后，把和张晓丽同时怀孕的事也给抖搂出来。

这么久，压得陈玫玫心里跟堵了块巨石一样。如今说出去以后，心里轻松多了。她已然忘了对方会怎样看自己。

"玫子，我说你后来怎么这么抗拒他，我要找他画个画你都不让，原来他和你劈腿？什么男人啊，有家的男人还在外面花。未婚女青年都不放过，他娘的，他没有好结果。"

"我知道，你最恨我这样的人了。"陈玫玫没有底气地说。

"不是恨你，我看就是这种男人管不住自己。要赖也是赖他们。有几个不是男人嗫瑟嗫瑟勾引女人的？花言巧语，甜言蜜语，总之，他们要想得手，总会施展他们吃奶的劲，看家的本领。女人才不会那么贱地倒贴。"张晓丽受不了听到有妇之夫的这种事情，一口气说了一大堆。就这样还平息不了自己的怒气，轻轻地抚拍着自己的肚子，生怕吓倒这个还未出世的宝宝。

当时陈玫玫听到这，跟吃了苍蝇一样的恶心。张晓丽的每一句话都像鞭子一样抽打在自己赤裸的肉体上，让她无地自容。而张晓丽说完这番话，看到陈玫玫的脸色不对，才清楚自己说重了，赶紧又安慰陈玫玫："不是，玫子，我不是说你。真的不是说你，我是恨这些男人。要不是他们骚包，你也不至于受到这么重的伤害。"

"想啥呢？"张平风歪过头看了一眼她。

"没什么。胡思乱想。"陈玫玫硬挤出点笑给对方。

到家时间刚好是吃午饭的时间。陈玫玫知道老妈一定是做好吃的在等他们。相互介绍一番，入座。

陈母一会看看陈玫玫一会看看张平风，一直不说话。倒是陈父总是让张平风吃这个菜吃那个菜的。陈玫玫觉得空气不是太正常，只有闷头吃饭，不吭声。

"陈玫玫，我问你。"陈母夹了口菜放进嘴里问，"你和小张是怎么认识的？"

"我们？就那么认识的啊。"

"那么认识？那么认识是怎么认识？说清楚具体点。"

"征婚网站。"

"征婚网站？"陈母的筷子很重地放在桌子上，"那种地方认识，这么短的时间。你们……"

看老妈欲言又止的模样，陈玫玫反倒不像先前那么闷着了："征婚网站怎么了？人家网站创始人还在自己家网站网到的老公呢。人家学历比我还高呢，还清华复旦的高才生。"

"炒作，这都是炒作。一个网上认识的，你也能相信？"

张平风看到母女俩说话口气如此尖锐，不知道是放下筷子还是继续吃下去。

"不是你让我抓紧时间找另一半吗？要不是你逼我，我结不结婚都无所谓的。一次次的还跑到北京去催婚，今天怎么不催？今天你催，我

今天就在家结。"陈玫玫见老妈指责自己，索性耍赖。"要不是为了讨好你，我一个人过得没准更好。"

"你这是胡搅蛮缠，越大越不省心。你看看谁像你这么大不是当妈了？还天真得跟个小孩一样，你能不能让我省省心。"陈母索性一个人回了卧室，并且把门关严。

"小张，咱们吃咱们的。她们娘俩就这样，闺女不回来，当妈的又天天唠叨天天想，到一起就掐。你以后习惯就好了。其实她妈可心疼她呢。"

陈玫玫见老爸替她打圆场，夹了口瘦肉放到老爸碗里。

"看看怎么样，我闺女这么懂事，怎么能找不到好姻缘呢。你们好好相处，爸支持。都什么年代了，既然有征婚网站，那就有它存在的理由。闺女，你说是吧？"

"还是爸最理解我。再说，我还不是为了照顾我妈情绪。天天催天天催，我就怕接她电话了。好像我嫁不出去一样。我有那么差吗？"

"我闺女最好的。不过，什么年龄说什么年龄的事。老妈说的也不无道理是不是。"

"人家这不是领回来让你们审查了吗？"陈玫玫噘着嘴。

"小张，你在北京做什么工作？"

"司机，就在住处附近小区门口等活儿。"

"效益怎么样？"陈父轻微皱了下眉头，赶紧掩饰一下，"这脆骨真硬。"

"还行，三四千块钱。"

"你们以后结婚住哪？"

"租房吧？"张平风询问的口气，同时看了一眼陈玫玫，"北京买房现在受限，要纳税连续五年以上的证明，我一直都没去上班，所以也没有纳税证明。要说买房，我倒也付得起首付。"

"没房结婚这可是个大问题。"张父作沉思状。"我就这么一个女儿，儿子也不在身边，要是你们能考虑回老家倒也行。我们自己家的房子也够大。再说陈玫玫也在承德买了一套二居室，就那两居也够你们住的。"

"爸，您说什么呢。我不回来。再说，你还要人家做上门女婿啊。真是的。"

"我又没说非和我们老人一起住，别急。你买那房子一直空着，用来结婚我看挺好。买了不住，又不往外租，你空着它干吗。再说这也是现实问题啊，闺女。别嫌老爸和老妈唠叨。你们在北京挣得也不多，再把钱用到房租上。就算你们有五年纳税证明可以买房，北京的房价是你们能接受得了的吗？贷款买房，每月还贷？你们也都三十多岁的人了，别把生活搞得这么累。不值。我活了这一把年纪算是看透了，活着轻松些，找个喜欢的工作，有个稳固的家。这就是一辈子的幸福。"

"爸，我知道我自己要什么。租房住并没什么不好。大不了去燕郊买房，那地方离北京近，又不限制。"

"我就说这么多，大方向你们自己把握。"陈父又压低声音对女儿说，"闺女，你妈昨天听说你今天回来，激动得都没睡好。你都有多久没回家住了？快去，好好安慰安慰她。别尽惹她生气。"

"不是半个月前回来待了半个月吗？"张平风接了一句，"也是，北京离承德又不远，半月时间也够长的。以后我们有时间就经常开车回来。"

陈父纳闷地看着女儿，陈玫玫怕父亲问什么话，赶紧接过去："是，我要是天天回来他们才觉得好呢。天天回来就这么接受轮番训导，谁受得了？饭都吃不好，还要不要活命了。"

四

饭后陈父和张平风在客厅看电视，陈玫玫被老妈叫到卧室。实际是陈父从卧室里出来，传了陈母的话。

陈玫玫进屋看到老妈盘着腿坐在地毯上，明摆着要和她长谈的架势。她不想坐下被唠叨个没完，后背靠着门，不再往前走。

"坐。能不能坐下。"陈母指指旁边的垫子。

"我还是站着听您训话好点，坐着不爱消化。"

"丫头。先别说这个征婚网认识的这个人，你跟我说，你半月前说回来待了半个月，到底怎么回事？"

陈玫玫知道严峻的问题来了。其实在进来之前，她的脑子就快速转着，应该怎么对付老妈这个疑问，而眼下，她并没有想起应该怎么回复她。呆傻无辜地看着自己老妈。

"说话呀，你去哪了。还有那个会什么的，他到底是怎么回事？你一次次用他来搪塞我，到底你们之间有没有事？"陈母强压着怒气。

"妈，这事我一定跟你解释，但不是现在。"

"你不解释你甭想走出这个门。就让他一个人回去。我还不信你翅膀硬了，妈的话都不听了。"

"我怎么就不听你的话了？每次打电话让我快结婚快结婚，我都要崩溃了，你知道吗？你也得给我点时间，我得找到合适的，我找到合适的我能不结吗？我身边姐妹都结婚了，我是个正常人我不急？"

"你急，你急你也不至于跑什么狗屁网站征婚吧，这上面征来的人你知道都是什么样人？你去过他家吗？你了解他吗？他家有什么人？你说呀。"

"我们打算回北京以后过几天就回他们老家，我听你的我去查他家户口。"陈玫玫不高兴。

"家门口介绍的你不要，怎么就相中北京的了。他们不也都是外地的吗？你哪怕有本事找个北京当地的，那至少了解起来也方便，左邻右舍亲戚朋友都离得不远，你了解起来也容易。这大老远的在沈阳，你要用多长时间去了解？陈玫玫，不小了，看别人不要把他们看得太简单。谁也看不到谁心里去。我真担心你。三十多岁还单纯得跟个小孩一样。"

"我这么大岁数了，您还担心个什么劲啊。"陈玫玫本来想心平气和的时候把和会大辅的事情一五一十地说出来，现在看来万万不能讲，要是说出来，老妈不得抽她筋扒她皮啊。而且那样她会更不放心她，也许这次真就不让她回北京了。可是那半个月失踪的事情，怎么让他们心里从此踏实下来呢？她恨自己想得不周，回家之前忽略了这件事情会走漏风声。

"你说吧，我洗耳恭听。"陈母表示不动声色。

陈玫玫忽然捂着肚子："哎哟，肚子疼。吃什么吃错了。"快速拉开门跑出去，跑进卫生间。

坐在马桶上，赶紧给张晓丽发短信："晓丽，麻烦来了。我带现任男友回家，他们竟然把我休息半个月的事给说穿帮了。你快给我证明那半个月是跟你在一起的？还是你有什么好办法？我都焦头烂额了。"

短信很快回复给她："就说住在我家，我刚怀孕要保胎。我家人都不在身边，你照顾我。"

陈玫玫看了头疼，回复过去："不行啊，我男友也不会相信啊。无法成立。如果在北京陪你，也没必要骗他回老家了吧。"

陈母在外面砸门："快点，我也要上。"

陈玫玫知道老妈这是来监督她了。她已经把电话调成静音，谅她也听不到："等会，马上。"

陈玫玫并不知道，张晓丽也是急得火上房，这种事情，怎么编谎也是编不圆的。一个大活人消失半个月，如何说得清楚去处？只好回复她，她也没有办法，让她别急自己慢慢想。

陈玫玫打开门，陈母见她这么快出来反倒吓了一跳。两个人对视着，一个不进去一个不出来。僵持在门口。还是陈玫玫先发话："您不是着急吗，怎么不去了？"

陈母贴着她身边走进卫生间。这一刻，陈玫玫清楚地告诉自己，只要老妈不把她没回老家的事说给张平风，她基本相安无事。想到这，她一下子就明白怎么跟老妈说这话了。经过客厅，看到两个男人在看似津津有味地看着电视，其实都是各揣心事。她对他们笑了下，对老爸做了个鬼脸，重进卧室，等老妈驾到。

陈母回来以后依然盘腿坐在地毯上，直视着自己的女儿，希望她主动交代。

"妈，我就实话跟您说了吧。"陈玫玫说到这，故意停顿了一下。

"说吧，怎么回事。"陈母慢慢地说，但却警觉起来。

"张晓丽你知道吧？她上次怀孕流产了，这次好不容易吃了好多中药调理好，才又怀上。怀上的时候每天都累，家人又全不在身边，我只好去照顾她。"陈玫玫停下来，"我照顾她有半个月啊，妈。我容易吗我。"

"编，接着编。"陈母显然不为她说出来的东西所信服。

"我为什么要编？不信您问张晓丽。"

"这话我能信吗？你照顾她有可能，可你有必要对人家张平风说你半个月不在北京，在老家？把你妈我当三岁孩子唬？"

陈玫玫一脸很无辜的样子看着自己的妈，好像小孩撒谎被当众揭穿了，撇撇嘴，马上要哭的样子。

五

"妈，您现在就去客厅，告诉张平风说我撒谎，说我根本没回家住，说我在外面到处流浪。您要是忍心您就去说。"陈玫玫开始耍赖。

"你还以为我会成全你们？我一会就跟他说去，说你根本没回家住。你现在说吧，到底去哪了。"

"我真是陪晓丽。她要保胎，娇气得不得了。妈，您怀我的时候也这么娇吗？"

陈母一提起当年怀孕的事，就有了许多苦无处倒的那种感觉："一个女人只有做了妈，才体会到自己的妈究竟有多伟大。那个时候你在我肚子里，没事就踹我，要是有哪一天不踹了，我就怕得要死，以为这孩子是不是出问题了。快生的时候妊娠反应特别强烈，看到什么都不想吃，吃什么吐什么。腿还瘸了，医生还以为我天生就是个瘸子。我也怪了，我怀你哥怎么没这么多反应。"陈母还在唠叨，陈玫玫心里已经开始偷着乐了，想不到这种转移障眼法还真不错，把老妈的思路打乱了，让她回忆从前。以前听到这些就烦，现在是越听越想听越听越爱听。

"你继续给我交代，那半个月到底在哪？"陈母忽然戛然而止，像想起什么似的赶紧追问。

陈玫玫一愣，这才回过神："妈，我真的是和晓丽在一起，不然您打电话。"陈玫玫拿出电话装作找电话簿，其实是把刚才存的草稿找到赶紧发给张晓丽："对，就说我住在你家，你保胎。"

"你们串通了骗我。我能信吗？"

"妈，说实话吧，我那时认识张平风时间不长，我就想考验考验他，看我长时间不在他身边、他见不到我的情况下，他还会不会像先前那样一如既往地对我好、想我。事实证明，我假设自己不在北京的那些天里，他依然每天电话短信关心我，让我温暖备至。反正我现在是看上他了，您要是拆散我，尽管就揭穿去。我大不了跟他道个歉，有啥呢。最坏不就是分手吗？分手以后，我劝您不要再催婚，我还不找了。"陈玫玫都不得不佩服自己在老妈面前即兴发挥的耍赖能力。

陈母听女儿这么说，也不知道怎么应对了："告诉你陈玫玫，你少跟我玩心眼，你要是婚前不好好给我挑，睁大眼睛挑，婚后有你受苦哭鼻子的。那时你想退可是绝对没有退路了。"

"妈呀，我听您的，这一次回北京歇几天就去他们家潜伏，做女特务。把最新的情报发回来。"

"别最新情报了，传点老情报回来。我想知道他们家上至爷爷奶奶、父母、下至兄弟姐妹、七大姑八大姨……有关资料越详尽越好。"

"好好，妈，听您的。我永远最乖。"陈玫玫笑嘻嘻地推门出去。

"访谈圆满结束？"陈父见女儿笑呵呵出来的，知道母女一定谈得不错，"就是嘛，本来女儿是回来给老妈过生日的，老妈反倒拉着脸，好看吗？"

"好啊，你敢说我？我啥时候拉着脸了？我饭都没吃好，还不是你们合着伙欺侮我。"陈母走出来故意显示自己的不满。

"阿姨坐。"张平风赶紧站起来。

"小张，我听你陈叔说你在北京也没有房子？那想好结婚怎么办了吗？"

张平风看看陈玫玫："要是近期结婚，我们就租房住。要是稍晚点，我们回去就到周边转转，撇开北京去稍远的地方买房。首付肯定没问题，要是怕压力，我们先买个小的，还贷就不用担心了。你说呢，陈玫玫？"

"我看行。回去我们就先去看看房子。"

"不对吧，回去先干什么？"陈母赶紧追问。

"哦？先回他老家，从老家回来再看房子。这次顺序对了吧？"陈玫玫向老妈伸了下舌头。

"好了，明天你妈过生日，你们都喜欢吃什么，我现在就去采购。陈玫玫吃什么我最了解，小张呢？"

"叔叔，我什么都不挑。对了，后备厢我们带了些吃的回来。"张平风一拍脑门，"差点忘了。"

把新烤的北京烤鸭，果脯、水果、红酒和二锅头全都拿出来，还有两个精致的盒子，张平风准备一块儿带到楼上，被陈玫玫按了回去。那是给老妈买的生日礼物，显然现在拿出来有些早。陈玫玫准备明天再给老妈。

六

第二天陈母生日，两个男人下厨。两个女人在梳妆打扮，陈母被女儿陈玫玫追得差不多要满屋跑了。

"妈，穿上嘛，这件多好看呢。小张都说好看了。"

"你们丫头片子穿的东西也往我老太太身上穿？不行，笑掉牙了。我还没给你看呢，你嫂子也买了套裙子从杭州给我寄来，太花，穿不了。"

　　"妈啊，你才多大啊，五十多谁说是老太太？你就快试下嘛，不合适再脱下来不穿就是了。人家好不容易选的，你问问张平凤，我为了挑这件衣服用了半天的时间。"陈玫玫手里拎着那件暗红色的旗袍，或许是因为追得累了，停留在客厅里，学着加菲猫里的欧迪吐着舌头疲倦着。

　　而老妈早躲到阳台上去了。阳台上老妈的花盆里竟然有一根丝瓜，爬得很高很高，不知道是老爸还是老妈扯了根绳，让它横向继续顺着绳爬着。那上面真的坠着好几根长长的丝瓜。这一刻，陈玫玫傻了，她想起会大辅院子里的丝瓜来，他一直说要炒给她吃，可她因为舍不得摘它下来，没有让他做过这道菜。她就喜欢那样站在院子里，安静地看着它们，欣赏它们。这样一道风景，怎么就从那样杂草丛生的院子里挪到了承德的阳台上？

　　"闺女，发什么呆？"陈母看到女儿阵阵伤感，赶紧走过来安抚。

　　陈玫玫这才缓过来，就势把原因推到老妈身上："妈，您要是不穿上这件衣服，今天我的饭也吃不好了，我的心情也坏掉了，总之，今天我是不好过了。您就让我在家里这样过这一天，睡一觉明天就回去？您可真忍心，真狠。"

　　陈玫玫这一通不讲理的埋怨，一下子让陈母愧疚起来。正巧陈父走出厨房，知道原因开始埋怨陈母："你呀你呀，年轻的时候又没穿过旗袍，现在闺女有这心，你就满足她吗。再说，又不穿到外面去。都是家里人你怕啥。"

　　陈母犹豫再三从女儿手里主动接过旗袍走进卧室。推门出来的她，像迈不开步子一样："我看电视里人家穿的都是开衩的。"

　　"我妈还要开衩的旗袍？够潮的。就这件您都不敢穿出去呢，还敢说开衩的。"陈玫玫撇撇嘴，"您要敢穿，下次我买件回来。妈，你把这双鞋再穿上，这条丝巾就留到春秋围吧。"

　　"还买双绣花鞋？你妈这双大脚哪能配绣花鞋，糟蹋鞋了。"陈父在边上打趣。

　　"谁说我不能穿绣花鞋？我偏穿不可了，闺女，来给妈穿上。"陈母故意伸出一只脚。

　　"妈呀，把这双棉袜脱了啊。光脚，穿丝袜也行。"

　　看到老妈穿上那双花布鞋，陈玫玫满意地说："妈，太合适了，这简直就是给你量脚定做的啊。这可是北京内联升布鞋老品牌呢，人家老外

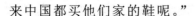

来中国都买他们家的鞋呢。"

听客厅热闹，张平风戴着围裙也走出厨房："陈玫玫在给内联升做广告啊。阿姨这一身真好看，主要也是阿姨气质好。"陈母想了想那旗袍就没再脱下去。

陈玫玫微笑了下不吭声。其实她又想起了会大辅，会大辅总是穿得很休闲，一年四季都穿唐装。平时不穿皮鞋，除了冬天要穿得稍厚重一点，其他季节差不多都是圆口黑布鞋。陈玫玫陪他去大栅栏内联升买过这种布鞋。当时她特奇怪，那一双普普通通的布鞋怎么能值好几百块钱。后来才知道那都是手工制作一针针缝的，会大辅说穿着特别舒服，非拉着陈玫玫到女士鞋柜台，要给她也挑一双。陈玫玫很认真地说男人给女人买鞋一定要分开。当时会大辅很吃惊地看着她，就听话地没买。他们相处那段日子他从来没给她买过鞋，可他们注定还是要分手。

陈玫玫有点神伤。那阳台上的丝瓜叶在窗口微风的吹拂下轻轻地晃动着。

陈母这个五十六岁生日过得很满意。这一宿，娘俩是在一个屋睡的。换睡衣的同时，陈母把女儿买的旗袍细心地叠好。而陈玫玫在老妈温暖的关怀下，几欲说出自己走了偏差的那段感情和那段感情给她带来的痛心。她知道余下的生命里，她不会忘记和会大辅的相遇，更不会忘记那个扎进身体里的小生命被她无情地赶走。

可她强忍着没有说，母亲也是奔六十的人了，她那么担心自己嫁不出去，自己真该用行动好好安慰安慰父母了。就像老妈说的，她三十多岁的时候，女儿都能打酱油了。

"妈，我打酱油的时候，是梳长头发还是短头发？"陈玫玫调皮地问。

"你？你从小到大就没梳过短头发，长大爱干净知道自己主动洗头。小的时候护头护得要紧，又不懂得讲卫生，每次洗头都发疯一样地追你。跑得比小兔子都快，那时住平房，你从地上跳到炕上，从炕上跳到窗台，顺着窗台的窗户你就扎到外面去了。你每次都这么跟我斗争。可害苦我了。"

"我有这么严重吗？每次都这么丑化我。"

"还严重？我这是现在说说而已，那个时候，大脑和行动都要跟你做斗争，可没有现在上嘴唇碰下嘴唇这么简单，这也是智力加体力的活儿。"

征 婚

"该休息就休息，该放手就放手。你要是不抓我，我就不信我不洗头发。"

"说得轻巧，就现在我也不能休息啊。除非我闭眼，看不见心不烦。你一天不成家，我一天不踏实。"

"就您这脾气，我成了家就是当了妈，我看您也一样操心。"

"说的是，等你将来有孩子，我还得和他斗争。"陈母无限憧憬起来。好像女儿马上就结婚，那个外孙立刻就捧到她面前了一样。

"妈年轻的时候一定是个大美女。这旗袍穿在身上太好看了。可惜了年轻的时候没打扮。"

"追我的人你以为少呢？咋就偏偏相中你爸了？"

"这就叫活该你和他结婚。您要是不和我爸结，哪会有我呀。"

第十六章　SIM 卡

一

回到北京，张平风问陈玫玫，是买房还是租房。

陈玫玫看他征求自己的意见，显然是把她当成自己家人了，看着小小的屋子里塞满了张平风的大箱小箱，心想有一处大房子对他们来说是多么重要。可他们能买多大的？如果付全款的话，根本连承德那种两居室都买不起。

"要是把老家房子搬来就好了。可这简直就是痴人说梦。要不就去燕郊贷款买一套？"

"行，那我们哪天去看看。"

"行是行，可你短期内住在哪里？"陈玫玫很为难地看着屋子里摆的这些箱子。

"听你的。"张平风无辜地看着陈玫玫。

"这种事也听我的？你应该有自己的主见吧。"

"在你面前，你就是领导，你领导我，我是被领导者。"

陈玫玫怎么听这口气都有点像自己和老妈耍赖的口气，两个相爱的人是不是也可以这样互相耍赖呢？

陈玫玫也想撒娇："我不，我才不当领导。你自己定。"

张平风听了，过来摸了摸陈玫玫的头发。陈玫玫忽闪着单眼皮小眼睛，很俏皮地看了一眼张平风。张平风看到陈玫玫这么可爱，顺势就把她搂了过来，两个人脸对脸，呼吸可以嗅到。就这样四目对视着，张平

风再也没有说我能亲你吗，而是直接就用了形体动作。陈玫玫也就依了他，被他紧紧地抱着，亲热地吻着，直吻到不透气才算罢休。

他们之间也就局限于亲吻，陈玫玫绝不想给张平风其他的可乘之机。只要张平风的荷尔蒙稍微想肆意飞扬，就被陈玫玫用手指敲敲头，告诫他小心，说这是轻的，如果再严重那就不是手指敲该改成棒槌了，再再严重说不定就是木棒了。张平风听了就会笑，憨憨傻傻的样子。陈玫玫觉得男人在自己的女人面前傻乎乎的才可爱，不能太精明了，否则女人会担心被他一次次算计的。

两个人在附近转了转，先去看有没有往外租房的，一时半会儿找不到合适的，于是转战到燕郊。燕郊公交第一站——酒厂有很多发卖房宣传单的，俩人搜集了好几份，被发单子的男男女女就给围住了，非要他们去现场或者售楼处看看房。

买房不是买白菜，俩人要多走几家，难免耽误时间，于是张平风暂时栖息的房子也没有找到，新房子两个人也一时没找到合适的，于是，张平风就只能暂时借住在陈玫玫的蜗居。

陈玫玫思来想去，两个人的关系如今已经很不一般。这都张罗买房了，也把他带回家了，婚是一定要和对面这个男人结的，而对面的男人肯为自己买婚房，那一定也是真心要和自己好好过日子的，如今住在一个屋檐下，倒也正常，只要不出轨，她想就没事。

他的单人床还是同意他支起来，沙发毕竟不是久睡的地方。看得出，张平风干这活是开心加快活。陈玫玫说这两天不去看房子，那就要去店里看看了。张平风说那他送她过去，也顺路在外面跑跑活，闲着也是闲着。他说闲着不赚钱就只能吃老本，陈玫玫一听这男人还真是能干。

"可是你说过要回沈阳的，什么时候回？"陈玫玫想起老妈让她潜伏的事儿来。

"随时啊。随时。"张平风这样说，但绝不说具体时间。"我们还是先把房子定下来再回去的好。"

陈玫玫被张平风送到店里，一进屋，张晓丽就赶紧捧着肚子跑过来："玫子，玫子。"

"大姐，怎么了这是？"

"小多，小多她……"张晓丽好像上气不接下气地说。

"她到底怎么了？"陈玫玫急坏了。

"她死了。"

"啊，你不带这样吓唬人的，她怎么会死呢？"陈玫玫浑身的汗毛都竖了起来。

"听说是自杀，万启军说一定是他杀，他说他要追查到底。"

"他们离婚了都。"陈玫玫想，这都离婚了，人家他杀自杀的，关万启军什么事呢。

"是离了，可是你没结婚你不懂。一日夫妻百日恩哪，他们还是有感情的。"

"在国内死的？还是国外？"

"就在新加坡。说是赤裸裸的，死在宾馆浴室里。"张晓丽抚摸着肚子，"可怜的小多。新加坡警方现场勘查，说种种迹象表明，余小多就是自杀。"

"简直是太不可思议了。她那么年轻那么漂亮，每天都打扮得那么精致，怎么会想不开呢。我想不通，一定是警方搞错了。"

"玫子，你跟老妈到底怎么解释的？就说陪我安胎？她没跟张平风说吧？"

"没有。我妈恨不得我尽快嫁出去，这好不容易找到一个可以结婚的，她怎么可能捣乱呢。最近我们在张罗买房。"

"天啊，陈玫玫要闪婚。够速度的，这婚房都要布置了。"

"是买，不是布置好不。我可没说要闪婚，只是买了搁那，2012年如果地球还在如果人类还在，我再结。不管怎么说，2012年有男人陪，我心里就踏实多了。阿弥陀佛，玛雅人的这个预言，希望它失灵。别惊扰我结婚的好梦。"

"如果真的有2012，到时候人类都不存在了，你还找哪个男人陪你？都那个时候了，还要谁陪啊？大家都一起结伴了。这女人太感性。鉴定完毕。"

"我结婚，你要送个大红包。"陈玫玫笑嘻嘻地说。

"好的，没问题。"当张晓丽摸到自己肚子的时候，禁不住又一阵感叹，"可怜的暖暖，这么小就没有妈妈了。"

陈玫玫被张晓丽的伤感带动了起来，她痛的是自己初孕的宝宝没有了。那以后再生育的时候，医生会不会知道她曾经怀过孕？她忽然担心起来，她很怕张平风知道这件事情，这将给他们俩之间造成很不好的影

响。一旦两个人中间有了鸿沟，陈玫玫不敢想下去。

二

这一天，小曼来美甲。她说会大辅整天沉迷在喝酒当中，画也不作了。整个人就颓废掉了。

"姐姐，你们是不是吵架了？我跟他一提你，他就发脾气。我男朋友昨天还拿了两幅画，你说你这里不代卖了，我们只好去会大哥那里取。"

"你男朋友还挺能干的，这样的画也能卖出去。在我眼里这画太妖艳，而且我觉得也就能挂在娱乐场所，可娱乐场所有多少地方愿意花这么大本钱买这样的画挂呢。"

"不是的，姐。会大哥的画很有收藏价值，当然局限性比较大，确实很多地方都不太适合。最近我们都是卖给老外的，挣的美金。"

"他有钱，他该开心了吧？"

"不，他一点都不开心，反而心事越来越重。昨天我们一块吃的饭，他喝多了，他说他对不起一个人，不知道说的是谁。"

"小曼今天来是美甲吗？"陈玫玫适时地转移话题。

"不是，我就是想来问问姐，姐你知道会大哥怎么了吗？"

"我不知道。对了，我要结婚了。"陈玫玫故意说出自己现在的状况。

对方听到这不吭声了。小曼只是好奇，本想从陈玫玫身上也能看到和会大辅一样的感伤，可她失望了

然而自小曼走了以后，陈玫玫一下子就被抽了筋一样的，软弱无力地瘫在椅子上。她知道，会大辅这次和她一样伤筋动骨着，甚至比她还痛苦。一场恋爱，谁先转身似乎谁就能更快地放下，她以为自己抽身先走，应该把会大辅忘得很彻底了。看来还是不行，一听到会大辅的名字以及他如今的情形，她心里莫名地疼了一下。都说要想忘记一段感情，那就重新开始另一段感情。她开始了，可她无法忘记刚刚过去的那一场爱情祭奠。

晚上打烊，张平凤从路对面长期趴活儿的地方把车开过来接陈玫玫。陈玫玫理所当然地开始享受男朋友对自己的呵护。两个人一起买菜一起回家一起做饭，俨然一对小夫妻。纵是这样，陈玫玫一直告诫自己要把握方向，不能做使自己后悔的事情。

　　张平风每天在夜里睡觉前仿佛都倍加挣扎，陈玫玫看在眼里。每次听他睡觉都不停地翻身，让本来平静的她也觉得倍加焦虑："如果短期内买不到房子，明天还是给你找住的地方吧？你看你，这几天也不张罗回沈阳的事了。我家你都去了。"

　　"明天我再去燕郊转转，有合适的咱就买，买完就回老家。"

　　看过太多的楼盘，他们最终把位置锁定在美院附近。水仙南岸，期房，年底才交工。他们盘算着交工装修以后，第二年的元旦左右结婚正合适。

　　"北岸说是 2007 年的房，小区还真不错，竟然有黑天鹅。以前没在生活中见过黑天鹅呢。想想咱自己家院里就有黑天鹅，真好。这个南岸能和北岸一样吗。"陈玫玫从售楼处走出来说。

　　"没问题吧。应该越建越好，比原来好才对。售楼小姐不是说了吗，她也不能乱说吧。"

　　"回去找房子，还是先回沈阳，回来再找？"陈玫玫又想起现实问题。

　　"回沈阳吧，下午我们去买点东西带回家。我也有一年时间没回去了。"

　　京沈高速，车速都很快。陈玫玫一个劲提醒张平风慢点开，不急。陈玫玫喜欢披肩，本想给未来的婆婆买条大披肩，只是季节不对，也不知道她喜欢什么样的衣服，听了张平风的话也就没买。空着手去又觉得不合适，就去买了只玉镯。

　　"我家亲戚多，但没必要见那么多，你回去认识我爸妈和我妹妹就可以了，其他亲戚我们结婚的时候都会到场，到时候再一个个地认。"

　　陈玫玫听张平风讲过他妹妹是幼儿园老师，照片也在他的电脑里看到过，一个文静漂亮的女孩。

　　"你妹妹好相处吗？都说小姑子比婆婆还厉害。"陈玫玫已经提心吊胆的了。

　　"好相处啊，我妹可好了。"

　　张平风的家在和平区三好街。陈玫玫没有来过这个城市，对这个城市的每一处都觉得如此陌生："你不许把我卖了。"

　　"我舍得？我才不舍得呢。"

　　她看到了鲁迅美术学院，心下就想怎么走哪都能看到美院。不禁又一叹。

"叹什么？觉得沈阳小？当然没有北京大，可在这里出行方便，去哪都没有北京那么麻烦。宝贝妞妞，要不然就嫁沈阳来吧。"张平风伸过手来，在陈玫玫的手背上摸了一把。

陈玫玫很少听他这么称呼她，一般也就在短信里这么跟他腻歪。一想都三十多岁的人了，短信里还这样酸唧唧的就想笑。但现在意义不同，他把这几个字说出来，让她亲切无比。她想过，永远做他的宝贝妞妞。只做他一个人的。等将来他们有了孩子，女孩就叫宝贝妞妞，男孩就叫宝贝蛋蛋。

张平风有一次短信里给她讲笑话，她笑过之后就说他是坏蛋。他就回她短信说那我就是你永远的蛋蛋。这话让陈玫玫觉得有点黄，但是情侣之间这种话也不算过分，比起她和会大辅之间，这些只是语言表达上的东西，比实质行为纯洁多了。何况，他们最严重的语言接触，就是局限于这种称呼上的相互转换，并没有其他。然而，每次一想到会大辅，心里就对张平风有一种愧疚之感。她一再告诉自己那是从前，那是不认识张平风之前，认识他以后，她的爱就只能给他一个人。

陈玫玫觉得张妈妈和张爸爸都比自己爸妈和蔼多了，根本没像在他们陈家饭桌上，当妈的说不高兴就摆筷子给脸色看。尽管是跟自己女儿发脾气，但身边坐着外姓人，肯定也是很难堪的。陈玫玫想，好在当初张平风不计较这个，还安慰她说丈母娘都这样，有几个不跟女婿厉害的："你想啊，人家好不容易养到这么大的女儿，说给你当老婆就给你当老婆了。说要被领走就被领走了。等我有了女儿，我也一样这样护着她。"

陈玫玫就会笑，心说你怎么知道你将来会有女儿。指不定和你一样是个臭小子呢。

"你们都买房了？哪有那么多钱？"不过张母听儿子说贷款买了房，还是发作了，"每月要给银行还利息，你不是疯了吧。真是大了主腰子正了，这么大的事也不跟你爸我们商量商量。哪怕我们跟亲戚借，也不能跟银行借。这孩子越大是越不会过。一月能挣多少？全都给人家了。要还多少年？是不是还到老头老太太了才能还完？一辈子尽还钱玩了。"

"妈你就少说两句吧，买都买了。你要是嫌钱多，那就赞助给我。银行借贷随时能还。"

"你妈就是操心不嫌累。儿子大了，他有自己的主张，他觉得对就让他做吧。在你妈眼里，你就是小孩。"

几个人都笑了。

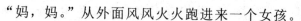

"妈，妈。"从外面风风火火跑进来一个女孩。

"这丫头，怎么这么慌慌张张的。"张母问，"怎么了，大美？"

看着跑进来的女孩，让陈玫玫心里一冷，这可比那个叫优优的看着厉害多了，就那双眉眼，就那跑进来的夸张速度。陈玫玫无比惊讶的是，那双眼睛在陈玫玫的身上针一样地刺过，然后理都不理她，尽管大声地说："都说去看电影了，怎么说不去就不去了。什么人啊。"

"谁啊？谁看电影又不看了？"

"还能有谁。大月亮啊。"

"你休周六日，人家上班要倒班，能像你这么轻松？你看看你，还幼儿园老师呢，一天疯疯癫癫的，有个老师样吗。昨天都说你哥领朋友回来，一点不注意形象。回家也不关心关心你哥的事。"

"妈，能不能不当着外人面损我？我知道屋里有别人，我有疯疯癫癫吗？不就说话声音大点。"大美嘀咕着去卫生间洗手。

"也知道是声音大，有人没人也得注意不是？当了一年老师了，还这么不稳重。"

"妈，求求你了。我在卫生间，我听、不、到。"大美的声音隔了门缝从卫生间传过来。

咣当一声，卫生间方向有水盆掉到地上，叽里咕噜还在地上滚了几个个儿。

陈玫玫被感染的，仿佛就在张晓丽和优优身边。往事重现，禁不住心里咚咚地跳着。恐自己一到沈阳怎么就患了非常严重的心脏病。

三

两个人待两天就要回去，张母说这孩子回来点火了，刚把火点着，锅还没热乎呢，就要把火给撤了。

"不能这么着急走。你好不容易带女朋友回来。你铁岭的大姨，开原的小姨，本溪的叔叔，他们家都要派个代表过来和你们聚一次。说我儿子眼光一定非常棒，要来认识认识陈姑娘呢。"张母一边缠着毛线一边说。

"不会吧？妈，你这么兴师动众，要干吗？这又不是结婚，等结婚再见他们不行吗？"张平风急了，"我不等，我们要走。"

"你敢？他们都已经动身了，你给我老老实实在家坐着，哪都不许走。沈阳回北京开车几个小时就到了，你一年也不回来一次，我能这么轻易放你走？美的。"张母依然缠线，陈玫玫就把那线挂在两手掌上，配合着张母缠。

"陈姑娘，你会织毛衣吗？"

"阿姨，我不会。"陈玫玫小声说，跟个淑女一样。

"绣呢？钩呢？"

"那些更不会。"陈玫玫忽然发现自己女红一点都没沾过，有点无地自容。

"我十三四岁就自己织毛衣，唉，可惜我从来没给我父亲织过。父亲在我十七岁的时候就去世了，总算欣慰他还穿过我买的毛衣。十六岁我就打工挣钱，给爸妈买衣服穿。"

"阿姨，我说给您买衣服，也不知道您喜欢什么样的。"陈玫玫心里嘀嘀咕咕着，都怪张平风说不要买。他是亲的怎么都行，自己是外姓人，好在买了那个玉镯。但是她不确定这老太太到底喜不喜欢。没见她戴，她想一般要是真的喜欢，一定是立刻就戴上了的。

"陈姑娘，你那玉镯我挺喜欢的。我这有一对当初我妈当嫁妆送给我的，也是我姥姥送给我妈的，你和大美一人一个。等你和平风结婚那天，我会交到你手上。"

陈玫玫表示感谢，心里还是有点小惊诧，看来，只有自己做了准媳妇这婆婆才舍得把那宝拿出来呀。也好，这样自己也没什么负担。

铁岭的大姨、开原的小姨、本溪的叔叔……这几家派来的代表不是姨也不是叔叔，是三个丫头片子。陈玫玫眼花缭乱地看着眼前几个打扮时尚的女孩，一时不知道怎么和大家交流。

"大哥，我们一年多没见，现在是骗到漂亮的嫂子回来显摆了？"这是一个穿着短T恤、牛仔短裤的女孩。那短裤短到了极点，又瘦到了极点，紧绷绷地包着屁股。看不出年龄，那嘴里竟然还衔着棒棒糖。

"哥，你和嫂子什么时候结婚呀？是在北京还是在沈阳？无论在哪，我都来。"一身薄透明的丝料裙子，陈玫玫觉得她这身衣服相当漂亮。人也挺好看。

两个女孩相互看看，笑着走到张平风面前："哥，我们要和你去北京。"

"你们俩都走开。哥，我决定了，要去北京做北漂。"这是梳着刘海、

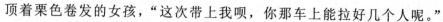

顶着栗色卷发的女孩，"这次带上我呗，你那车上能拉好几个人呢。"

张平风也是一头汗："花香，你跟她们俩起什么哄。哥现在可没地方住你们几个活宝。"

"要带也只能带我。你们都走开，我是我哥最嫡亲嫡亲的妹妹，是吧，哥。"大美跑过来，扒拉开几个女孩，"哥，我也去，我不做幼师了，我要去首都我要去北京淘金。"

"北京哪来的金？那里又没有金矿。把自己的本职工作做好得了，到处跑什么，你以为外面混着容易呢？你哥我至今还在租房住。"

面对这几个叽叽喳喳的女孩，陈玫玫的头都要炸了。

"哥哥有嫂子，不欢迎我们了。"几个女孩一块起哄，"都买房要结婚了，还说租房住。胆小鬼。"几个女孩七嘴八舌地逗他。

"行了行了，你们几个都给我老实点，有这么吓唬自己哥的吗？你们不知道你哥老实本分，经不起惊吓？"张母解围。

"舅妈。""二姨。"几个女孩转移对象对着张母撒起娇来。看到这里，张平风赶紧拉着陈玫玫往外跑。

跑到大街上，两个人放下脚步。感觉风静了，心里也放松了，再没有吵闹声，只有车辆从身边呼啸而过的声音。

"我家够乱的是吧？她们几个以前都是我妈给带大的，跟我妈感情深着呢，这次听说我回来，这不都跑回来看我吗。其实是想她们的二姨和舅妈了。看我们只是个幌子吧。"

"你家挺热闹的，亲情这么浓。我喜欢。"陈玫玫抿着嘴看着张平风笑。

张平风听陈玫玫这么说，禁不住揽过她的肩。陈玫玫乖巧地把头靠过去，这一次回张平风的老家，陈玫玫觉得他们的关系又递增了不少。

四

回到北京，日子和先前一样过。两个人各就各位，做各自的工作。张平风没有搬出去，依然睡在沙发上。陈玫玫心里格外地斗争着，没事也关注别人家的租房信息，无论如何，结婚之前还不能把他放在自己的闺室里太久。就算自己这一关能勉强过去，老妈说不定哪天跑来看到就全完了。到时候大家都尴尬。老妈脾气她又不是不知道，和老妈斗智斗勇太伤脑细胞。

自燕郊买了房子，尽管是期房，需要耐心等待，可在张平风的眼里，那自己就是有房一族了，也无须再去租房住。现在有地儿住，那就将就着住，何况他根本不觉得是将就。天天有人陪着一块儿吃饭，又能一块儿休息。何乐而不为呢。他每天都轻松地开着他的现代，做着专职司机。

陈玫玫可不这么想，她留意着房子，但她拒绝中介，中介是要交费的，成交一笔相当于多交一个月的房租。她自己留意，也让邻居帮着打听，一旦有合适的房子，赶紧让张平风搬出去。

这天她有点不舒服，就没去店里。一个人躺在床上发呆，张平风一会一个电话的问她好点没有，要不要再给她换点药送回来。她都说没事，只要休息下就好了。

睡一觉醒来，房间很静。沙发上放着叠好的张平风盖过的被子，整整齐齐。这是一个干净整洁的男人，尽管单身，东西却不少。差不多把这小屋给堆满，大多数是整理箱，也有几个纸盒箱。上次张平风说过，说他有些杂志在纸箱里，要是陈玫玫想看，自己可以找。她看了看，最上面的就是纸箱，应该在这里面。

感觉头轻多了，爬起来看时间已近傍晚也不想去店里了，不妨找几本书看。打开最上面的纸箱，里面没有书，有一些光盘。好多都是刚放映过的电影，有一个装手机的小盒，顺手打开，里面有一堆 SIM 卡，足足十来张。他怎么会有这么多手机卡？这让陈玫玫觉得无比吃惊。

再看那些箱子，陈玫玫就有一种继续打探下去的欲望，或者是好奇心。她不知道自己打开他这些东西，是不是侵犯了人家的隐私权，可是，他们住在一个屋子里，又马上结婚并将长期永久性地居住在一起，那她有必要对他一探究竟。总比领了证，再让她知道得更多来得好一点。

一个个箱子打开，让她血都涌上来了。那最下面的箱子里，有一个白色信封吸引了陈玫玫，拿起来从信封口往里探望，那里竟然放着几个橘黄色的阴茎套，它们刺眼地瞪视着陈玫玫。

她立刻把它甩回箱子里，扣上盖。跑出去洗干净双手，转回来才发现头依然有些疼，不舒服的感觉加重了。只好躺下休息。

张平风回来的时候，陈玫玫肚子叽里咕噜地叫着，却什么都不想吃。她控制着自己不发脾气，却又有一种无法忍受的紧迫感。庆幸的是好在自己和他没有发生肉体上的关系，她随时都可以撤退，只是伤痛依然不少。

SIM 卡。阴茎套。陈玫玫无权过问他把这些用到哪个女人的身上，她想她真的无权过问。既然这些东西他都明目张胆地留着，尤其 SIM 卡，想必里面没有秘密，就算是有，他也一定删除了。他没有必要留着给现任女人看，除非他是一个谁也不在乎的男人。陈玫玫本想把那些卡放在手机里一一查看，可当她看到那个白色信封，已经没有查看的欲望和力量。

"还难受呢？吃点什么？我煮点粥吧，买了点青菜。一会就好。"张平风说完就扎进厨房，这让陈玫玫的眼里起了雾。可她告诉自己要坚强。

一整个晚上，陈玫玫没有一点笑模样，她不可能今天就让张平风搬出去。睡前张平风给陈玫玫拿了温度计量体温。夜里，张平风爬起来，再次把体温计交到陈玫玫手里，让她量量体温，并且把手背放在陈玫玫的脑门上。陈玫玫没有反抗，她觉得自己病得无力，像被抽了丝一样的，而且有着无限的委屈。

她就任那只大手的手背贴着她滚烫的额头。她听不见他在说什么，她其实内心在反抗他，行动上却没有表现出来。这些天的接触，让她知道自己真的爱上了眼前这个男人，可她又无法容忍眼前的事实。对于她来说，她不知道怎么开口和这个男人谈这种有关性的话题。

夜里她做了一个梦，梦到自己有好几个手机，每一个手机里都装上了张平风的手机卡，她一条条查看里面的短信，暧昧的，情感不明的，竟然电话簿里还存着宝贝妞妞的手机号，是 136 打头的，根本不是她的手机号。她还看到电话簿里存着家这个字样的电话，显然是北京号。他张平风又没有自己真正意义上的家，又没有房子，他哪来的有关家的手机存储信息呢？他和别的女人在一起生活过？她面前摆了一大堆手机，她一个个地查看，查到后来泪流满面。那上面竟然还有和女人调情的短信，甚至还有一条写着，今天晚上你不过来，那只好我下班过去了。想你啊。

她哭醒了。醒转过来的时候竟然还在抽抽搭搭，像一个孩子受尽了委屈，忽然看到父母出现在自己身边，可以保护她一样。

"怎么了？"张平风跳下床，跑过来拉起她的手。

"放开我。"陈玫玫越发委屈，终于哭了出来，"你说，你怎么那么多手机卡，你是不是交一个女人换一张。说啊，是不是？"

"你瞎想什么呢，不是的。现在的卡就是多少钱一张，买了用完就不想往里存钱，就顺手扔一边了。要是有问题，我还能留着它们吗？是不是还有点烧？我去倒点开水。"

"不用。张平风，你去找房吧，没结婚，我不想和你住在一起。说出去不好听。我妈昨天说了，这几天又要来，这样我没法面对她。我会被她骂死的。"

正倒水的张平风停下来："好的，天亮我就去找房。别胡思乱想了，喝点热水，好好再睡一会。早晨我给你煮粥。"

五

张平风搬走了，离陈玫玫并不远，隔了两条街，一踩油门就能到。

自张平风搬走，陈玫玫一下子就空了许多。最近在一起生活的时间并不长，可她已经习惯了身边有张平风晃来晃去的日子。爱，难道就是这样慢慢形成的习惯？她已经习惯了这种习惯，真的是习惯了、习惯，内心根本不想改变。而她的心里又痛着。

张平风打电话发短信，无论哪一种方式，包括见面，他都觉出了陈玫玫的冷淡，急得他满嘴长大泡："宝贝妞妞，你倒是告诉我你怎么了？你能不能别这样憋我啊。你哪里对我不满，你明说好不好。别让我猜来猜去的，我快疯了，你知不知道啊。"

陈玫玫看了他一眼，本不想说话，可是看到张平风的腮肿了，知道这是上火引起的。心下又有点不忍："没什么，有些东西是不能说的。顺其自然吧。"

"什么叫顺其自然？我们婚房都买了，婚也要结了，你说住一起不合适，我听你的。现在怎么反说起顺其自然了？我们要怎么顺其自然？我不懂。"

"你回家好好看看你那些箱子，看看里面都装了什么。"

"我箱子？我箱子里能有什么？不就是衣服鞋子和日用品吗。"

"我现在觉得生活真是会给我开玩笑，我在网上卖性用品，男朋友竟然也享用这种东西。真成了笑话了。我不管你都和哪些女人使用它，我也不想管。也没有资格管。"陈玫玫终于忍不住。

"啊？你说的是那几个塑胶？那是我自己用的啊。"

"你哄谁呢。算了，我对这种事情极不感兴趣。事先声明，我也不是有偷窥别人的毛病，是你说箱子里有杂志，我要翻来看的。"

"我真冤枉啊。我是个三十多岁的大男人，我没有老婆又没有情人，你让我怎么解决？我是个正常男人啊。亏你还上过学，现在有多少知识男用这个？那是自慰的时候，怕被手碰了疼，套上它的。亏你还开网店，我就不明白你那些东西都卖给谁。"张平风如释重负的样子。

"你别唬我了。你爱和谁用和谁用。我庆幸。"陈玫玫说话已经没有先前那么硬气了，她想也许张平风说得是对的。是自己误解了他。面对这种事，她觉得探讨起来真的是很没劲。

"我求求你了，别闹了。你看你最近把我折磨得脸上都长包了，还好意思拿这种事再来刺激我。你这几天一个人住怕没怕？"看陈玫玫没理他，他又赶紧补上一句，"今天我来找你还有事呢。"

陈玫玫听他这么说，好像人家有理了，反跟她倒打一耙。她只好用询问的眼光看着他，希望他尽快说出到底是什么事。

"今天有个乘客落我车上一个包，里面竟然有四万块钱。"

"啊？不会吧？"陈玫玫吓一跳的样子。

"会。一沓一万。四沓。有的钱还连着号，肯定是从银行提出来准备用的。"

"这回你有钱还房贷了。"陈玫玫故意这样说。

"花别人的钱？多昧良心啊。咱可不是那样的人，咱是活雷锋。今天我在老地方等了那么长时间，也不见失主来找我。我就奇了怪了，这么多钱丢了，就想不起来丢哪了？"

"兴许人家是大款，特意给你送钱来了。是女大款吧？"

"还真是一女的。"

"你记性倒好。"陈玫玫撇着嘴鄙视地说。

"今天下午一共才拉了两个活，有印象。我再记不住我不是大笨瓜了？应该是最后一个乘客落下的，先前那个乘客下车以后，我还打开后门收拾了下。根本后座上什么都没有。第二个乘客我给她送到八里桥那边的部队医院，估计是家里有病人。可能是太急了，就落车上了。丢钱的人不知道这会儿急成什么样了。我对你也不放心啊，本来是在老地方等着人家来认领呢。你说你现在也跟我别扭，你看我上老火了。你看我的腮帮子。"张平风指着自己的腮，还故意吹着气让脸鼓起来。

陈玫玫不知道为什么，看他那鬼脸调皮的模样，扑哧笑了。笑过之后，对自己都有些不理解，难道，原谅他了？或许自己不该揭穿男人这个秘密？可她为什么就觉得那些东西是他和女人使坏的时候才用的呢？

头依然疼，怪自己竟然还开这种另类的网店，不知道会不会给别人家也带来误解。

晚饭张平风准备和陈玫玫一块儿吃，他来的时候带了些青菜和主食，还没开始做饭，他的电话就疯狂地尖叫起来，接通竟然是一块儿趴活的哥儿们："乘客找我？为啥找我？丢钱，他说丢多少？四万。我怎么证明他就是失主，等会，我一会过来。回见。对了，男的女的？男的和女的都有？说下午打车的是女的？好。一会我就过去。"

"失主找上门来了？"

"小陈说下午坐我车的是个女的，我下午拉的那人确实是女的。我们一块去看看吧？你好点没？要不你就在家。算了你别跟我去了，在家歇着吧。"

"不，我就去。"陈玫玫撒娇。

张平风笑了，说好，就一块去。说要是人家找打架我就把你献上去。陈玫玫在他肩膀上砸了好几下。张平风就势拉过来，狠狠地亲了她一口。

陈玫玫身子一下就软了："我感冒呢。"

"不怕，正好感冒传给我。传给我，你就好了。"说完又轻柔地亲了她一会。两个人就这样抱着，似乎都不愿意出去了。但顷刻间张平风醒悟过来："赶紧走吧，人家可能都急死了。没准是救命钱呢。"

两个人跑出去，电梯正巧来了。在电梯里张平风还要亲吻陈玫玫，陈玫玫说小心有摄像头，现在是到处都有摄像头的时代。他这才罢休，但一直牵着她的手。

第十七章　人心都有秘密

一

外面已经是正宗的夜晚，因为有路灯，所以城市就不太像夜晚。小区外面的大排档生意正红火，张平风驱车前往白天趴活儿的地方，也就是美甲工作室对面的小区门口。

出来以后，张平风把那包钱锁在了后备厢里，不确认的情况下这钱是万不能拿出去的。如果再有人跟他认领，钱又交了出去，岂不是惨？他这样想着，车就已经驶到目的地。

"就是他。"一个女人的尖叫声随风传来，"我下午坐的就是他的车。他穿的就是这身衣服。"

张平风听到女人尖叫，觉得非常别扭，好像人家把他当嫌疑犯要抓起来一样。借着路灯看了看对面的女人："你确定坐我的车，在哪坐的？终点在哪下的？"

"都确定是坐你的车了，你人她都认出来了，还在这装丫的。"男的急了，要挥拳头。

"我说哥哥，我一天拉这么多乘客，我怎么能记得住每一个人长什么样？你以为我是摄像头？随时随地为你们拍摄服务？你认出我了，那我认出你了吗？你倒先回答我问题啊。"

女人把男的拽到一边："我就是在这上的车，应该是下午两点左右，是在八里桥医院下的车。"

"哪个医院？"张平风反问。

"不告诉你八里桥医院了吗？我让你装。赶紧把钱拿出来。"男的猴急猴急的，挥起拳头。

"八里桥医院，有叫八里桥医院这个名字的医院吗？小陈，有吗？"

"肯定没有。你们在哪下的车，说得详细具体点。谁知道你们是不是诓钱的。"小陈说。

"丫的，我们诓钱？我们吃饱了撑的我们。医院病人在那抢救，钱丢了，要急死个人。要不是亲戚先给垫上，医院那边还怎么救人？"

"就是那个部队医院，我当时在门口下的，师傅还问我要不要把车开进去。"

"这话我好像是说过。你们丢了多少？"张平风继续问。

"四万，用黑塑料袋包着的。一共四沓。是中午才从银行取出来的。"女人边说边比画，生怕别人都听不懂。

"等着。"张平风打开车门，从里面拿出那包钱，"数数，看少没有。"

"恩人呢。天啊，这钱终于找回来了。我以为丢了就再也找不到了。"女人感动地说。

"哥们，仗义。刚才小弟失礼。对不起。"男人已然不知道如何表达才更能说明他此时此刻的心情。

"别把人想得都那么糟糕，好像没见过钱似的。我下午一回来就看到钱了，一直在这等你们。你们也没回来找。"

"当时我都懵了，手术又急用钱，也怕回到这个原地找不到你又耽误时间。只好等现在稍微有点时间了才回来找。谢谢大哥。"女人使劲鞠躬。

"我还不至于为个几万块跑了吧。再说我理解你们，谁的钱来得都不容易，丢了急是肯定的。当时我就想可能是医院急用，当时我确实想把她直接送到医院里的。行了，快回去吧，病人还等着你们。"

陈玫玫觉得张平风今天绝对潇洒。够男人。

当他们回去的路上，陈玫玫接到张晓丽的电话，确定余小多是自杀。警方找到了她的遗书，是写在她的电脑文档里的。确定不是黑客干的。电脑是设了密码的，被前去调查此事的万启军破译了，密码竟然还是他们家存折密码。那是他们家的公共密码。想当初余小多和万启军的 QQ 号 MSN 号都是这个密码。不知道从哪天开始，他们的密码全都改了。改得对方不再知晓。但万启军没想到，她的电脑密码竟然还是这个公共密码，心里就很不是滋味。

　　她说她就是想死在一个无人认识她的地方。她说过等到再成家，婆婆才肯把孩子还给她。可她对感情对成家已经失去了信心，那么暖暖也就永远要不回来了。生活，已然失色。生不如死……

　　"活着真的这么不重要吗？"陈玫玫忽然问。

　　"活着当然重要，而且还要活得开开心心才对。"张平风随陈玫玫后面走进电梯按下上梯键。

　　"我想，余小多的抑郁症可能又犯了。她刚生完孩子以后，不知道是不是老公和婆婆重男轻女，他们都挺无视这个孩子的存在。那个时候她又不去上班，在家带孩子，神经特别脆弱。有过几次想自杀的念头。可是后来孩子大了一点她出来工作以后，我发现她变多了，乐观向上，每天把自己打扮得花枝招展。可就是这么光鲜，怎么还会想不开呢？我真是不懂。"

　　"她每天做出的样子，其实是在给别人看。她内心是脆弱的，需要有人疼有人爱的。"张平风搂过陈玫玫。

　　"她老公竟然在我的店里买过性用品。"刚要出口，才觉得不对，这样会助长张平风的威风，这会无形当中肯定了他以前的那些做法。她没有那么传统，别看在网上卖那些东西让人觉得另类。其实骨子里传统到了老掉牙的地步。

　　"想不通，活着多好，有啥想不明白的？还跑那么远。唉，我早说过，她上学的时候就内向，这几年更是变得我都认不出来了。"

　　"生活经历丰富。反差太大，心里大起大落，这样的人太容易走极端。是不是女人都爱神经质？"

　　"你才神经质，你打击一大片。"

　　"我家妞妞肯定不神经。"

　　"你才神经了。"陈玫玫挣脱开他的胳膊，"站好了，哪里都有摄像头。"

　　"怕他们呢，正好给他看看现场真人版的。"张平风仰起头四处看了看。

　　"烦人。"

　　俩人一起做饭，一边做饭一边聊天，陈玫玫问他："张平风，你在网站注册那么久了，抱得几个美人归啊？"

　　"你别埋汰我了好不好？我这么丑，谁稀罕我啊。和你这么长时间

才仅限于拥抱，我哪有那胆量抱别人。"

"不信。你老实交代吧，我都知道了。"

"你别诈我。不过倒是见过几个，有一个第一面就让我给买衣服，那衣服两三千一件。我说兜里现金不够得刷卡，她说那赶紧刷吧。我看这架势，就算不是真正的托，以后我也养不起，赶紧开溜。你可别说我不大男人。还有一个，从来没见过面，家在外地，偏说看了照片就相中我了，非让我买机票说是来看我。最有趣的一个，说她美容院马上开业，让我买花篮送她。"

"啊，你真够幸福，有这么多美女做伴。花篮托、服装托、机票托。不对，不是机票托，应该是旅游托，估计她是想来北京玩一圈，如果你甘愿奉献，那她就赚大了。至少往返机票、住宿、吃饭都有人给解决了。"

两个人一边说话一边做饭，倒也不觉得做饭有多辛苦多费时。晚饭后，张平风却始终赖着不走。

"赶紧走，我要睡觉了。"陈玫玫撵他。

"你一个人不怕吗？再说吃完就睡不容易消化。"

"不怕，这么多年都习惯了。我这么瘦，正好吃了睡睡了吃多长点肉。"

"真想一直守在你边上。看着你睡觉。"

"得，别酸了。等房子下来，装修完毕，娶我回家再说。让你好好看看我的睡相有多丑。"

"唉，传统的老姑娘。"张平风叹了口气走了。

他走以后，陈玫玫反复想着刚才那句话，在张平风的眼里，自己难道真的是传统？还老姑娘？一想到这里，胃里一阵反酸。

二

如今张晓丽成了重点保护对象。哥哥李健一旦出差或忙于工作，送张晓丽去服装店的工作就成了优优的本职工作。

"优优，你悠着点，别开太快，你侄女说她怕。"张晓丽坐在副驾驶上摸着肚子。

"哎呀，嫂子你咋知道是侄女？我猜是侄子。你看你多能吃酸的呀，差不多都要喝醋了。妈说你肯定生儿子。"

"我也能吃辣的呀，你看麻辣火锅我吃得比谁都多。"

"那怎么回事？难道真是传说中的龙凤胎？嫂子你不会一下子生两个吧？那你可太伟大了。"

"行了，别给我戴高帽了，我没有这本事。再说人家医生做 B 超，也没告诉我怀两个。"

"那你们将来一定再生一个，只有一个小孩太孤单了，怎么也要两个小孩，让他们有个伴。就像我和我哥。"

"你们啊？你们以前没少吵，我担心我要真生两个，整天在我面前吵架玩，不折腾死我。"

优优吐了下舌头。

如今张晓丽的肚子渐渐隆起来，这一次婆婆和小姑以及所有相识不相识的人都能关注到她是个准孕妇了。不像先前那个季节穿得多看不出来。婆婆对她照顾得可谓无微不至。凉水不让碰，衣服不让洗。家务活基本全包了。惹得女儿直嫉妒："妈，将来您也要这样照顾我。"

婆婆听自己的女儿这样说，黑着脸："你丢不丢人啊，才多大的人就说这话，连对象都八字还没一撇呢，等将来找了对象结了婚再说吧。不嫌丢脸。"

每次被自己妈这么抨击，优优倒也大度不在乎："没关系的了，嫂子是重点保护对象，我不吃醋。妈急了？那我就快点领一个回来。"

每次这样闲逗，都会遭到老妈劈头盖脸的一番数落，而优优全然不在乎。

"嫂子，你的孕妇裙真好看。"

"那当然，我一知道怀孕就赶紧在进货的时候给自己挑了两件。等将来我也给你买最好看的。"

"去，嫂子太坏了。人家还没男朋友呢。"优优脸红了。

"早晚会有的。别等像你玫玫姐那样，年龄大了，才着急。"张晓丽笑。

"哈哈。我抓到嫂子的短处了，背后议论人。"

"这不算议论。我和她啥关系你又不是不知道。趁年轻，该抓住就得抓住。机会错过可就永远没了。到了，我下了，你慢点开。"

张晓丽走进店里才发现陈玫玫早到了。

"今天怎么这么早？"张晓丽放下包问。

"心里不舒服，早早就起来了，也没坐张平风的车，一个人骑车过

来的。"

"怎么了？闹别扭了？都多大的人了，千万不要再使小性子了。这样容易把男人吓跑的。"

"没有。你说以前无论认识哪个男人，我都把同居过的事讲给人家听了，现在面对张平风，我是一个字不敢提。"

"我理解你，是因为你开始更认真更在乎了。以前你见到的那些男人没入你的法眼，如今你看上的，当然会小心翼翼地怕失去他了。"

"可是，我心里真的很愧疚。说与不说都觉得对不起他。"

"唉，所以说感情要慎重。不能做后悔的事情，可是谁又清楚自己的哪一段感情是这一辈子真正修成正果的？你也别乱想了。想说就说，不想说就不说。你就这样想，在他之前的所有故事，都和他无关。你过的是现在和未来。明白？你再这样纠结下去，我看你马上就变成小老太太了。为已逝的东西这样，不值。"

陈玫玫听了，苦笑一下："房子再有小半年时间就交钥匙了，装修以后，我就告别单身了。忽然就觉得有点紧张。这是我想要的，又好像不是。我如果不把以前的所有告诉他，我恐怕会憋疯的。就是结了婚我也会很矛盾，总觉得对不起人家。"

"慎重。别纠结。我觉得你不用说，说了只能给对方增加负担，尽管你减负了。人家问过你从前吗？没问吧，聪明的男人都不会问女人的过去。女人也一样，过去时你知道了又能怎样？知不知道都已经过去了。过好现在和未来，千万别纠结。你想你过去做过的事情，没有一件是对不起他的，这样你就释然了。"

"是，我就担心他会用异样的眼光看我。"陈玫玫叹了口气，"算了，我现在还没决定。"

"是没决定说还是不说？还是没决定和张平风结婚？"

"都没决定。"

"玫子，给你讲个真实的故事。我表姐你知道，上回来过。她离婚了。"

"怎么回事？"陈玫玫特别惊讶。

"他们的婚姻纯粹是房子惹的祸。我表姐夫是个老实人，心里就藏不住事儿。两个人其实在真离婚之前就假离过一次。"

"为什么假离？"

"听我说。原来北京贷款买房不是首套百分之二十的首付吗，后来为了控制炒房客，就改成第二套百分之五十。他们手头有点余钱，还想再贷一套，又交不起百分之五十，就把所有房产划到表姐和儿子名下，表姐夫表面上净身出户。其实他们仍然住在一起。后来用表姐夫的户名又买了第二套，然后两个人复婚。复婚前，表姐夫说了一件让表姐非常气愤的事情，他说在内蒙古出差的时候，和一个小姐有染。本来哥们告诉他这事儿千万不能和老婆说，可他觉得对不起她还是说了。表姐听了很痛苦，正巧两个人刚刚假离婚，为此也就分居了一段。可是为了孩子还是和他复婚了。她说受不了儿子天天找爸爸，心都碎了。但是，他们再也回不到从前了。其实我理解表姐夫，他既然说出来是想打算好好过日子的，希望得到表姐的宽恕。但是婚姻一旦有了瑕疵，再开明的人也不好原谅。"

陈玫玫不再吭声，她明白张晓丽的用意。有些东西只能咽到肚子里，沤烂了也不能倒出来。听了张晓丽讲的这些，陈玫玫倒也豁然开朗，清楚接下来应该怎么做。

三

会大辅竟然来店里找她。这让陈玫玫无比惊讶。她惊慌失措地跑到门边看着路对面，张平风不在，肯定是送乘客去了。

"你来干吗。"

"看看你。"

"我有什么好看的。不是说好了不见吗。你也答应了。"

"至少你应该接我电话吧。"

"你觉得接电话还有意义吗？我在他身边你觉得我还方便接你电话吗？你快走吧，他离这很近，随时都能看到我这边，也随时过来看我。"

"是监督吧。这样的爱要着有什么意思？"

"当然有意思。我喜欢这种监督。我已经带他回过我们家了，马上就去他们家。我希望我们之间不要再联系了，你要再联系我，就是在害我。"

"是，我是在害你。你多伟大，你现在过上了幸福的生活，我呢？我他妈的被生活强奸了。"会大辅情绪激动，"是，我不赖你。我他妈的就不是人。"

　　陈玫玫看会大辅这种状态，心已经提到嗓子眼上了："那好，那你坐。他来了，我就好好给你们介绍。"

　　会大辅见陈玫玫这样说，情绪平稳了些："我打电话你不接，我要急死了。那好，你说个时间，离开这，我有话和你说。"

　　"我们之间还有什么好说的？"陈玫玫说到这，又一想，如果不答应他，他可能还要在这里纠缠，"你在电脑城等我。十分钟我过去。"

　　看着会大辅走远，陈玫玫这个恨，恨自己。无比地恨。

　　电脑城是新搬过来的，生意似乎没有先前在银地那边火爆。陈玫玫觉得电脑本身就是个耗材，今天添个鼠标，明天添个键盘，说不定哪天就又换台电脑了。所以电脑城的存在非常有必要。可是，电脑可以随时更换配件，甚至可以升级，让它运行速度更快。人就不行了，你消耗自己感情的同时，也在消耗别人的感情。没有哪一段真正动了感情的情感分手以后能彻彻底底，互不相欠的。而你在消耗的同时，耗的是自己的体力和心力。

　　会大辅等在电脑城门口，陈玫玫远远地就看到他，但她没有向他走过去，而是远远地站着，直到会大辅看到她，向她走过来。

　　会大辅要揽陈玫玫的肩，陈玫玫躲过去。会大辅讨了个没趣。外面阳光炙热，两个人向茶楼走去。

　　"陈玫玫，给我时间回去处理我的事。我已经对不起她们，但我不想失去你，更不想对不起你。相信我，我将来会给你幸福的生活。"

　　"会大辅，我们能不能不再纠结这件事了，我已经走出来了，我都和他买婚房要快结婚了。我们没有结果的，能不能不再联系了？"

　　"你不就是嫌我没钱吗？我现在赚的是美元。我他妈能赚美元了。"会大辅情绪失控。

　　"带回去给她们花吧。我不需要。"

　　"陈玫玫你知道的，每次我和你在一起，都觉得愧对她们，每次都有一种提心吊胆的感觉。可我现在明白自己，我不能失去你。你跟我在一起的时候是我对不起你。给我一次机会补偿。"

　　"我们都不是三岁小孩。就算你和我都是漂在北京的浮萍，希望对方能给自己一点温暖，可这一切总是要结束的。"

　　"我不想结束，我要开始。"

　　"不可能。"陈玫玫这样说的时候心里一直在哭。

　　"我就知道，我违背自己心愿强奸了我多年苦苦追求的艺术，可我仍然找不回你了。你不知道我有多痛苦。小曼的男朋友社交能力很强，竟然给我联系了我提供作品、署那所谓名家大名的活儿。我可以像机器一样地生产，署了别人的名我就可以把它们统统换成钱。人民币、美元。想不到当初我不耻的事情，如今竟然也在做。"

陈玫玫心下不知道怎么继续他们之间的谈话，想想说："这样也好，有钱以后可以接她们在你身边生活，你也可以踏踏实实地追求你的艺术。追求艺术又不怕晚。有好的经济基础，你也不用太受苦。"

"我不觉得我原来的生活有多苦。只是和你在一起以后，我知道我给你过的那些生活是太苦了。可你都不给我补偿的机会。"

"放下吧，学我一样放下。你以为我不难过吗？当医生问我这孩子要不要的时候，你知道我当时差点哭出来。那个时候我真恨你，我恨你是蓄意报复。"陈玫玫说到这，眼泪一下就涌了出来，"不过，没事了，过去这么久了。"

"你以为你能用时间平息这些过去的烙印吗？"

"我知道平息不了，可我不想再回头纠结。我只想向前看。结婚、生子，让我妈安心。也让自己过正常人的生活。我不想每次去你那里，在你打开大铁门的时候，我都跟贼一样地快速溜进去，生怕被别人看到。也不想你的工作室来了客人，你把我撺到你的卧室，藏起来不让别人看见。"陈玫玫说到这，就更有了哭的打算。却强忍着。

"陈玫玫，我对不起你，让我补偿你好吗？"

"不用。你给我的补偿就是远远地祝福我。不要再打扰我了，求求你了。行吗？"

会大辅默不做声。

两个人走出茶楼，会大辅伸手打车。当北京现代停在他们身边的时候，会大辅打开车门先行坐了进去，陈玫玫站在车旁惊讶万分："平风？"

"这是？"张平风摇下车窗。

"进来啊。"会大辅在车里喊陈玫玫。陈玫玫犹豫着坐了进去，直接坐到副驾驶。头也不回地说："这是我男朋友张平风。"

"去哪？你还没回答我呢。"张平风的车往前滑行着。

"他是我朋友。回去再和你说。"陈玫玫心里滋味万千，叹世事折磨人。

"好吧，我下车。车打错了，重打。"会大辅下车，对陈玫玫说，"你要跟我重打吗？"

"我说了，这是我男朋友，我坐他车回去了。"陈玫玫心里这个堵。

张平风拉着陈玫玫疾驰而去，两个人谁也不说话。

四

张平风不问，可陈玫玫不能不说，可是怎么说？她的头仿佛被棒子打了一下，整个人是晕的。

"我累了，我先回去睡会。"陈玫玫把头靠在椅背上。

"是不是感冒没好？我去给你买药。"

"什么感冒没好？多少天了还没好。不用，不用买药。我休息下就好。"陈玫玫忽然说话语气就特别冲。

"怎么了？不就是遇到以前的男朋友了吗。我又没说什么，你还跟我发上脾气了。我可没有这么不大度。"

"遇上？你为什么不问我，是不是赴人家约？哪里有这么巧遇上的？我说我们是遇上的，那不是骗傻子吗？"

"我知道你会处理好的，我相信你。"张平风把车开到小区楼下，"我跟你一块儿上去吧？"

"不用，让我静一会。我们不是遇上，我是赴他约去了。"陈玫玫下车。

看着走远的身影，张平风摇上车窗，打把，返回每天趴活儿的地方。他告诉自己必须多挣钱，以后每个月都要还房贷。用不了多久就要娶妻生子，柴米油盐且耗着人民币呢。对于刚才陈玫玫那小小发过的脾气，摇头苦笑了一下。

陈玫玫看着闭合的电梯，直骂自己无脑子。明明现在心全在张平风那儿，可为什么刚才非要刺激他说自己是和会大辅约会？怎么自己变成这样了？她原本不打算让张平风知道她这样一段不堪的感情，可现在到了不得不说的地步，偏张平风根本没有打探的想法。男人都是这样的吗？如果换作是她看到张平风和别的女人在一起，她会这样熟视无睹？答案是，绝不可能。

爱，是应该彼此信任。可像他们今天这么巧地三个人撞在一起，你怎么解释？陈玫玫在用钥匙开门的那一刻，明白自己刚才太小孩子气了。心里有气，为什么冲无辜的张平风发？洗完手，换了衣服躺在床上，告诉自己已经过了青涩无端耍脾气的年龄。自己是成熟女人，怎么可以不分青红皂白就因为前任男友惹了她而把脾气发到现任的头上呢？

理顺以后，头也不疼了，却更明白自己该做什么。她需要和张平风解释，就算张平风不听也要解释。但她还是告诉自己要埋掉为他怀孕的事情，也埋掉他是已婚有妇之夫的身份。可是如果埋掉这些，他们之间还有什么东西能够值得在他们分开以后还这样苦苦纠缠？张平风会相信吗？

原来要埋藏很多东西在心底，是这么沉重，难怪自己要无端地发脾气。如果今天张平风没能遇上她，她想她也不会想着把会大辅和她的事讲给他听，毕竟她也做过那么多次的思想斗争。每一次感性和理性斗争的同时，都是理智战胜了她的感性。

电话响，她以为是张平风，却原来是万启军："玫子，有时间吗？我就在附近，我要见你。"

陈玫玫没有不见万启军的理由。小多死了，万启军的心里需要安慰。说近了他是余小多的前夫，余小多是她最好的朋友，说远了他们无论怎么说还曾经当过校友。另外，她也很想知道有关余小多离开国内以后的事情，尽管她在国外的时间很短很短。

两个人在西海子公园见面。坐在长廊，看来来往往的游客，陈玫玫心里有一瞬间的烦躁。而万启军看上去，却格外地平静。

"玫子，小多走了。"

"我知道。"陈玫玫生怕万启军变成祥林嫂。她知道小多走了，他应该知道她知道，可他为什么还要重复这件事情，让人徒生伤感？

"小多走了。我真不知道她会跑到国外去，一个人在陌生的地方没亲没故，怎么面对生活中的挫折？我知道的时候已经晚了，就算我知道又能怎么样？我阻止不了她，就象以前我阻止不了她做任何事情一样，包括离婚。"

"她要去国外，可能就是想换一个陌生的环境重新开始吧。"

"我们之间缺少的就是坦诚。如果我能把我平时对她的想法全说给她听，如果她在生暖暖以后的抑郁我能及时发现，要是我能放下男人的臭架子好好关心她，我们怎么可能走到今天？我知道，做孝子没错。错在我太顺着我妈了。"万启军伤心不已，从他侧面的腮之处，可以看到牙齿相叩的模样。那齿印上下交错叩动，让人看到他焦灼而痛苦的内心世界。

"每个人都是独立的个体，你应该允许人家肚子里有想法，不说出来。我觉得没必要事事都让对方知道吧。"

"可当一个人的心里藏了太多的东西，又不让枕边人知道，日积月累，终于沉重到无力回击。当你没有力量回击自己心底那些个弱和小的时候，你很容易被击倒。余小多也说，可她当年生了暖暖以后，她说的方式不对，每次都是吵着跟我说，闹着跟我说，没有一次能心平气和地跟我说。她在这样表现的时候，我觉得是我欠她的。她坐月子的时候，有一天红糖没了，她就满腹抱怨，说坐个月子连袋红糖也喝不上。"

"你买就是了。"陈玫玫心想这才多大的事啊。

"她如果换一种方式，她如果撒着娇地说，老公，我要喝红糖，或者说老公你给我买袋红糖呗，而不是没完没了地抱怨。可她对我的抱怨太多了。多到我后来不敢跟她对话。对上就是吵。她总觉得她有理，我又觉得我有理。没有一个人肯站在对方的角度看问题。"

"生活中少不得抱怨。她希望你时时刻刻想到她所想，而你是男人，可能更粗枝大叶点？两个人凑在一起生活，都不理解对方，这确实让人觉得累。完了，你说吧，你尽情地说你是痛快了，我可开始恐婚了。"

"别别。你可别恐。我只是跟你说说，心里太憋了。在新加坡的时候，我在她的电脑里看到太多的东西，她专门弄了一个日记文件夹。如果我没看到这些，我不知道她还记得当初那袋红糖的事情，甚至记了这么些年。"

"女人和男人不同，女人更琐碎。所以我爸就说我妈爱唠叨，每次我妈一唠叨，他就跑出去下棋。"

"男人和女人本该相亲相爱，可其实他们一直都是死对头。所以他们总想离对方远点，可是一远了又不行，偏还要往一起凑。"

"因为磁场的吸引。男人和女人之间互相有吸引力。"

"会撒娇的女人命好。会撒娇应该是女人的天性，男人不喜欢女人总发脾气总抱怨。"

"万启军，你还记得那次我替小多和你见面的那朵花吗？"

"记得，怎么不记得。"

"我后来被人耻笑，说我没有魅力，给男人送花都送不出去。"

"我是个经得起诱惑的男人。"

"小多不懂得珍惜啊。"

"也许我们离婚，我不抢暖暖，她也就不会走得这么远这么绝对。

都怪我。"

"别自责了，好好带大暖暖。"

五

同居的那两个八零后，终于要结婚了。

他们捧了一大把喜糖给陈玫玫送过来。那两张年轻的笑脸上充满了幸福的感觉。

"姐姐，明天我们就搬走了，再有一个月我们就举行婚礼了。"

"真的，太好了。祝你们修成正果，成功走向围城。愿你们生活幸福、白头到老。"

"姐姐什么时候结婚啊？"

"2012年1月1号。"

"那也快了，我们也祝姐姐幸福一生。"

大家各自说完这一堆祝福话，陈玫玫就在想，自己的婚礼确实也用不上几个月就将隆重登场了。说隆重是因为陈父陈母对这个婚礼期待值很高。陈玫玫无所谓，结婚怎么结都行，两个人买票到外地旅游一圈就当结婚了也未尝不可。而陈父陈母甚至和张父张母在电话里激烈地讨论婚礼怎样举行更合情理。

张家在辽宁，陈家在河北，按中国的传统婚俗，婚礼应该在男方家举行。接新娘子要从辽宁跑到河北，再从河北赶回辽宁，估计中午前婚是结不成了。所以，陈玫玫和张平风商量过，父母说过的婚礼办法，他们坚决不执行。结婚只能以两种方式进行，一种是就在北京举行，请两家老人一块儿过来，一起热闹热闹；另一种是背包走天涯，去海南的天涯海角。这个于将来回忆起来，意义也许更重大。

这个提议其实主要还是陈玫玫的主张，张平风说妇唱夫随。一切听她的。这些东西还是他们从沈阳回来以后开始涉及的。毕竟这个时候两家父母开始同时轮番催婚。

"婚礼一定在沈阳举行，我们是娶媳妇。"张母说。

"婚礼应该在承德，孩子们在北京离承德近，来回方便。"陈母说。

"你那是招上门女婿。"张母不悦。

"我们是为了照顾孩子工作方便。"陈母说。

"在哪都一样。"陈父。

"在哪都一样。"张父。

两家父亲口径却出乎意料的一模一样。他们说这是孩子结婚,主要还是听他们的。

陈玫玫一想到双方父母为了他们的婚事如此讨论来讨论去的,就想笑。终究还是笑不起来,一想到上午张平风和会大辅相遇,这让她觉得有必要向张平风解释一下。

和万启军交流几句以后,让她感觉自己应该乖乖地去找张平风。主动平静地向他坦白会大辅曾经是她男朋友这一事实。但她立场必须坚定鲜明:以后绝不和那个男人有任何形式上的来往,如果再和他见面,也一定让张平风陪她一起去。绝不孤身一人前往。

她就这样一路盘算着往前走。走出自己所住小区,看看时间还早,张平风应该还在美甲店对面等乘客。坐上公交车,想给他发个短信,才发现手机不知道什么时候关机了。打开还不等发短信,手机又自动关机。没办法,没电了,备用电池没带。

想想还是不发了,直接过去当面说。自己能学着撒撒娇吗?陈玫玫不知道,但她一想到"撒娇"二字,先就咧嘴笑了。邻座乘客莫名其妙地看着她,不清楚她为何独自发笑。

今天坐在车上感觉时间过得特别慢,好不容易熬到地方下车,却没看到张平风。她想兴许送客人去了。她就到美甲室去等。

张晓丽在店里招呼顾客,看到陈玫玫回来,惊讶万分:"玫子,店也不开了,你一天神游什么啊?白天不来,这都晚上了你又来干什么?"

"谁说我白天没来?我不是临时出去有事吗?"张晓丽的话跟捅了马蜂窝一样。陈玫玫没好气地说。

"我说大小姐,这是又谁招你惹你了?怎么有火冲我发上了?"

陈玫玫这才发现自己说话竟然是带着不开心的情绪。也许是满心欢喜地来找张平风,却没有看到他而失望引起的。她不想告诉张晓丽自己心里的这个结,当时会大辅来店里找她,张晓丽可能在忙,没有看到。不然,少不了又被她说一顿。

"你别不高兴,你现在是有男友的人了,怎么还和那个会什么来往?我知道你今天来了,可你是不是跟他走了?"张晓丽到底还是火眼金睛。

"我是和他走了,怎么了?你有意见?"

"跟吃了呛药一样,我这不是为你好吗?这要是让张平风看到,你说你怎么解释给人家？本来现在你们没事，这样抹起来反倒跟没洗的抹布一样越抹越花了。"

"我知道，我没你们干净。"陈玫玫赌气似的。

"大小姐，你跟我发哪门子火啊？我这不是善意地提醒吗。听不听是你的事，想听就听，不听拉倒，当我没说。"

陈玫玫平息着自己的心态，总算好多了："我是和他出去了，而且我们在打车的时候，竟然打的是张平风的车。我还和万启军见面了。生活中这几个男人，今天见了个遍。"

"来，我看看。"张晓丽站在陈玫玫面前，"小姐，你今天犯桃花运。"

"走开。烦人，人家心里不痛快，还非在这说三道四。和我同居的那小两口明天就搬走了，说是还有一个月就结婚了。偌大的房子里将只剩下我孤身寡人一个了。"

"那你也赶紧结。"

"不知道咋结呢。两家老人都不在一个地方。我想旅游结婚算了，就到天涯海角走一趟。我不急，这房子还没下来呢。"

"先结，结完等房子。"张晓丽坏笑，"正巧你现在独占一个大房子，和房东商量商量，你们俩租下来把婚结了算了。"

第十八章　野蛮丫头

一

直等到华灯初上，直等到星月蓝天，陈玫玫依然没有看到张平风回来。对面依然有两辆出租车，车里的小灯都亮着。那是黑车的特有标志，标明此车可以载客。

"难道直接回去了？"陈玫玫打算直接去他住处。再不去天就彻底黑了。

因为没有找到合适的楼房，张平风说反正没有几个月了，就租了一处平房。如今北京难得看到四合院，陈玫玫也挺喜欢四合院的，觉得一个大院子里住很多人，除了隐私容易泄露以外，其他都挺好的，相互之间有个什么事都可以照应着点。

这家做什么好吃的，另一家不用开门开窗就能闻得到。说不定张家大妈对李家大妈说，就着您家红烧肉的香味，我多吃了一碗饭呢。这让她想起小的时候，那个时候家里住的就是平房。出来进去的都挺方便。

张平风却说，这也就是夏天，如果冬天，说什么也不租平房，取暖就是一个大问题。暖气要自己烧，他嫌麻烦。他说反正住不了几天就算是一个过渡吧。陈玫玫为这话还逗他说不然我们换，我来住平房你去住楼上。张平风说我可不舍得。你一个人在这大院里住着也不安全，不像臭男人没人惦记。然后坏笑，坏笑的后果就是陈玫玫打他几下。他倒是会说，打是疼骂是爱。陈玫玫说我懒得骂你。张平风说你懒得爱我，你懒得爱那我可要自己爱自己了。

这话就有点一语双关的意味。这让陈玫玫想到他早已扔掉的塑胶。

他说了，他搬回去就扔掉了。陈玫玫反而耻笑他，扔了干什么啊，留着啊。张平风就愣愣地看着她说不出话来。

陈玫玫就觉得其实张平风也挺可爱的，像个大男孩。一想到这，心里面就多了点疼爱。坐了两站地，下车还要走上近十分钟的路程。她这十分钟要穿过一条窄窄的街，平时刚好能过一辆车。路两面全是商铺，大多数是卖菜的和卖水果卖海鲜的，也有一些小饭店。很小的那种，屋里只够摆下三五张桌子的。他们也曾经在这样的小地方吃过饭，但更多的时候陈玫玫说外面不卫生，都是买回来自己做。

陈玫玫买了几样蔬菜，准备拿到张平风那去做。想打电话问他是不是买菜了，才想起来手机没电。想想算了，直接带去吧。再拐一个路口就到张平风的住处了。想想自己还从来没有这样一个人来过，又在对方不知情的情况下，禁不住有一种别样的感觉。她想轻轻地不踩出脚步声，推开门，偷偷地站在张平风的身后，蒙住他的双眼，让他猜自己是谁。

自己啥时候变得这么可爱了？陈玫玫就这样迈进了张平风的门槛，推开门的一刹那，所有的人都呆住了。屋里除了张平风还有一个打扮时尚的女孩，而张平风正把一只橙子递到女孩手里，那个女孩正跟他撒娇。

陈玫玫愣了下，但很快说："对不起，走错门了。"返身往外走。

"陈玫玫。陈玫玫。"张平风在后面边喊边追。陈玫玫不停歇地往前跑，等到张平风追上她，拉住她手的时候她拼命挣脱，"你跑什么啊？你以为你能跑过我啊？"

"你是谁？我又不认识你。"陈玫玫继续往前走。

"怎么了？说说看。"

"还有脸让我说说看。"

"今天是什么日子啊？"张平风拉住陈玫玫不让她往前走，"你的手机关机，人玩失踪。收车的时候我去你那，我以为你难受给你做饭去呢。买的菜全都带回来了。怎么？你也买菜了？"

"我失踪？我失踪你就可以金屋藏娇了？你也找个好地方藏啊，这种平房藏不起来的，门一推，什么隐私不是一目了然的？你倒是把门闩上啊。"

"我真服了你，你不认识她？"张平风回头指着住的方向。

"我认识她？我不屑。"陈玫玫看也不看那女孩。

"你小点声，让她听到。"

"我还怕她听到？放开，我走了。别抓我的手。"陈玫玫挣脱张平风

的手恨不得迅疾如风一样席卷了此地以后，能再如一阵风一样地离开这条窄巴巴的小路。

"陈玫玫，你太性急了，你根本不问个清楚，就盖棺定论。"张平风索性不再拉她的手。

陈玫玫听到这，停下脚步，无限委屈地说："一个递水果，一个撒娇，你除非把我眼睛给蒙上。蒙死死的。"

二

"那是开原我姨家的小表妹啊。你们不是见过一面吗？"

"她什么时候来的？你怎么不告诉我？"

"她下午才到，她一到我就给你打电话，准备带她去你那吃晚饭呢。你电话一直关机，我打了多少次你知道吗？后来我着急担心以为你身体不舒服出什么问题了，就到住处去看你。结果你也不在。"

"那你接着找啊。你怎么不接着找。你要是在乎我你就接着找了，你来店里找，我就算不在店里也有张晓丽可以问吧。"

"你看我笨的，我怎么就没去问张晓丽呢？是我错了。"

"我在店里等了你那么长时间，我以为我会看到你在路对面，可你早早就收车了。你要是来问张晓丽，你就知道我一直在这里等你。"

"哪是收车啊，我去北京站接表妹去了，接回来就找你。她是临时快到北京站了才告诉我私跑出来的，家里还不知道呢。刚刚才给家打了电话报平安。"

"其实。"陈玫玫不吭声了，把手里那几样菜塞到张平风手里，"其实我是来跟你一块儿做饭的。然后想告诉你一件事。"

"什么事？走吧，回去吧，别在这站着了，人家该说两口子打架跑大街上打来了。"

陈玫玫打了他一下。

"怎么也不打电话给我？"

"想来了给你惊喜嘛。"陈玫玫娇嗔地说，"今天和我一块儿坐车的是我以前的男朋友。就想和你说这个，我怕你心里不舒服。"

"都过去了。"

"我知道都过去了，可今天这不是和我在一起让你看见了吗？"陈玫玫说到这有点心虚。

"我看到什么了？也许你们就是遇上了。就像刚才我和表妹在一起，要是不解释，谁都和你想法一样。而且说出去会越描越黑。"

"你相信我？"

"我选择你了就一定相信你。别胡思乱想了，我们过的是今天，又不是过去。你看你想得那么多，想多了人多累啊。"

表妹小今看到两个人都回来了，兴奋地不得了："大哥，今天做什么好吃的给我啊。是要嫂子给做吗？"

"别乱说，叫姐。"张平风用手里的筷子敲了下小今的头。

"姐，你看我哥欺侮我。"

陈玫玫看到小女孩跟她告状，忍不住就笑了："平风，我们同住的那对明天就要搬走了。说下个月结婚。"

"那你的大房子岂不是空了一个屋？"

"房东肯定还会再租出去吧。"

看到小今出去玩了，张平风轻声说："玫子，要不我搬过去吧？这平房太闹了，附近全都是做小生意的，就像你说的，有一点隐私都被人偷看去了，晾个衣服，小裤衩都不好意思晾到外面去。"

"一个大男人的内衣晾在外面怕什么，又不是女人的。"

"问题是，这个小丫头要来做北漂，我不管谁管？我也不能让她和我住在这啊？"

"那让她跟我住。"

"我也去。"张平风噘着嘴，然后坏笑，"我住那小两口住的房间，你和小今睡一个屋，要不就我和你住小两口用过的房间。让小今一个人睡。"

"走开。烦人。"陈玫玫娇嗔。

"反正我们也快结婚了。"

"还没结婚，你就给我找了个小姑子来。"看到张晓丽以前过得水深火热的生活，天啊，将来会是什么样的日子？陈玫玫边说边忙碌着择菜。

"哥，哥，快来看。"小今在外面大声喊，"北京也有蝴蝶。"

图书在版编目（ＣＩＰ）数据

征婚 / 刘伊著. -- 北京 ： 中国文史出版社，
2018.9

（实力榜·中国当代作家长篇小说文库）

ISBN 978-7-5205-0498-0

Ⅰ. ①征… Ⅱ. ①刘… Ⅲ. ①长篇小说－中国－当代
Ⅳ. ①I247.5

中国版本图书馆 CIP 数据核字(2018)第 198823 号

责任编辑：全秋生
封面设计：杨飞羊

出版发行：中国文史出版社
地　　址：北京市西城区太平桥大街 23 号　　邮编：100811
电　　话：010－66173572　　66168268　　66192736 （发行部）
传　　真：010－66192703
印　　装：北京温林源印刷有限公司
经　　销：全国新华书店
开　　本：787×1092　　　1/16
印　　张：15.25　　字数：240 千字
版　　次：2019 年 1 月北京第 1 版
印　　次：2019 年 1 月第 1 次印刷
定　　价：49.80 元